改訂新版

共同幻想論

吉本

角川文庫
22186

目次

角川文庫版のための序

こんど文庫版になったこの本を、いままで眼にふれたり、名前を聞いたり、読んだりしたことが、まったくない人が手にとるかもしれないと想像してみた。そこでわたしにできる精いっぱいのことは、できるかぎり言葉のいいまわしを易しく訂正することだった。限度までやったとはいえないが、ある程度読み易くなったのではないかとおもう。

もともとひとつの本は、内容で読むひとを限ってしまうところがある。これはどんなにいいまわしを易しくしてもつきまとってくる。また一方で、著者の理解がふかければふかいほど、わかりやすい表現でどんな高度な内容も語れるはずである。これには限度があるとはおもえない。そこで著者には、この内容に固執するかぎり、どうやってもこれ以上易しいいいまわしは無理だという諦めと、この内容をもっと易しいいいまわしであらわせないのは、じぶんの理解にあいまいな個所があるからだという内省が一緒にやってくる。この矛盾した気持のまま、いまこの本を読者のまえにさらしている。

国家は幻想の共同体だというかんがえを、わたしははじめにマルクスから知った。だがこのかんがえは西欧的思考にふかく根ざしていて、もっと源泉がたどれるかもしれない。この考えにはじめて接したときわたしは衝撃をうけた。それまでわたしが漠然ともっていたイメージでは、国家は国民のすべてを足もとまで包み込んでいる袋みたいなもので、人間はひとつの袋からべつのひとつの袋へ移ったり、旅行したり、国籍をかえたりできても、いずれこの世界に存在しているかぎり、人間は誰でも袋の外に出ることはできないとおもっていた。わたしはこういう国家概念が日本を含むアジア的な特質で、西欧的な概念とまったくちがうことを知った。

まずわたしが驚いたのは、人間は社会のなかに社会をつくりながら、じっさいの生活をやっており、国家は共同の幻想としてこの社会のうえに聳えているという西欧的なイメージであった。西欧ではどんなに国家主義的な傾向になったり、民族本位の主張がなされるばあいでも、国家が国民の全体をすっぽり包んでいる袋のようなものだというイメージでかんがえられてはいない。いつでも国家は社会の上に聳えた幻想の共同体であり、わたしたちがじっさいに生活している社会よりも小さくて、しかも社会から分離した概念だとみなされている。

ある時期この国家のイメージのちがいに気づいたとき、わたしは蒼ざめるほど衝撃をうけたのを覚えている。同時におなじ国家という言葉で、これほどまで異質なイメージが描かれることにふかい関心をそそられた。こういうことがもっとはやくわかっていたら、国家のあいだに起る争いは、別な眼でみられたろうにとかんがえられたのである。こういう西欧とアジアにおける国家のイメージの差異を、誰かは把握していたのだろうか。そしてそのうえで、じぶんの思考や行動を律していたのだろうか。いまでもわたしには尽きない謎のような気がしている。

国家は共同の幻想である。風俗や宗教や法もまた共同の幻想である。もっと名づけようもない形で、習慣や民俗や、土俗的信仰がからんで長い年月につくりあげた精神の慣性も、共同の幻想である。人間が共同のし組みやシステムをつくって、それが守られたり流布されたり、慣行となったりしているところでは、どこでも共同の幻想が存在している。そして国家成立の以前にあったさまざまな共同の幻想は、たくさんの宗教的な習俗や、倫理的な習俗として存在しながら、ひとつの中心に凝集していったにちがいない。この本でとり扱われたのはそういう主題であった。

もうひとつ西欧の国家概念でわたしを驚かせたことがある。それは国家が眼に視えない幻想だということである。わたしたちの通念では国家は眼にみえる政府機関を中心において、ピラミッドのように国土を限ったり、国境を接したりして眼の前にあるものである。けれど政府機関を中心とする政治制度のさまざまな具体的な形、それを動かしている官吏は、ただ国家の機能的な形態であり、国家の本質ではない。もとをただせば国家は、一定の集団をつくっていた人間の観念が、しだいに析離（アイソレーション）していった共同性であり、眼にみえる政府機関や、建物や政府機関の人間や法律の条文などではない。こういうことがわかったとき眼から鱗が落ちるような気がしたのである。以来わたしはこの考えから逃れられなくなった。

どうしてわたしたちは国家という概念に、同胞とか血のつながりのある親和感とか、おなじ顔立ちや皮膚の色や言葉を喋言る何となく身内であるものの全体を含ませてしまうのだろう。最小限、国家を相手に損害補償の訴訟を起したといったばあいの国家をさえ、思い浮かべようとしないのだろう。それでいて他方では政府がどういう党派に変るかとか、どういう政策に転換したとかいうことに、いっこう関心をしめさずに放任したままで平気なのはなぜなのか。こういった疑問にも、どこか納得のゆく解答をみつけたいとおもった。これもまたこの本の主題のかげに、いつも離れないわたしのモチーフであった。

そうはいっても、わたしは歴史的な記述を志したのではない。また、わたしたちの風土にだけ特有な問題を特殊な手触りでとり扱おうとおもったのでもない。できるかぎり普遍的な、しかもさまざまな現在的な概念を使って対象にきり結ぼうとかんがえたのである。

この本の主題は国家が成立する以前のことをとり扱っているから、もともとは民俗学とか文化人類学とかが対象にする領域になっている。だが民俗学とか人類学とかが普通扱っているような主題の扱い方をとろうとはおもわなかった。また別の視方からは国家以前の国家のことを対象にしているから、国家学説の問題なのだが、そういうとり扱い方もとらなかった。また編成された宗教や道徳以前の土俗的な宗教や倫理のことを扱っていても、宗教学や倫理学のように主題をとり扱おうともかんがえなかった。ただ個人の幻想とは異った次元に想定される共同の幻想のさまざまな形態としてだけ、対象をとりあげようとおもったのである。人間のさまざまな考えや、考えにもとづく振舞いや、その成果のうちで、どうしても個人に宿る心の動かし方からは理解できないことが、たくさん存在している。あるばあいには奇怪きわまりない行動や思考になってあらわれ、またあるときはとても正常な考えや心の動きからは理解を絶するようなことが起っている。しかもそれは、わたしたちを渦中に巻き込んでゆくものの大きな部分を占めている。それはただ人間の共同の幻想が生みだしたものと解するよりほか術がないようにおもわれる。わたしはそのことに固執した。

この本のなかに、わたし個人のひそかな嗜好が含まれてないことはないだろう。子供のころ深夜にたまたまひとりだけ眼がさめたおり、冬の木枯の音にききいった恐怖。遠くの街へ遊びに出かけ、迷い込んで帰れなかったときの心細さ。手の平をながめながら感じた運命の予感の暗さといったものが、対象を扱う手さばきのなかに潜んでいるかもしれない。その意味ではこの本は子供たちが感受する異空間の世界についての大人の論理の書であるかもしれない。

昭和五十六年十月二十五日

著　者

全著作集のための序

数えてみると、本稿を発表しはじめてから、すでに四、五年の歳月が過ぎている。こんど、全著作集に収録されることになった、と書きはじめてはみても、はっきりした誤植をできるかぎり訂正するほかに、格別の感慨が加わるわけでもない。また、現在、すこしは当時よりも詳細になった知見を動員して、補正したり、削除したりしていっさいをととのえることも、さほど本稿の意義を高めるものとはおもわれない。やればできないこともないが、もともと人間の共同観念の総体に向って、具体的に歩みよることをモチーフとした本稿は、まだ序の口にしかすぎないし、また、序の口としては完結しているので、補正や訂正は、あとの展開部がかき継がれる折に、自然に行われたことになっているという形のほうが好ましい気がする。

この四、五年のあいだに、本稿も、さまざまな評価をくぐってきたが、予想外の批判はわたしの眼に触れた範囲では、なかったとおもう。また、本稿が決定的な影響を読者に与えた、という証拠も見当らなかったといってよい。そうだとすれば、まだ声を挙げない読者に、寄与したことを信ずるほかないのである。

本稿の基本になっているわたしのモチーフは、具体的な場面では、ふたつあった。ひとつは、個々の人間が、共同観念の世界、たとえば政治とか法律とか国家とか宗教とかイデオロギーとかの共同性の場面に登場するときは、それ自体が、相対的には独立した観念の世界として、扱わなければならないし、また扱いうるということである。そう扱わないことから起る悲喜劇は、戦争期にしこたま体験してきたし、また、本稿の発表から現在までの四、五年のあいだにも、まざまざと体験したことであった。当然このことと関連するわけだが、もうひとつのモチーフは、個々の人間の観念が、圧倒的に優勢な共同観念から、強制的に滲入され混和してしまうという、わが国に固有な宿業のようにさえみえる精神の現象は、どう理解されるべきか、ということである。この問題に理論的にも感性的にも決着をあたえたかったが、この方はそれほど巧くいっていない。

この問題は、一見すると観念の〈未開〉性一般のなかに解消するようにもおもわれるし、また、マルクスのいわゆる〈アジア〉的というカテゴリーに、包括されるようにもみえる。もちろんこの問題は東洋学者、ウィットフォーゲルが、わが国を除外例としたところのものである。ウィットフォーゲルが、わが国を〈アジア〉的という概念からの除外例とした理由は、わたしが勝手にアレンジしてみればふたつに帰せられる。ひとつは可成り初期の段階から、わが国の農耕民が、自作農的な私有耕作をやっていたことであり、また、もうひとつはインドや中国のように〈アジア〉的専制を支えた大規模な水力灌漑のための工事や、運河の開削などを必要としない地理的な特性をもっていたということである。

しかしながら、そういう外部からの客観的な接近の仕方や規定にたいして、ある部分で同意しながらも、ある部分で納得し難い個処がどうしても残される。こういう感性的な不満の根拠は、わが国家の内部に包括され、内部で感性的に体験し、内部から考察を加えるという位相に根拠をもつだけの薄弱なものであるかもしれない。たしかに、わが初期国家あるいは部族共同体では、ある程度の私有墾田を、農耕民はもっていたし、村落共同体の内部で、わりあい平等に、個々の農耕家族は、それぞれの領有域と共有域の画定に参与することができた。これはまた初期国家の専制首長の権力と、抵触せずに処理しうる内閉性と自主性とを併せてもっていた。また、専制首長の側からは、耕作田の狭さ、また、島嶼的な条件からして、べつに大規模な灌漑工事や、運河開削による交通の整備を必要としなかった。自然がこしらえた海上の交通路は、どんな運河を経由するよりも迅速なものであり、これはいたるところで内陸の奥への通路を可能にしたからである。では、ウィットフォーゲルは、おおすじのところで正当であったのだろうか。たぶん、そうではないのだ。文化と文明は、わが初期国家の首長たちにとって、大陸からの輸入品であった。この輸入品を購ない、これを分布させるための財力と権力としてのみ、専制の力量は発揮された、といってもよい。したがって、大陸からの文明と文化は、専制首長の周辺だけをとらえれば足りた。このことが、初期の〈法〉や〈国家〉の構成にあたえた影響は甚大であった。この文化的あるいは文明的な格差と外来性こそが、わが初期国家の権力構成に、いわば〈観念のアジア〉的専制ともいうべき、独特の構造をあたえた、といってよい。ここに経済外の強制力としての〈アジア〉的専制の構造を、あきらかにするべき根拠のひとつがある。もうひとつ考慮に入れなければならないのは、地理的な条件からかんがえて、海辺の自然漁業と海運にたずさわっていた海部民と、農耕民と、山岳地帯の狩猟民とは、わが国の初期部族国家においては、相互に転化することができる変幻性をもっていたから、共同体の構成について、これらを〈類別〉することができず、むしろ多層的に混合しているとかんがえねばならないことである。海部民は、内陸に入れば農耕民や狩猟民として定着することができたし、それぞれの荷っている文化や宗教も多層化して、相互に混合することができた。このことは、いわば経済外の強制力ともいうべき共同観念の構造を複雑化した。名目的な首長は神格化されるが、実質的な行政力や政治支配は、別途の人格と回路に接続される独特の初期国家の構造は、この多層化と複雑化とが生みだしたものといえよう。政治的な諸制度の強制力を、共同観念のうちにみるかぎり、わが初期国家の成立過程に生じたこれらの問題は、アジアの沿海周辺部および島嶼における、内陸とはちがった〈アジア〉的特性のひとつの典型をなしている。現在の東南アジアにおいて、南部中国沿海部および中国大陸北辺の地域において、南洋上の諸島嶼において、大なり小なり、わが初期国家時代とおなじ類型を、みつけだすことができよう。

ようするに、共同観念の圧倒的な優勢のうちに、個々の農耕民と職別部民たちの意識が決定されるという模型は、まだ、多くの不明な点と、具体的に考察され、理論的に解明さるべき余地を残しているが、その発祥の根拠は、現実的にか、理念的にか、あるひとつの共同体は、その上位に共同体を重層化するばあいに、もとになる共同体の編成をさしてこわさずに接合されうること、そして、もとの共同体の基層のところでは、これとは逆に、ひとつの共同体は、周辺の共同体を地域的に統合するという形で、たえず個々の成員と、統合された共同体との関係を規定しただろうということ、そしてこれらふたつの仕方が複合された形で、初期の国家が成立していっただろうということ、こういう複合は、アジアの周辺地域と島嶼地域では、大なり小なり普遍的であろうということ、に帰せられる。

したがって、ウィットフォーゲルのように、わが初期国家の在り方を単純化したくないならば、こう反駁すればよいのかもしれない。なるほど、わが国の初期部族連合国家の首長は、大規模な灌漑工事と、運河の開拓工事を請負う必要はなかった。だから徭役労働を、貢納金とひきかえに免除するという処置すら、かえって首長たちにとって喜ばしいものだったかもしれない。そこでウィットフォーゲルのいう「水力社会」は成立せずに、横にすべったため、典型的な〈アジア〉的専制を生みだすこともなかった。つぎに容易に封建社会への転化の道をたどることができた。しかしながら、このような見解には、どうしてもうさんくさい臭いがつきまとって離れない。そこでこう考えるべきではないか。わが初期国家の専制的首長たちは、大規模な灌漑工事や、運河の開削工事をやる代りに、共同観念に属するすべてのものに、大規模で複合された〈観念の運河〉を掘りすすめざるを得なかった。その〈観念の運河〉は、錯綜していて、〈法〉的国家へゆく通路と、〈政治〉的国家へゆく通路と、〈宗教〉的イデオロギーへゆく通路と、〈経済〉的な収奪への通路とは、よほど巧くたどらなければ、つながらなかった。〈名目〉や〈象徴〉としての権力と、じっさいの政治権力と、〈宗教〉的なイデオロギーの強制力とは、別個のものであるかのように装置されていて、よほど、秘された通路に精通しないかぎり、迷路に陥こむように構成された。そこには、現実の〈アジア〉的特性は存在しないかのようにみえるが、共同幻想の〈アジア〉的特性は存在したのだ、と……。

もしも、共同的な観念に属する遺制は不可視であるため、かえって拭い去るわけにいかないとすれば、わたしたちの共同観念の内部には、いまも前古代的〈幻のアジア〉が住みついているかもしれないし、それはわが現在の国家の〈現実の非アジア〉と照応するものかもしれないのである。

本稿が発表されてから四、五年のあいだにさまざまな批判がなされたが、その批判は、おおむね、本稿のような試みが、一種の観念論への踏みはずしに属するものだという線に沿って行われた。もっとひどいのになると、自己の能力にあまるために、本稿のモチーフを把みとることができず、わたしの著作は、衝撃力を失っているという批判にまで、陥こんでいるのもあった。そうなれば、〈無智につける薬はない〉とでもいうよりほかない。どんな過渡的な社会でも、無智が栄えるためしはない、というのは、自他をともに束縛する鉄則である。どうして理解するための労力と研鑽を惜むものに、衝撃を与えることなどできようか。

序

言語の表現としての芸術という視点から文学とはなにかについて体系的なかんがえをおしすすめてゆく過程で、わたしはこの試みには空洞があるのをいつも感じていた。ひとつは表現された言語のこちらがわで表現した主体はいったいどんな心的な構造をもっているのかという問題である。このひとりの個体であるが、もうひとつは、いずれにせよ、言語を表現するものは、そのつどひとりの個体であるが、このひとりの個体という位相は、人間がこの世界でとりうる態度のうちどう位置づけられるべきだろうか、人間はひとりの個体という以外にどんな態度をとりうるものか、そしてひとりの個体という態度は、それ以外の態度とのあいだにどんな関係をもつのか、といった問題である。

本書はこのあとの場合について人間のつくりだした共同幻想という観点から追及するために試みられたものである。ここで共同幻想というのは、おおざっぱにいえば個体としての人間の心的な世界と心的な世界がつくりだした以外のすべての観念世界を意味している。いいかえれば人間が個体としてではなく、なんらかの共同性としてこの世界と関係する観念の在り方のことを指している。この間の事情について、まえにある編集者の問いにこたえた記事がのこされているので、それを再録することにする。

――吉本さんは詩を書かれて、そこから出発なさったわけですね。いままで、日本でも外国でも、詩人や文学者が言語についてなにかを語るという例は非常にたくさんあったと思うんです。しかしそれは断片的であったり、あるいは直観的であったり、それはそれで非常に問題を提起するものもあるでしょうけれども、しかし、吉本さんの場合のように、『言語にとって美とはなにか』というふうな、一つの体系的、理論的な形に結晶した例はまずないと思うんです。詩から始まってああいう体系に到達することはほとんど絶無だと思うんですけれども、どうして吉本さんがあのような形で言語というものを自分なりに問題にしていこうとされたのか、そもそもの出発点について話していただきたいと思います。

それは『言語にとって美とはなにか』の前書きにもいくらかは書いたんですけれども、僕は詩を書いていた。その他に批評文も書いていたわけですけれども、その批評文は主として文学理論上の問題をずっとあつかってきたわけです。そこで社会主義リアリズム論につきあたりまして、そういうものが非常に支配的な一つの文学理論であり、同時に文学方法であり、また同時に文学から見た世界観でもあるという形で流通している。そういう現状に対して僕などは社会主義リアリズム論批判というような形でその批判を展開してきたわけです。結局、理論の発展途上の問題からいいますと、社会主義リアリズム論に対して、社会主義リアリズム論批判というようなアンチテーゼの形でやるということは、もうすでに不毛であるという自覚というか、意識があったわけです。

そうしますと、社会主義リアリズム論あるいはアンチ社会主義リアリズム論というものをなにが止揚しうる問題であるかということを段階として考えていきますと、どうしても表現としての言語芸術というような形になるわけです。つまり、表現としての言語芸術という形で文学論を扱うということは、少なくとも社会主義リアリズム論あるいはそれに対するアンチテーゼというような段階から抜け出るための一つの、僕にいわせれば唯一なんですけれども、唯一の経路としてそういうものに進んでいく以外にかんがえられない。社会主義リアリズム論かいなか、あるいは社会主義リアリズム論か、シュールレアリズムとかアブストラクトとか、そういうものをも含めたアンチ社会主義リアリズム論とかいうような問題意識の段階から抜け出られないだろうという問題意識が形成されてきたわけです。

だから、文学理論の問題の次元をそういう段階から越えさせる唯一の方法は、やはり表現としての言語芸術というものの理論、そういう形でしか成り立ちようがないんだという問題意識があるわけです。やはりそういう形で一つの体系的な文学理論というものが形成されていかなければどうしようもないんじゃないか。そういう形でああいうものが出てきたわけです。

それはまた別の面からいえば思想の問題にもなるわけです。スターリニズムに対してアンチスターリニズムというような問題意識で思想の問題というものもいろいろ提起されてきているわけですけれども、しかし僕の考えでは、スターリニズムに対してアンチスターリニズムというような問題の範疇では、もうすでに思想の問題としてもなにか血路というものは見つからないんじゃないか、もっと違う次元で問題を扱わなければならない、そういうような問題意識は思想的にもありました。つまりそういう考えに裏うちされた形で表現としての言語芸術という意味での文学理論をつくっていく、そういう課題が出てきたわけです。僕のやってきた詩を書きながら同時に批評文を書いてきた問題の過程からいえば、そういうところに位置づけられると思うんです。

――その場合、批評の対象、つまり吉本さんが乗り越えなければならないというふうに感じたという、特にスターリニズムの芸術論というようなものですね、そこでは言語そのものは人間にとって一つの道具であるというふうにとらえる。それを文学論として考えてみた場合には現実の反映というふうにとらえてきて、結局言語表現そのものの独自性がそこではなんらはっきりしない。文学なら文学そのものの独自な意味というものがはっきりしない、そういうことに一番批判の中心が向いてきたと思うんです。

そこで、吉本さんはそれに対して、あのご本にも書いてあることですけれども、一応もう一度簡単に触れていただいて、自分は言語というのはこういうふうに考えるんだという、一番基本的な中身についてちょっと話していただいた方が、そのあとの話の運びに都合がいいと思うんです。

それは言語の面からもいえるし、思想の面からもまたいえると思うんですよ。言語の面からいいますと、言語学者が言語を扱うという場合に、つまりそれは言語というものがなにか言語としてある、そういう扱い方をするわけです。しかし僕の考えでは、言語というようなものはないのです。つまり表現されなければそれはない。だから表現としての言語ということが問題になってくるわけです。そこでは表現過程というようなものが問題になりますし、また、表現された結果としての文字で書かれた言語、しゃべられた言語、そういうものが問題になります。ただ言語というようなものはほんとはないのです。けれども、たとえば言語学者が扱う場合にはいろいろなことを省略しているわけです。言語表現の過程というようなものにまつわる問題をみんな省略して、ある程度省略が可能だという前提で言語は言語として扱うというふうになっているわけです。ほんとはいわれなければ、あるいは表現されなければ言語というものはないわけで、文学の問題でもやはりそうだと思いますけれども、表現されたものとしての言語、それが主要な問題意識として出てくるわけです。

それから思想的な問題からいいますと、いまあなたがいわれたように、文学における反映論みたいなものもありますし、あるいは有効性論みたいなものもあります。それは社会主義リアリズム論の基本問題になっているわけです。そういうような論がありますけれども、表現としての言語というものは、ほんとは個人幻想に属するわけです。だから思想的にいえば、文学表現がこうであらねばならないというふうに外から規範力として規定することはできないのです。そういうことは個人における自由といいますか、恣意性といいますか、個人にとっては自由な仮象としてしか出てこないわけです。

それはなぜかといえば、政治的な解放というものは、ほんとは非常に部分的な解放にすぎないから、文学みたいに少なくとも個人幻想、つまり人間が人間であるというような、人間の存在が中間の存在であるということ、そういうことの根底を含む問題に対しては部分的な影響力しか与えられないというようなことがあるわけです。だから文学は非常に自由な形で、あるいはめちゃくちゃな形でしか出てこられないので、それは政治的な解放なんてものが非常に部分的にしかすぎないので、やはり人間的な解放というか根底的な解放というものがない限りは、文学は恣意性、自由としてしか現われえないわけです。思想的にそうだと思うんです。そこを政治的な解放というものをある意味で非常に過大評価している。それは社会主義国でも、アンチ社会主義国でも、政治的な解放というものを過大評価していると思うんですよ。ほんとはそんなものは過大評価することはないのであって、非常に部分的な解放にすぎない。だから文学みたいのが非常にわがままな形でしか出てこない。たとえば解放が行なわれた地域においても非常にわがままな形で出てくるのは当然なことであって、それを政治的規範力で強制することはできない。それは当然なことです。文学表現に対しては非常に部分的な影響しか与えられないということですからね。それは間違いだ。つまり基本的には社会主義リアリズムなんていうのは間違いだということは、そういうところから出てくると思いますが、そういうものが政治的な問題の裏うちとしてあると思うんです。そういうことは非常に根本的な問題になってくるんじゃないかと思うんですね。

だから僕は文学理論という場合には、表現としての言語というふうに言語を考えて、そういうふうに扱っているわけで、単に言語の芸術というふうに扱っているわけではないんですね。表現としての言語ということが問題になると思うんですよ。それからまたその過程が問題になるということだと思います。

いろいろな言語学者、たとえば時枝誠記さんみたいな人が僕の『言語にとって美とはなにか』を『日本文学』の中で批判していますけれども、ちっとも焦点が合わないと思うのは、表現としての言語というふうに僕が扱っているにもかかわらず、それを要するに言語の芸術としての文学というふうに扱っている、そういうふうに理解しているからだと思うんです。けれども、ほんとは表現としての言語というふうに僕は扱っているわけです。だからあまり論点が合わないというような形になる。基本点はそうだと思います。

——あの本を書かれて、時枝さんの批評も含めて、いろいろな人からの批評があったと思うんですけれども、そこで吉本さん自身が、自分の構想が正確に受け取られて、もう一つなにか先に進むような形で受けとめていると見られるような批評はあったですか。

僕の見た限りでは、おそらく全部は見ていないでしょうけれども、そういう感じの批評、批判というものは一つもなかったと思うんです。まだほんとに読まれていないという感じが一番強いですね。ほんとに読まれていないからまだ生命はあるはずだといいますか、前書きにも、一〇年ぐらいは先に行っているはずだと書きましたけれども、それは訂正する必要はますますないというような感じがするんですよ。正確に読まれ、正確に批判が提出され、また正確にそれが越えられるというようなものに、とにかく僕自身がお目にかかっていないし、特に言語学をやっている人の批判というのもありましたけれども、それは批判の中でももっとも貧しいものじゃないのかという感じをもっています。それは僕の扱った表現としての言語という扱い方と、ただ言語、言語というのはあるものだというようなことを前提とした扱い方との非常なギャップがそこに出てきているんじゃないのかなと思うんです。だから、一度もそういうのに当面したことはないですよ。

——吉本さんの場合、表現という問題から入っていきまして、最初のモチーフとしては文学なら文学というものを根拠づけるというモチーフがあったけれども、それから出発して、いまはもっと問題が広がってきているわけですね。言語思想ということばを使われる。つまりいままで言語思想というふうな角度から、文化から政治に至る広い領域を煮つめようとした人は、私の知る限りはまずないと思うんです。つまり吉本さんの独自の新しい視点の設定だというふうに思うんです。そこで今度は、単に文学あるいは芸術というふうな範囲から文化の問題、国家・権力とかいうふうなところまで、言語思想ということを出発にしながら、さらに広がっていかれたと思うんですけれども、その広がっていく必然性についてはいまちょっと出ているんですが、その過程をもう少し詳しく話をしていただいた方がいいと思うんです。

だんだんこういうことがわかってきたということがあると思うんです。それは、いままで、文学理論は文学理論だ、政治思想は政治思想だ、経済学は経済学だ、そういうように、自分の中で一つの違った分野は違った範疇の問題として見えてきた問題があるでしょう。特に表現の問題でいえば、政治的な表現もあり、思想的な表現もあり、芸術的な表現もあるというふうに、個々ばらばらに見えていた問題が、大体統一的に見えるようになったというようなことがあると思うんです。

その統一する視点はなにかといいますと、すべて基本的には幻想領域であるということだと思うんです。なぜそれでは上部構造というようにいわないのか。上部構造といってもいいんだけれども、上部構造ということばには既成のいろいろな概念が付着していますから、つまり手あかがついていますから、あまり使いたくないし、使わないんですけれども、全幻想領域だというふうにつかめると思うんです。その中で全幻想領域というものの構造はどういうふうにしたらとらえられるかということなんです。どういう軸をもってくれれば、全幻想領域の構造を解明する鍵がつかめるか。

僕の考えでは、一つは共同幻想ということの問題がある。つまり共同幻想の構造という問題がある。それが国家とか法とかいうような問題になると思います。

もう一つは、僕がそういうことばを使っているわけですけれども、対幻想、つまりペアになっている幻想ですね、そういう軸が一つある。それはいままでの概念でいえば家族論の問題であり、セックスの問題、つまり男女の関係の問題である。そういうものは大体対幻想という軸を設定すれば構造ははっきりする。

もう一つは自己幻想、あるいは個体の幻想でもいいですけれども、自己幻想という軸を設定すればいい。芸術理論、文学理論、文学分野というものはみんなそういうところにいく。

つまりそういう軸の内部構造と、表現された構造と、三つの軸の相互関係がどうなっているか、そういうことを解明していけば、全幻想領域の問題というものは解きうるわけだ、つまり解明できるはずだというふうになると思うんです。そういうふうに統一的にといいますか、ずっと全体の関連が見えるようになって、その一つとして、たとえば、自分がいままでやってきた文学理論の問題というのは、自己幻想の内的構造と表現の問題だったなというふうに、あらためて見られるところがあるわけです。そして、たとえば世の人々が家族論とか男女のセックスの問題とか、そういうふうにいっていた問題というのは、これは対幻想の問題なんだというふうにあらためて把握できる。それから一般に、政治とか国家とか、法律とか、あるいは宗教でもいいんですけれども、そういうふうにいわれてきた問題というものは、これは共同幻想の問題なんだなというふうに包括的につかめるところができてきた。だから、それらは相互関係と内部構造とをはっきりさせていけばいいわけなんだ、そういうことが問題なんだ、今度は問題意識がそういうふうになってきます。

そうすると、お前の考えは非常にヘーゲル的ではないかという批判があると思います。しかし僕には前提がある。そういう幻想領域を扱うときには、幻想領域を幻想領域の内部構造として扱う場合には、下部構造、経済的な諸範疇というものは大体しりぞけることができるんだ、そういう前提があるんです。しりぞけるということは、無視するということではないんです。ある程度までしりぞけることができる。しりぞけますと、ある一つの反映とか模写じゃなくて、ある構造を介して幻想の問題に関係してくるというところまでしりぞけることができるという前提があるんです。

はっきりさせるために逆にいいますと、経済的諸範疇を取り扱う場合には幻想領域は捨象することができるわけです。捨てることができる。自己幻想がどうなっているかとか、共同幻想はどうなっているかということは大体捨象することができるわけです。

ところが、幻想的範疇をその構造において取り扱う場合には、少なくとも反映とか模写じゃなくて、ある構造を介して関係があるというところまでは経済的範疇というものはしりぞけることができる。そこまではしりぞくという前提があるんですよ。だから僕にいわせれば決してヘーゲル主義ではないんですけれども、そういうように統一的にといいますか、つかむ機軸が自分で見えてきたということで、おそらく僕なんかのやっている仕事がそういう形である意味で広がっているし、広がりながら関連はつくというふうになってきた。そういうところだと思いますね。

——そういうところで、いま『言語にとって美とはなにか』に量、質ともに匹敵するような『共同幻想論』とか『心的現象論』というものを書き進められていったということは非常によくわかったわけですけれども、そういうものが書き上げられて、それは大へんな仕事ですが、ともかくもけりをつけるといいますか、一つの理論としてのある形を与えるというそのことによって、その先どういうところに出られるかということですね。つまりもっと私たちにとって普遍的な意味において、その理論によってどういう新しい事態に私たちが立ち合うことができるだろうかということですが……。

自分の仕事としてはなかなか見当がつかないところがあるんですけれども、それがどういう意味をもつかというふうに考えていることはあるんです。一般にマルクス主義といわれている概念がありますね、それは史的唯物論と弁証法的唯物論を基礎にしたマルクス主義というふうなものがあるわけです。それはほんとうをいえばロシヤで発展され、そして世界の半分で展開されている一つの考え方というのはあるでしょう。つまり、非常に単純化していってしまえば、それはほんとうをいえばロシヤ的マルクス主義ですよ。もっと狭い意味でいう場合にはスターリン主義というふうにいうだろうと思うんですけれども、ほんとはそれはロシヤ・マルクス主義というふうにいうべきだと思うんです。少なくとも僕はロシヤのマルクス主義というふうなものじゃなくて、だから、なんと名づければいいのか知らないけれども、つまりマルクス主義者とマルクス者というものは違うと思うんですよ。だから、ロシヤ・マルクス主義の系譜の考え方が一般にマルクス主義といわれてきたわけだけれども、それはほんとうは僕の考えでは地域的に片寄った形で展開されてきた考え方であって、別に普遍性があるというふうには思わないわけです。それに対して、なにか異なった系譜の考え方あるいは思想というものが出てくるんじゃないか。その基礎づけができるのじゃないかというふうに僕は思っているわけです。

だからこの次にどういうことをするつもりかといわれても、そういうのは展開の途上でまた新たな課題が出てきたりしますから、あらかじめは答えられないけれども、しかし全体的な意味としていえば、ロシヤ的マルクス主義、そういうものと異なったる思想といいますか、そういうものが展開されるのではないかという意味づけをもっていますけれどもね。

——一方、今度は俗にいわゆるブルジョア科学というのがあって、最近では特に工学的な、つまり電子計算機の発展というようなものを通して、それからまたそれに刺激された論理学というふうなものが精密になってきているわけですね。そこには、ますます人間というのは科学的に合理的になっていく、つまり間違いを犯さないようになるだろう。未来というのは非常に科学的に予測できるようになって、そのことによってすべてがきちんとうまくいくという考え方があるわけですね。そういう考え方からいわゆるマルクス主義というものを批判して、マルクス主義というものはその点では不合理的なものである。科学的であるということの意味において十分でない面がある、それではだめなんだという考え方が最近非常に力を得てきたと思います。科学時代の哲学という角度から言語の問題にもいろいろ発言をするようになってきている。あるいは法とかについても、つまり吉本さんのいわれる共同幻想というふうなところにもいろいろ議論が出てやっていると思うんです。そういう最近の科学主義というんですか、割とスマートな形をとっていますけれども、そういう主張に対してはなにかご意見ありますか。

僕の考えでは、そういう科学的な意味で生産方式も発達し、技術も発達しというような、つまり大きくいえば経済的な範疇なんですけれども、そういう意味での発展というものはとめることができないのです。逆戻りすることはありえないと思うんです。つまり科学というものは一般に逆戻りすることはありえない。そういう意味では社会科学としての経済学というものが扱う問題は逆戻りすることができませんから、それは発展していくでしょうと思います。

けれども、そういう考え方の一番基本的な間違いだというふうに思うのは、僕にいわせれば、逆な意味で経済的範疇というものもまた部分的なものにすぎないことを見ないことだと思います。非常に基本的な要素ではあるけれども、しかしそれが部分であることにはいっこう変わりないということ。だから、そういう部分的な点で、科学が発達し、技術が発達し、未来が描けるというような考え方というのは、ほんとは部分的なものにすぎないのに、それが全体性だと思っているところが一番問題になると思うんです。

それに対して全幻想領域というものは、同時に、ちんばをひきながらでもいいですけれども、発達するかもしれないですけれども、その中でいくらでも逆転することができるわけです。あるいは、物質的な基礎が発達すれば発達するほど、人間の幻想領域というものはかえって逆行したがるというような矛盾した構造をもちうるわけです。

そういうことについては一切触れていないわけですし、触れられないわけですね。だから一種の楽天主義みたいのが出てくるわけです。しかし、僕にいわせれば、たとえばマルクスならマルクスが、経済的範疇というものを非常に重要なものだ、第一次的に重要なものだ、人類の歴史の中で重要なものだ、そしてその他のものはそれに影響されるというように考えたときに、ほんとうは幻想領域の問題は、そういう経済的諸範疇を扱う場合には大体捨象できるという前提があってそういっていると僕は理解しているわけです。だからこれがすべてだというふうにいっているわけではないんです。ところがこれをすべてだというふうに理解してしまうと、これが一定の法則性をもち、法則性をたどる限り未来も予見できるという形に論議が展開していってしまうと思うんです。それは全く前提を抜きにしているのであって、そういうものに対して伴う全幻想領域というものは、ちんばをひくこともありますし、逆行することもありますし、追いつめられればられるほど対抗するということもあります。そういうことは全く社会の経済的な、あるいは生産的な、あるいは技術的な発達というものと別に人間の幻想というものが同行するわけでもないし、それはひっくり返ってみたり、逆行してみたり、対抗してみたり、また先に進み過ぎてみたり、いろいろなしかたがありうるわけです。そういう問題というのも全く無視しているというところが一番問題になると思うんです。僕にいわせれば、そこが一番の欠陥じゃないかというふうに思われますね。

それではなぜそういう欠陥が出てきたかといいますと、そういう人たちはおそらく論理性あるいは法則性というものの抽象性のレベルというものに対する理解がないんだと思うんです。つまり、現実の生産社会、技術の発展というものがあるでしょう、それを一つの論理的な法則、あるいは一つの論理の筋道がたどれるものとして理解する場合には、すでにある段階の抽象度が入りこんでいると思うんです。経済学でもそうだと思うんです。経済学でも、あるがままの現実の生産の学ではないのです。それは論理のある抽象度をもっているわけです。その位相というものがある。つまり水準というものがあるわけで、それがどういう水準にあるかということをよくつかまえることができないで、あるがままの現実の動き、あるいは技術の発展とか、また言語のばあいでもいいですよ、そういうものがなにか論理の抽象度というものとしばしば混同されてごっちゃになって考えが展開されるから、そこのところでひどい混乱が生れてきてしまうということがあると思うんですよ。やっぱり全論理性というものの中でも、その抽象度というもの、あるいは抽象の水準というものをはっきりとつかまえて論理を展開していかないと、非常に簡単な未来像が描かれてしまったり、技術の発展に伴って非常に楽天的な社会ができてしまうんだというような考え方になっていってしまうけれども、それはおそらく論理の抽象度のある混同というものがあると思うんです。あるいはそれの把握のしそこないがあると思います。そういう基本的な要素があるんじゃないか。しばしば僕らが見ているとこっけいに見えるのは、そういう点だと思うんです。そういう点がおそらく方法論として間違いがあるということ。それから思想として間違いがあるとすれば、経済的あるいは生産的あるいは技術的範疇というものを、人間の全範疇だ、人間の全体性だというふうに誤解しているという思想的な意味での間違いというものが、なにか未来楽観論みたいな、楽観的な未来像を描いてみる、そういう考え方になって出てくるんじゃないでしょうか。僕は間違いだと思いますけれどもね。

——すると、吉本さんの意図というのは、究極的にいえば、ロシヤ・マルクス主義や最近のいわゆる新しい科学主義というようなものは、還元できないものをなにか別のものに還元してしまって、人間のもっているあらゆる契機というふうなものをそれなりに正確に把握することができない。人間の全領域というものをどこかで縮小してとらえているという批判に要約できると思うんです。結局、吉本さんの意図というものは、人間の全体的なあらゆる契機というものをすぐ簡単に別なものに還元して説明できたというふうにせずに、あらゆる契機の内的な構造をはっきり、きちんと把握したいというふうにいっていいんでしょうか。

いいと思いますね。そういう問題というのがどうして重要なのかと考えていくと、日本というのはいろいろな意味で、つまり政治的な意味でも、経済、社会的な意味でも、非常に極端に先進的なところじゃないんですよ。極端に後進的なところでもないですけれども……。そういうところでの思想的課題というものは、ある一つの意味からいえば現実的な課題に思想的な課題の方が先行しなければならないというような、先行せざるをえないんだということがあると思うんです。そういうことと、それから日本の場合には、なにかそうじゃない、あらゆる思想的課題の以前に現実的課題こそが解決されねばならないという問題と、それが非常に奇妙に矛盾した形でくっついていましてね、そういう問題があると思うんですよ。それだからある意味で非常に複雑であるし、むずかしいし、非常な先進国みたいなふうにも単純化することができないし、また、非常な後進国みたいに単純化することもできない。そういう中で思想の課題というのは一種の技術主義みたいなものと、それから、僕はさっきからロシヤ的マルクス主義といいますが、そういうものとの両方に対して、同時に、アンチテーゼといいますか、ジンテーゼといいますか、わかりませんけれども、ジンテーゼをしいられる、そういうような問題があると思います。そういうことはある意味で避けられないのであって、だからそういうことを避けて通ってしまうわけにはいかない。そうすると、いろいろな思想的な課題、あるいは個々の分野における課題というものは、いつでも両方の面に対して問題をひっさげている、問題をいつでも提起しながらいかなくちゃいけないという課題があると思います。そういうむずかしさの谷間みたいなところに日本の現状というのはあると思いますから、そういうところでの思想というようなものがつくられていかなくちゃならない。それは諸刃のやいばになっていくわけですし、ある意味では非常に危険を伴って、自己に対するやいばという形になるかもしれませんしね。しかしそういうことを避けていくことによってはなにも始まらないんだというような課題がやっぱりあると思うんです。そういうことをやっていかなくちゃいけないし、またそういうことを可能性のある限りやっていこう、そういう僕なんかの考え方というのはありますけれどもね。

──そういうふうな角度から見ていった場合に、現在の状況というものがあって、そこにはいろいろな人間がいて、いろいろなことをいっている。政治から、あるいは学問の領域にわたって、平たく通俗にたとえていえば、左翼的な見方というものがあり、それに対する右翼的な見方というものがあって、きそい合っている姿があるわけですね。吉本さんの観点というのは、そういうきそい合っているレベルから抜けていくというか、その両方を乗り越えていくことになるだろうというふうに思うんですけれども、そこのところを、吉本さんの考えている原理に即して、いまの日本の政治的な、あるいは思想的な状況に対してどう自分は対処していくのか、そこのところを非常に煮つめた形でいえば、どういうことになるのかということなんですけれども……。

本質的にいいますと、僕はあなたのおっしゃる、さまざまの潮流があり、さまざまの思想があり、さまざまの対立があり、矛盾があり、それに伴ういろいろな課題が現にあるというような、そういうことはあまり問題にしていないわけです。僕は『言語にとって美とはなにか』というようなものを準備し、そしてつくり、というようなときから、なにか目に見えない思想的あるいは文学、芸術的対立といいますか、アンチテーゼみたいなものとして僕が見てきているものは、もっと違うというか、日本のことじゃないんですよ、いわば世界思想の領域でそういうことを考えていると思うんです。だから、そういう意味だったらば、いま日本の現状はこうなっている、こうなっているというようなことは、あまり僕には問題にならないというふうに思うんですよ。

それだけれども、そうばかりいってられないという面があるのは、つまりそんなことをいっていても、やはり人間は働き、金をとり、それで生きているということがうそでないように、そうでなければ生きていないように、やはりそういう次元では問題になるじゃないか、せざるをえないじゃないか、そういうことはあると思うんです。だから、そういう次元ではさまざまな、つまりロシヤ・マルクス主義をあたかも普遍性であるかのごときことをいっているのに対しては、それはだめなんじゃないかというようなアンチテーゼも出しますし、もうそんなことは再現されるわけがないよ、戦争が終わると同時に過ぎ去ったものだよというふうに思えるものに対してまたアンチテーゼを出したい気持もありますしね。そういうさまざまな反応というのはそういう意味では起こりえますけれども、なにか本来的には問題はそんなことじゃないんだというんでしょうか、世界思想というような分野で問題がどうなのか、そういうことが問題なんだ、そういう意識が僕にとっては非常に本来的ですね。ただ、食べて生きているのが疑えないように、そういうものがあるというのは疑えない。だからそれに対してどうだこうだというあれもあるというような、批判もあれば意見もあるというような、そういうことは確かにあるのですけれども、そういうことが別に生産的だというふうに思っているわけでもないんです。なんかやっぱり、ちょっと大げさなんだけれども、『言語にとって美とはなにか』以降の自分というのは、自信があるわけよ。(笑) だからやっぱりそういうところ、なにか世界思想というものの中でおれの場所というのはここにあるはずだ、そういうイメージがありますよ。そういうことが本来的ですね。あるいはそういうイメージを実現していくことが本来的であって、その他のことはあまり文句はないんですけれども ね。(『ことばの宇宙』67年6月号)

共同幻想も人間がこの世界でとりうる態度がつくりだした観念の形態である。〈種族の父〉(Stamm-vater) も〈種族の母〉(Stamm-mutter) も〈トーテム〉も、たんなる〈習俗〉や〈神話〉も、〈宗教〉や〈法〉や〈国家〉とおなじように共同幻想のある表われ方であるということができよう。人間はしばしばじぶんの存在を圧殺するために、圧殺されることをしりながら、どうすることもできない必然にうながされてさまざまな負担をつくりだすことができる存在である。共同幻想もまたこの種の負担のひとつである。だから人間にとって共同幻想は個体の幻想と逆立する構造をもっている。そして共同幻想のうち男性または女性としての人間がうみだす幻想をここではとくに対幻想とよぶことにした。いずれにしてもわたしはここで共同幻想がとりうるさまざまな態様と関連をあきらかにしたいとかんがえた。

とうぜんおこりうる誤解をとりのぞくために一言すると、共同幻想という概念がなりたつのは人間の観念がつくりだした世界をただ本質として対象とするばあいにおいてのみである。この世界に観念だけで幽霊のように独立して存在しているものなどなにもないなどといわないでほしい。またすべての人間の観念は物質の関係の別名にほかならないなどといってもらってはこまるのである。その種の反撥はすでにわたし自身によって充分に反撥されたのちにこの試みはなされている。だからこの試みは本質論としてなりたつのである。そして物質論者や観念論者が本質論をもたない物質論や観念論としてしか存在しない現在、このような本質論は試みるにあたいすると確信している。

ここでとりあげられている世界は、民俗学や古代史学がとりあげている対象とかさなっている。しかし、わたしの関心は、民俗学そのもののなかにも古代史そのものにもなかった。ただ人間にとって共同の幻想とはなにか、それはどんな形態と構造のもとに発生し存在をつづけてゆくかという点でだけ民俗学や古代史学の対象とするものを対象としようと試みたのである。この試みから民俗学や古代史学について調査と資料と文献によって整合されたあたらしい知見をみつけだそうとしてもあるいは失望するかもしれない。もちろん民俗学と古代史学の現在の水準をけっして無視しなかったつもりだから、それなりの礼節はこれらの学問的な知見にたいしても支払われているはずである。しかし、わたしにとってそんなことは、もとより問題ではなかった。わたしがここで提出したかったのは、人間のうみだす共同幻想のさまざまな態様が、どのようにして綜合的な視野のうちに包括されるかについてのあらたな方法である。そしてこの意味ではわたしの試みはたれをも失望させないはずである。なぜならわたしのまえにわたし以外の人物によってこのような試みがなされたことはなかったからである。ただ、このような試みにどんな切実な現代的な意義があるのかについてはひとびとのいうのにまかせたいとおもう。

現在さまざまな形で国家論の試みがなされている。この試みもそのなかのひとつとかんがえられていいわけである。ただ、ほかの論者たちとちがって、わたしは国家を国家そのものとして扱おうとしなかった。共同幻想のひとつの態様としてのみ国家は扱われている。それにはわけがある。わたしの思想的な情況認識では、国家をたんに国家として扱う論者たちの態度からは現在はもちろん未来の情況に適合するどんな試みもうみだされるはずがないのである。つまり、かれらは破産した神話のうえに建物をたてようとしているのだが、わたしは地面に土台をつくり建物をたてようとしているのである。このちがいは決定的なものであると信じている。

禁制論

禁制(Tabu)のようなもともと未開の心性に起源をもった概念に、まともな解析をくわえた最初のひとはフロイトであった。フロイトに類推の手がかりをあたえたのは神経症患者の臨床像である。神経症患者がなぜそうするのか理由もわからず、また論理的な糸もたぐれないのに、ある事象にたいして心を迂回させて触れたがらないとすれば、この事象はかならずといっていいほど患者にとって願望の対象でありながら、怖れの対象でもあるという両価性をもっている。フロイトはながいあいだの観察の経験からそれを知っていた。そしておおくのばあい、怖れの対象であるという側面は、患者の心の前景におしだされるが、怖れの対象そのものが同時につよい執着や願望の対象でもあるという側面は、心の奥のほうにしまいこまれることを見つけだしていったのである。

未開の種族が敵にたいして、族長にたいして、死者にたいして、あるいは婚姻にたいして、とうていまともにはかんがえられない奇妙な禁制を課しているという民族学者や民俗研究家の報告は、フロイトの関心をつよくひいた。フロイトは未開の種族が、神経症患者とおなじにはあつかえないにしても、共通の心性をとりだすことができるとかんがえた。フロイトの体系からはとうぜんであった。かれは人間の心の世界を、乳幼児期からレンガのようにつみかさねられてできた世界とみなしている。もちろん、人間の心の世界は幻想だから、レンガのようにつみかさねられるはずがない。現在の心の世界は、ただ現在だけの世界であって、どんな意味でも過去からつみあげられた層状の世界ではない。けれどフロイトのこういう図式的なかんがえ方は、個々の人間の〈生涯〉を人類全体の〈歴史〉と対応させるにはきわめて有利である。そこでは個々の人間の乳幼児期は、人類の歴史の未開期になぞらえられる。もし神経症をなんらかの意味での世界の退化とみなせるとすれば、未開種族の心性は神経症の症候と類比できることになる。そしてフロイトは神経症についてのかれの基本的なかんがえを、未開種族の禁制にたいしてあてはめたのである。

フロイトのタブー論のうち、わたしの関心をひくのは近親相姦にたいする〈性〉的な禁制と、王や族長にたいする〈制度〉的な禁制とである。なぜならばこのふたつは前者が〈対なる幻想〉に関しており、後者が〈共同なる幻想〉に関しているからである。

いまここにある未開種族が母子相姦や兄弟・姉妹相姦について禁制をもっていると

する。フロイトによれば禁制のあるところには、またつよい願望があることを暗示しているはずである。母子相姦にたいするつよい願望にとって、もっとも障害となるのは〈父〉という存在である。また兄弟・姉妹相姦の願望にとって、もっともさまたげとなるのは〈男〉の兄弟たち自身である。そこで、フロイトによれば事態はつぎのようになる。

性的欲求は、男たちを結合させるどころか、逆に彼らを分裂させてしまう。いいかえれば、父親を圧倒するためには、兄弟たちはたがいに団結しあったが、女たちのばあいには、たがいに敵同志になった。みんなが父親と同様に、女たちを全部、自分のものにしておこうとした。そこで、たがいにあらそいあって、新しい組織は滅びてしまいそうであった。しかも、父親の役割を演じて成功を収めるような、あくまで強力な人はもはやいなくなっていた。したがって、兄弟たちは、共同生活をしようとすれば、近親性交禁止のおきてをつくるよりほかには、もうしかたがなくなったわけである。しかも、これはたぶん、さまざまの困難な事件を克服したすえに、やっとそうなったのであろう。ともかく、この禁止のせいで、彼らはみんなそろって、自分たちが熱望していた女たちを断念するにいたったのである。しかも実のところは、この女たちのためにこそ、何にもまして、父親を片づけてしまったわけなのだ。こうして彼らは、自分たちを強力にしてくれたこの組織を破滅から救ったのであるが、この組織こそは、彼らが父に追放されていたさいに、生じたらしい同性愛的感情と行為にもとづきうるものであった。おそらくこうした状況こそ、バッハオーフェン（Bachofen）が認めた母系権制度に対する萌芽となったものであろうが、これはやがて家長的家族制度にとってかわられるようになったのである。
（「トーテムとタブー」、土井正徳訳）

いかにもありうべきことにおもわれてくる。ただしあくまでも未開人の〈性〉的な心の劇としてであって、制度としてではない。フロイトは確信をもって、近親相姦についての禁制が、制度にはやがわりするところを推定しているが、これは誤解でなくてはならない。というのは、はじめにたぶん個々の人間の〈性〉的な心の劇としてかんがえられたものが、いつのまにか母系制度の出現にすりかわっているからである。もし首尾をととのえるだけの余裕をもっていれば、フロイトのつよい説得力は、ただ未開人の〈性〉的な心の劇の筋書きとしてだけ真実らしい力をもっていることに、気づくはずである。フロイトは人間の〈性〉的な劇をまったく個人の心的なあるいは生理的な世界のものとみなした。このかんがえには疑問がある。ごくひかえめに見積っても、この〈性〉的な劇を〈制度〉のような共同世界にまでむすびつけようとするときには疑問がある。そこで人間の〈性〉的な劇の世界は、個人と他の個人とが出遇う世界に属するもので、たんに個体に固有な世界ではないとかんがえるべきである。そしてこのフロイトの指している心の世界は〈対なる幻想〉の世界とよぶことができる。そ

フロイトは神経症患者の心の世界を無造作にひろげすぎた。かれの思想は一貫して〈性〉としての人間をほんとうの人間とみなしており、その世界のそとに触手をのばすときには、それなりに必要な手続きをおこたっている。これはおそらくフロイトの思想体系が原理的にもっている欠陥によるので、けっしてある既得の思想が、世界を裁断するときおこる偏狭さのせいではない。フロイトのいう〈リビドー〉は、あるときは個人の〈性〉的な心の世界であり、あるときは〈性〉的な経験の世界であり、あるときは〈性〉的な行為がもたらす結果であるが、これはかれにはっきりと自覚的になっていないため、無造作に混同されている。この混同が、個人の心のなかの劇からじっさいの経験の世界へ、個人の経験の世界から共同的な世界へ、つまり制度の考察へとひきのばされると矛盾を拡大するのである。どこからフロイトにふみこんでいっても、この矛盾はおなじ本質をもっている。

ここで未開社会での王や族長や首長などの禁制的な権威をかんがえてみる。フロイトによれば、これらがもつ〈「例外的な地位」〉は、その支配のしたにある人民にとって両価的である。つまり願望や憧憬や崇拝の対象であるとともに、不吉な恐怖をおぼ

える地位であるため、近づいたりとって代ったりする気にならない対象でもある。そこでフロイトでは未開王権の問題はつぎのように理解される。

なぜ、種々の人間のマナの力がたがいに反作用しあうのか、また、その一部分は解消しあうのか、ということがいまや明らかになつた。王と臣下との社会的差異がきわめて大きいだけに、王のタブーは臣下にとつて強烈すぎるわけである。ところが宰相となると、これは両者のあいだにたつて、ことなく仲介役をはたすことができるのである。このことを、タブーの言葉から、通常の心理学の用語に翻訳すると、次のようになる。臣下は、王との接触がもつている大きな誘惑をおそれるけれども、官吏との交渉に対しては、さまたげを感じていない。相手が官吏ならば嫉妬する必要もないし、この地位くらいなら、彼自身でも、おそらく到達できるだろう、と思われるからである。また、宰相は、自分に与えられている力を計算に入れさせることによつて、王に対する嫉妬を和らげることができるのである。したがつて、誘惑にひきこむ魔力の差異が、小さいばあいには、異常に大きいときにくらべて、おそれを抱くこともすくないわけである。(「トーテムとタブー」土井正徳訳)

官僚はなぜ王と大衆のあいだに発生してくるか? それは王のタブーを和らげるた

めである。こういうフロイトの制度にたいする理解の仕方は、興味をそそるが無意味なことのようにおもわれる。未開王権のもとで制度は、心理的な理由から発生したことになるからだ。わたしたちは制度の世界を〈共同なる幻想〉の世界とかんがえるが、人間の幻想の世界は共同性として存在するかぎりは、個々の人間の〈心理的〉世界と逆立してしまうのである。つまり反心理的なものに転化してしまう。もちろん個々の人間の心理のなかに、王にたいする心の両価性もまた存在するだろう。そこでこの未開人の心の両価性は、たかだか王権や王制にたいする〈虚偽〉や〈順応〉や〈崇拝〉や〈無関心〉などの意識としてあらわれるにすぎないのである。

フロイトはこのやり方で、日本の古代王権で神権と政治権力が分離するさまに言及した。王はじぶんが神聖だという重荷におしひしがれて、現実界の事物を支配する能力を失い、身分の低い、王位の栄誉を否定しようとする有能な人間に、政治的な支配権を委ねるようになる。そして政治的な支配者が生みだされる。そのため禁制の上にのっている世襲的な王は、現実には意味のない宗教的な権力だけをうけつぐようになるというのが、フロイトのわが古代王権にたいする理解であった。この理解には、たしかにいくらかの真実性が感じられるが、矢がまとを射あてたときの真実性とはまったくちがっている。真実性にはちがいないが、人間の観念がつくりだした世界は、どんなものでも心理的なかんぐりで解釈できるものだ、という意味での真実性である。

そこでわたしたちは、禁制にもまた〈自己なる幻想〉と〈対なる幻想〉と〈共同なる幻想〉を対象とするまったく異なった次元の世界があるのを前提にしなくてはならなくなる。そしてこの三つの異なった世界も未開のはじめには、とても錯合しているかもしれないから、フロイトのように〈敵〉なるもの、〈王〉なるもの、〈死〉なるものというように、はっきりとりだすことはできない。こういうばあいわたしたちは、資料として民俗譚をもっているだけだが、民俗譚は古くしかも新しいという矛盾した性格をもっている。この矛盾を正確にとりあつかえれば、未開の〈幻想〉のさまざまな形態をかんがえるための唯一の資料でありうる。

ある事象が、事物であっても、思想であっても、人格であっても禁制の対象であるためには、対象を対象として措定する意識が個体のなかになければならない。そして対象はかれの意識からはっきりと分離されているはずである。かれにとって対象は、怖れでも崇拝でも、そのふたつでもいいが、かれの意識によって、対象は過小にか過大にか歪められてしまっている。さしあたってじぶんにとって、じぶんが禁制の対象であったとすれば、対象であるじぶんは酵母のように歪んでいるはずである。そしてこの状態にたえず是正をせまるものがあるとすれば、かれの身体組織としての生理的な自然そのものである。またじぶんにとって〈他者〉が禁制の対象であったとすれば、この最初の〈他者〉は〈性〉的な対象としての異性である。そしてじぶんにとって禁制の対象が〈共同性〉であるとすれば、この〈共同性〉にたいするじぶんは、〈自己幻想〉であるか性的な〈対幻想〉であるかいずれかである。じぶんにとってじぶんが禁制の対象である状態は、強迫神経症とよばれているもののなかにもっとも鮮やかにあらわれる。この状態はすべての心の現象とおなじように、例外なく共同の禁制と逆立してあらわれるはずである。けれど〈正常〉な個体は大なり小なり、共同の禁制にたいして合意させられている。そしてこの合意は黙契とよばれるのである。黙契でも対象になるものはかならずある。しかもある共同性の内部にあるはずである。〈かれ〉の意識にとって、対象が怖れでも崇拝でもいいことは、禁制のばあいとおなじだが、ただ〈かれ〉の意識は共同性によっていわば赦されて、狃れあっているという意識をふくんでいる。禁制ではかれの意識は、どんなに共同性の内部にあるようにみえても、じつは共同性からまったく赦されていない。いわば神聖さを強制されながら、なお対象をしりぞけないでいる状態だといえる。禁制の対象が〈共同性〉であったばあいの個体でも事情はおなじである。ある〈幻想〉の共同性がある対象を、それが思想にしろ、事物にしろ、人格にしろ共同に禁制とかんがえているばあい、じつはそのなかの個人は、禁制の神聖さを強制されながら、その内部にとどまっていることを物語っている。わたしたちは、ここでたくさんの現代的禁制と、それにたいするさまざまな意識の真相を例としてあげることができるだろう。しかし、それらはおおくはつまらないものである。禁制によって支配された共同性は、どんなに現代めかして真理にラディカルな姿勢にみえても、じつは未開をともなった世界である。

ここで問題なのは禁制もまた、共同性をよそおった黙契とおなじみかけであらわれうることだ。このときにはなんによって、共同の禁制と黙契とを区別できるだろうか？共同の禁制は制度から転移したもので、そのなかの個人は〈幻想〉の伝染病にかかるのだが、黙契はすでに伝染病にかかったものの共同的な合意としてあらわれてくる。わたしたちの思想の土壌では、共同の禁制と黙契とはほとんど区別できない。禁制はすくなくとも個人からはじまって、共同的な〈幻想〉にまで伝染してゆくのだが、個人がいだいている禁制の起源がじつは、じぶん自身にたいして明瞭になっていない意識からやってくるのだ。知識人も大衆もいちばん怖れるのは共同的な禁制からの自立である。この怖れは黙契の体系である生活共同体からの自立の怖れと、じぶんの意識のなかで区別できていない。べつの言葉でいえば〈黙契〉は習俗をつくるが〈禁制〉は〈幻想〉の権力をつくるものだ。そういうことがつきつめられないまま混融している。

未開の〈禁制〉をうかがうのにいちばん好都合な資料は、神話と民俗譚である。だが〈禁制〉と〈黙契〉とがからまったまま混融している状態を知るには、民俗譚が資料としてはただひとつのものといっていい。神話はその意味では、高度につくられすぎていて、むしろ宗教・権威・権力のつながり方をよく示しているが、習俗と生活威力とがからまった〈幻想〉の位相をしるには、あまり適していない。

民俗譚は現在に伝えられているかぎりすべてあたらしいものだ。未開の状態をうかがえるとしてもかなり変形されている。そしてこの変形は、神話のように権力にむすびついた変形ではなく、習俗的なあるいは生活威力的な変形というべきものである。

さいわいにもわたしたちは、いま無方法の泰斗柳田国男によってあつめられた北方民譚『遠野物語』をもっている。この日本民俗学の発祥の拠典ともいうべきものは、民譚の分布をよく整備してあり、未開の心性からの変形のされ方は、ひとつの型にまで高められていて、根本資料としての充分な条件をもっている。わたしたちはこれを自由な素材としてつかうことができる。

『遠野物語』にはいくつかの山人の話があつめられている。そのうち死者がからまってくる因果話がいくつかある。山人譚も死者がかかわってくると、見かけからは複雑なものになってくる。この複雑さは宗教理念がまじってくるためで、山人譚がもともと、どんなものでも他界の観念をふくんでいることとべつの問題である。この見かけの複雑さをはじめから避けて、わたしたちの関心にひきよせてみる。

(1)村の若者が猟をして山奥にはいってゆくと、遥かな岩の上に美しい女がいて、長い黒髪を梳いていた。とうてい人がいるような場所ではなかったので、男は銃をむけて女を撃った。たおれた女のところへ駈けよってみると、身のたけが高い女で、髪はたけよりも長かった。証拠にとおもって女の髪をすこし切って、懐ろにいれて家路にむかったが、途中で耐えられないほど睡気をもよおしたので、あたりでうとうとしたが、夢とも現ともわからぬうちに、身のたけの大きい男があらわれ、懐ろから黒髪をとり返して立ち去った。若者は眼がさめた。

(2)男が笹を刈りに山に入った。若い女が林のなかから赤ん坊を背負って、笹原の上を歩いてきた。あでやかで長い黒髪をたれた女で、ぼろぼろな着物を木の葉などでつづり、赤ん坊は藤蔓で背負っていた。事もなげに近よってきて、男のすぐ前を風のように通りすぎていった。男はこのときの怖ろしさから病にかかり、やがて死んだ。

(3)遠野のある長者の娘が、雲がくれして数年もたった後、おなじ村の猟師が山の奥で、その娘にあった。おどろいて、どうしてこんな処にいるのかと問うと、或る者にさらわれていまはその妻になっている。子供もたくさん生んだけれど、夫が食べてしまってじぶん一人である。じぶんはここで一生涯を送るけれど、ひとにはいわないでくれ、おまえも危いからはやく帰った方がいいといった。

(4) 村の娘が栗拾いに山に入ったまま帰らなくなった。家の者は死んだとおもって、葬式もすませて数年すぎた。村の猟師があるとき山に入って偶然にこの女にあった。どうしてこんな山にいるのかと問うと、恐ろしい人にさらわれ妻にさせられた。にげ帰ろうとおもってもすこしも隙がない。その人はたけが大きく眼の光がすごい。子供も幾人か生んだけれど、食べるのか殺すのか皆もちさってしまう。ときどき四五人集って何か話し、どこかへいってしまう。食物など外からもってくるのだから、町へも出るにちがいない。こう言っている間にも帰ってくるかも知れないというので、猟師も怖ろしくなってそうそうににげ帰った。(『遠野物語』三、四、六、七)

この聴き書きを書きとめたとき、ただ興味を刺戟される山村の説話とかんがえたにちがいない。のちに柳田国男が山人畏怖を高所崇拝とむすびつけ、村人と山人とのあいだを、現世と他界とになぞらえ、土着民と外来民との関係に対比させたのは、かれの学的な体系がはっきりした骨格をもつようになってからである。

遠野の村人が語ったこういう聞き伝えのどこに、かれが興味をおぼえたかは、その文章からすぐにわかる。それは、しぼってみれば村人たちの〈恐怖の仕方〉ともいうべきものである。〈恐怖〉の迫真力は、直接体験にちかいほど大きいとしよう。そして直接体験からへだたって、たとえば村の古老の誰某の体験だとか、村の誰某が実際に体験した話を聞いたのだが、というような媒介が入りこむほど、迫真力はおとろえる。と同時に虚構が入りまじり、虚構がますにつれて〈恐怖〉は、いわば〈共同性〉の度合を獲得してゆく。『遠野物語』は、この又聞き話とそうだ話という位相で直接体験と接触している。この独特な位相は柳田民俗学の学的な出発の位相をよく象徴しているということができよう。

いま〈恐怖の共同性〉ともいうべき位相から、この山人の話をさらに抽出してみれば、つぎのような点に帰せられる。

(1)山人そのものにたいする恐怖がある。
(2)山人と出遇ったという村人の体験が夢か現かわからないという恐怖がある。
(3)山人の住む世界が、村人には不可抗な、どうすることもできない世界だという恐怖がある。

山人そのものにたいする〈恐怖〉は、タイラーが巨人伝説について指摘しているように、文化の発達した異族にたいする未開の種族の〈恐怖〉か、あるいは逆に土着の異族にたいする侵入してきた種族の〈恐怖〉に還元されるだろう。『遠野物語』の山人譚の位相はけっして古来からの言い伝えという性質をもたず、たかだか百年たらずむかしという時称で語られている。だからこのいずれのばあいにもあてはめることができる。もしもわたしたちが、民俗学という位相にすべりこむならば、だ。じじつ柳田は『遠野物語』のべつの個処で、嘉永の頃には釜石のような遠野から海岸にでたところには西洋人が住み、混血児も多かったという老人の話を書きとめているし、そのあとの個処で、「土淵村の柏崎にては両親とも正しく日本人にして白子《しらこ》二人ある家あり。髪も肌も眼も西洋の通りなり。今は二十六七位なるべし。家にて農業を営む。語音も土地の人とは同じからず、声細くして鋭し。」（八五）とも記しているから、山人そのものは西洋人の象徴としても存在しうるし、また、逆にエゾのような未開の異族の象徴ともかんがえられる。

『遠野物語』の山人譚がわたしたちにリアリティをあたえるのは、民俗学的な興味を刺戟されるからではなく、心的な体験にひっかかってくるものがあるからである。この心的な体験のリアリティという観点から、山人譚の〈恐怖の共同性〉を抽出してみればつぎのふたつに帰する。

(1)はいわゆる〈入眠幻覚〉の恐怖である。

村の猟師が獲物をもとめて山に入った。山を駈けずりまわって大へん疲労をおぼえた。この疲労は判断力を弛緩させ、そのとき白日夢のうちに山人に出遇い、あたかも現にあるかのような光景を視させる。人のあまり通わない深山で獲物をもとめる猟師たちの日常では、しばしばある種のおなじ想いがとおりすぎるであろう。猟師たちは山のなかを歩きまわって獲物をさがしているのだが、そのときの心の世界は、奥の奥を独りでたどってゆく体験ににた時間をもつはずである。このとき山人がいるとか、人さらいがいるとか、山奥の雰囲気をおそれた体験や言い伝えを、幼児のときにでもきいていたとすれば、猟師はたやすく山人に出遇い、山人を銃で撃ち、山人と話を交わすという入眠幻覚にさらされるはずである。

これは、たれでも一度くらいは体験したことのある精神病理学上のいわゆる〈既視〉体験ににている。極度に疲労して歩いているとき、いまとおっている道が、じつははじめてとおった旅先の道であるのに、いつか視たことがある風景のようにおもわれてくるというような体験である。あるいは、なにかの心の状態にあるとき、ふとこの心の状態はじぶんが繰返し体験してきたある心的状態とおなじだと感じながら、もとになる体験の記憶にどうしてもつながってゆかない〈既感〉の体験とにている。

猟師の入眠幻覚が山人に結晶するのは、里人にけっしてであわない山にはいり、人と言葉を交したい誘惑を感じながら獲物を追う生活が、日常くりかえされるため、どうしても山にすむ人の像が結ばれるからにちがいない。そして山人譚が各地に民話として分布するのは、おなじような生活をしている猟師たちに固有な〈幻想〉が、ある共同性を獲得してゆくからである。柳田国男の学的な体系がそうであったように、またフレーザーやタイラーがそうであったように、民俗学はこういう思考方法をとらない。かれらは民話や伝承を蒐集し、分類し、分布をしらべ、その分布を同一系統にまとめようとするか、あるいは具体的な交通の結果としてかんがえようとする。しかし、民俗譚をかんがえるばあい重要なことは、それを〈幻想〉の共同性として了解することであり、説話や伝承の共同性として了解することではない。『遠野物語』のなかの山人譚を、入眠幻覚の一種としてうけとったとき、この山人譚とわたしたちの現代的な〈既視〉体験とどこがちがうのだろうか？

『遠野物語』の山人譚は、猟師が繰返している日常の世界からやってくる〈正常〉な共同の幻想である。しかし、わたしたちが体験する〈既視〉は、日常の世界とはちがった場面で出遇いそして感ずる個人の〈異常〉な幻想として意味をもっている。このちがいは日常生活に幻想の世界をよせる大衆の共同の幻想と、非日常的なところに幻想の世界をみる個人幻想との逆立を象徴しているようにおもわれる。

わたしはここでふと、大岡昇平の『野火』にあらわれた〈既視〉体験の描写をおもいうかべる。『野火』の主人公である〈私〉は、敗残兵として比島の山のなかを歩きながら、ふと以前にもこんな風に歩いていたことがあったという感覚を体験する。

〈私〉はこの心の体験を作品のなかでつぎのように解釈している。

歩きながら、私は自分の感覚を反芻してゐた。既知の感じに誤りがあるのはたしかとしても、記憶の先行のやうな機械的な作用からではなく、私の感覚の内部に原因を探したいと思つた。

私は半月前中隊を離れた時、林の中を一人で歩きながら感じた、奇妙な感覚を思ひ出した。その時私は自分が歩いてゐる場所を再び通らないであらう、といふことに注意したのである。

もしその時私が考へたやうに、さういふ当然なことに私が注意したのは、私が死を予感してゐたためであり、日常生活における一般の生活感情が、今行ふことを無限に繰り返し得る可能性に根ざしてゐるといふ仮定に、何等かの真実があるとすれば、私が現在行ふことを前にやつたことがあると感じるのは、それをもう一度行ひたいといふ願望の倒錯したものではあるまいか。未来に繰り返す希望のない状態におかれた生命が、その可能性を過去に投射するのではあるまいか。

「贋の追想」（既視体験のこと—註）が疲労その他何等かの虚脱の時に現はれるのは、生命が前進を止めたからではなく、ただその日常の関心を失つたため、却つて生命に内在する繰り返しの願望が、その機会に露呈するからではあるまいか。

私は自分の即興の形而上学を、さして根拠あるものとは思はなかつたが、とにかくこの発見は私に満足を与へた。それは私が今生きてゐることを肯定するといふ意味で、私に一種の誇りを感じさせたのである。(『野火』)

〈既視〉はこのばあいにも、極度の疲労によって対象的判断力が低下し、それにともなって外界への意向を喪失し、同時に視覚的な受容と、受容したものを了解することのあいだに〈距たり〉が生じたために〈私が視たもの〉を、あらためて〈私〉が〈視る〉ということにすぎない。だから主人公の〈私〉の疲労困憊ということのなかにしか病理学上の真実はない。たしかに〈私〉の即興の形而上学にはさしたる根拠はなかったということもできる。

ここで『野火』の主人公の〈私〉は〈既視〉現象にあたえたベルグソンの解釈をおもいうかべる。ベルグソンの内的持続の時間概念からは〈既視〉現象は、現在をたえず過去におくりこむことによってしか内的に生きない人間の生命が、疲労のため一時的に持続をやめ、現在を過去に追いこめなくなるため、内的過去が意識の前景におし出されることにほかならない。主人公の〈私〉はこういうベルグソンの解釈を想いおこして不快を感ずる。なぜなら『野火』の主人公の〈私〉は、たとえば休暇をとって山登りに出かけた人間が、疲労のあまり〈既視〉を体験しているのではなくて、敗残兵として異国の地で生命をおびやかされながら逃げまわる途中で〈既視〉を体験しているからである。生理的にいっても心の体験としても〈私〉の体験は、たんに遊びのため山登りに出かけ、疲労したあげくに感ずる誰かの〈既視〉体験とどこもかわっていない。それがベルグソンの〈既視〉解釈をおもいうかべたとき主人公に不快を感じさせた真の理由である。〈私〉は無理にでも、敗残兵として死にさらされながら体験している〈既視〉現象に、倫理的な意味をあたえずにはおられない。おそらく『野火』の主人公の〈私〉は、フロイトとベルグソンを倫理的につなぎあわせて、さきに引用したような解釈をやったのである。

わたしのかんがえでは、この主人公の解釈はちがっている。疲労によって判断力の時間性が変容したために、感覚的な受容とその了解とが共時的に結びつかないで、いったん受容した光景を、内的にもう一度視るということにしか〈既視〉の本質はないからだ。

しかしそれは、いまの場合ちいさなことである。ここでとりあげたいのは覚醒時の入眠幻覚ににたような心的な体験が、人間にとって共同性と個人性という二様の形であらわれうるということである。

『野火』の主人公である〈私〉にとって〈既視〉体験は、いわば個人の心に現われる〈幻想〉という意味をもっている。個体はこのとき、すでに過去に視たことのあるものが再現されるすがたを、まったくはじめての心の体験のようなものとしてうけとる。繰返したくさん体験したことを、人間はよりおおく心の経験として保存することが真実だとしたら『野火』の主人公が体験したような〈既視〉は、たくさん繰返されたであろう多数の人間の共同的な幻想を個人幻想として体験するという心的な矛盾の別名にほかならない。だからこそ精神病理学は、〈既視〉という共通の術語で個体をおとずれる心的異常の意味をとらえるのである。

だが『遠野物語』の猟師が感ずる入眠幻覚の性質は『野火』の主人公のばあいとちがっている。『遠野物語』のなかの猟師が山に入り、岩の上に美しい女が長い黒髪を梳っているのに出遇って、銃で撃ちころし、その黒髪を截ってふところにして帰る途中、睡気におそわれてうとうとしているあいだに、夢か現かわからぬままに身の丈の大きな男があらわれて、ふところの黒髪を奪って立ち去ったという山人譚には、猟師仲間の日常生活の繰返しのなかからうまれた共同的な幻想が、共同的に語り伝えられるという本質しかない。たしかにそういう体験をしたと村の猟師が語ったとしても、かれが個人として〈異常〉な心のもちぬしだとはいえない。ただ〈正常〉な個人の虚譚でありうるだけである。ここでは〈異常〉な心の体験は〈異常〉とならずに〈嘘〉としてあらわれる。この理由はおそらく単純である。山村の猟師という日常生活の共通性にもとづいて、共通な山奥の猟場の心の体験が、長い年月をかけて練られたのち、この種の山人譚はうみだされる。個々の猟師の幻想体験が真実だったとしても、その幻想は共通の日常生活の体験によって練りあげられて共同性となったとき〈異常〉とならずに〈嘘〉に転化するのだ。

つぎにかんがえられる〈恐怖の共同性〉としては、

(2)〈出離〉の心の体験ともいうべきものである。

長者の娘があるときから、急に神かくしにあったように行方不明になった。猟師が幾年もたったのち山に入るとその娘に出遇った。驚いてどうしてこんなところにいるのだと猟師が問うと、じつはいまはおそろしい山人の妻になっている。逃げようにもどうすることもできない。(これはもっと徹底すると一生涯ここにいるつもりだとなる。)子供も生れたが食べられるか殺されるかしていない。ここは怖ろしいところだから、どうかじぶんのことはそのままそっとして逃げてくれと、娘は猟師に語る。『遠野物語』のなかのこの種の話は、いわば村落共同体から〈出離〉する心の体験という意味でリアリティをもっている。村からなにかの事情で出奔して他郷へ住みついたものが、あるとき郷里の村人に出あって、あまり良いこともなかった出奔後の生活について語るという比喩におきかえてみれば、この種の山人譚のうったえるリアリティの本質はよく理解される。

そしてこの種の山人譚で重要なことは、村落共同体から離れたものは、恐ろしい目にであい、きっと不幸になるという〈恐怖の共同性〉が象徴されていることである。村落共同体から〈出離〉することへの禁制（タブー）が、この種の山人譚の根にひそむ〈恐怖の共同性〉である。

タイラーの『原始文化』やフレーザーの『金枝篇』をまつまでもなく、未明の時代や場所の住民にとって、共同の禁制でむすばれた共同体の外の土地や異族は、なにかわからない未知の恐怖がつきまとう異空間であった。心の体験としてみれば、ほとんど他界にひとしいものであった。それが『遠野物語』の山人のように巨人に象徴されても、小人や有尾人に象徴されても、住民の世界感覚に村落の共同性からへだてられた他郷は、異空間にひとしかったであろう。それでも心の禁制をやぶって出奔するものも、そういう事情も、現実にあったということを、この種の山人譚は暗示しているようにおもわれる。

山人にさらわれて妻にされた女は、村の猟師に山人の恐ろしさを訴えるが、じぶんは帰ろうとしない。女はじぶんを禁制をやぶったよそものとしてかんがえ、ふたたび村に戻れないのだというたてまえで、いつも距離をおいて村の猟師に対する。さらわれた山人の妻と、出遇った村の猟師のあいだのこの異邦人感覚にもにた距離感が、この種の山人譚にリアリティをあたえている。

ここまできて、わたしたちは『遠野物語』の山人譚が語りかける〈恐怖の共同性〉

ともいうべきものが、時間恐怖と空間恐怖の拡がりに本質的に規定されていることを知る。又聞き話とそうだ話とが手をのばせる時間的なひろがりは、ここでは百年そこそこである。また空間的なひろがりは遠野近在の村落共同体をでない。それ以前の時間も、それ以外の空間もさまざまに意味づけられる未知の恐怖にみちた世界である。その世界は共同の禁制が疎外した幻想の世界で、既知の世界はこちらがわで、さまざまの掟にしめつけられた山間の村落である。

もちろん『遠野物語』の山人譚から個体の入眠幻覚と個体の出離感覚が描きだした多彩な幻想と、哀切な別離感をよみとることができる。しかしそれに酔うことはできない。わたしたちもまた、現代にふさわしい固有の禁制の世界をあみだし、それにかこまれて身をしめつけられているからである。

柳田国男が、この種の山人譚からひき出したのは〈恐怖の共同性〉ではなかった。山は人間の霊があつまり宿るところだという高所崇拝の信仰に、民俗学的な類型と血肉をつけてさしだすことであった。『広遠野譚』をよむと、柳田が『遠野物語』のこういう山人譚をどこへひっぱっていったかを知ることができる。またかれの学的な体系がどういうふうに拡がっていったかも推知することができる。

『遠野物語』の語り手佐々木鏡石が娘を亡くしたときにみた夢について、柳田は『広遠野譚』でこう記している。

私の記録して置きたいと思ふのは、此子の父が見たといふたつた三つの夢だけである。三十日の祭を営まうといふ前の夜には、巌石の聳え立つ山の中腹を、この少女が行き巡つて、路を覔《もと》めるらしき姿を見た。四十日祭の前夜には、青空が照りかゞやいて、何とも云へぬほど朗らかな中を、たゞ一人宙を踏んで行くのを見た。其時にどこからともなく追分節の、長々とした歌の声が聞えて、其節に合せて歩みを運んで居たことを覚えてゐるといふ。それから暫くして五十日も近い頃には、もう一度同じやうな美しい青空の下に、長い橋の上で亡き娘に行逢うた夢を見たのださうである。

此時は声をかけて、おまへは今何処にゐるのかと尋ねて見た。さうすると私は早《はや》池峰《ちね》の山の上に居ますと、答へたと見て夢が醒めたといふ。(『広遠野譚』)

柳田は高所他界の信仰にふれて、この『遠野物語』の語り手のみた夢の記録にとどめを打っている。

わたしたちがこの夢の記録をよめば『遠野物語』の語り手佐々木鏡石は、よほど空想癖の強い人であったというふうになる。そしてこの夢と称するものは、じつは夢ではなく覚醒時の入眠幻覚にちかいものであると推測できる。いま、この夢をみた佐々木鏡石を村の猟師にたとえ、亡くなった娘を山人にさらわれて妻となった女にたとえてみれば、『遠野物語』の語り手の夢は、そのまま『遠野物語』の山人譚に対応することがわかる。そしてこのことが重要なのだ。民話がしばしば現実にはありうべくもない語り伝えから成り立っているとすれば、それを伝承する語り手も空想癖のつよい人物でなければ、語りのリアリティは保存されない。そして語り手の空想癖が民話の根源にある共同的な幻想にもどってゆくとき、伝承という心的な転移が成就される。語り手の夢が、語られた山人譚とパターンをおなじくしているとき、このパターンのなかに共同的な幻想の本質がよこたわっている。入眠幻覚のなかで『遠野物語』の語り手が娘の死をかなしんでたどろうとしたのは、村落共同体を支配する禁制の幻想であった。しかし柳田国男はそうかんがえなかった。かれは、むしろタイラーやフレーザーがはっきりと分類した高地崇拝や呪術の原始的な心性をこれに結びつけたのである。

フレーザーは『金枝篇』のなかでこうのべている。

似たものが似たものを生むという類似原理にもとづく共感呪術には、為すべしという積極的命令の呪力と、為すべからずという消極的命令の忌(タブー)とがある。積極的命令は、その欲する結果を生ぜしめようと志し、消極的命令はその欲しない結果を避けることを計る。そして欲する結果も、欲しない結果も、共に類似法則と接触法則とに従ってくると考えられていた。これら二つは、観念連合の誤まった概念の両側面或いは両極にほかならない。（比屋根安定訳）

柳田がその学的な体系のなかで採用したのは、この原始的な心性としての積極的呪術と消極的呪術というかんがえかたににている。フレーザー流にいえば、遠野の村人は早池峰を死者の霊がゆきたいと願ってあつまったところだとかんがえ、同時に山人は怖ろしいものだという猟師の話を伝えた。それはおなじ心性の両面にほかならないことになる。そしてこの心性は『遠野物語』の語り手が何を伝えるべきか、何を伝えるべきでないかを共同的な禁制として無意識のうちにも知っていたことに集約される。柳田にとっては、呪術的な原始心性が変形をうけながら流れてゆく恒常性こそが問題であった。

すべての怪異譚がそうであるように『遠野物語』の山人譚も、高所崇拝の畏怖や憧憬を語っている伝承とはおもわれない。そこに崇拝や畏怖があるとすればきわめて地上的なものであり、他界、いいかえれば異郷や異族にたいする崇拝や畏怖であったというべきである。そしてその根源には、村落共同体の禁制が無言の圧力としてひかえていたとおもえる。

わたしたちの心の風土で、禁制がうみだされる条件はすくなくともふた色ある。ひとつは、個体がなんらかの理由で入眠状態にあることであり、もうひとつは閉じられた弱小な生活圏にあると無意識のうちでもかんがえていることである。この条件は共同的な幻想についてもかわらない。共同的な幻想もまた入眠とおなじように、現実と理念との区別がうしなわれた心の状態で、たやすく共同的な禁制を生みだすことができる。そしてこの状態のほんとうの生み手は、貧弱な共同社会そのものである。

憑人論

うた此世はをぐらきを
何しにわれはさめつらむ、
いざ今いち度かへらばや、
うつくしかりし夢の世に、

（松岡国男「夕ぐれに眠のさめし時」）

柳田国男は、まだ新体詩人であったとき一篇の詩としてこれをかきとめている。雑誌『国民之友』に拠るこの年少詩人は、日夏耿之介の評言をかりれば、国木田独歩に推称される詩才をもちながら「その後の精進の迹を見せずに自分の学問的本道へ進んでしまった。」人物であった。

しかし柳田の学的な体系は、はたしてこういう詩からの転進だったのかどうかわからない。

「夕ぐれに眠のさめし時」とは柳田国男の心性を象徴するかのようにおもえる。かれの心性は民俗学にはいっても晨に〈眠〉がさめて真昼の日なかで活動するというようなものではなかった。夕ぐれに〈眠〉からさめたときの薄暮のなかを、くりかえし徴候をもとめてさ迷い歩くのににていた。〈眠〉からさめたときはあたりがもう薄暗かったので、ふたたび〈眠〉に入りたいという少年の願望のようなものが、かれの民俗学への没入の仕方をよく象徴している。

柳田の民俗学は「いざ今いち度かへらばや、うつくしかりし夢の世に、」という情念の流れのままに探索をひろげていったようである。夕べの〈眠〉から身を起して、薄暗い民譚に論理的な解析をくわえるために立ちどまることはなかった。その学的な体系は、ちょうど夕ぐれの薄暗がりに覚醒とも睡眠ともつかぬ入眠幻覚がたどる流れににていた。そしてじじつ、柳田が最初に『遠野物語』によって強く執着したのは、村民のあいだを流れる薄暮の感性がつくりだした共同幻想であった。いまこの共同幻想の位相はなにかをかんがえるまえに、柳田が少年時のじぶんの資質にくわえた回想的な挿話に立ちどまってみたい。

柳田は『山の人生』のなかで少年時の二、三の体験をあげて空想性の強い資質の世界を描いている。そのなかの一つ、

それから又三四年の後、母と弟二人と茸狩に行つたことがある。遠くから常に見

て居る小山であつたが、山の向ふの谷に暗い淋しい池があつて、暫く其岸へ下りて休んだ。夕日になつてから再び茸をさがしながら、同じ山を越えて元登つた方の山の口へ来たと思つたら、どんな風にあるいたものか、又々同じ淋しい池の岸へ戻つて来てしまつたのである。其時も茫としたやうな気がしたが、えらい声で母親がどなるので忽ち普通の心持になつた。此時の私がもし一人であつたら、恐らくは亦一つの神隠しの例を残したことと思つて居る。(「九　神隠しに遭ひ易き気質あるかと思ふ事」より)

ここで「それから又三四年の後」というのは、筋向いの家にもらい湯にいった帰りに屈強な男に引抱えられてさらわれそうな恐怖の体験をしてから三、四年後ということである。これは三つほどあげてある柳田の少年時の入眠幻覚の体験のひとつだが、柳田がもっていたこの資質の世界はかれの学にとって重要なものであった。このつよい少年時の入眠幻覚の体験者が『遠野物語』の語り手であるおなじ資質の佐々木鏡石と共鳴したとき、日本民俗学の発祥の拠典である『遠野物語』ができあがったといえるからである。

この挿話にあらわれたもうろう状態の行動はけっして〈異常〉でもなければ〈病的〉でもない。空想の世界に遊ぶことができる資質や、また少年期のある時期にたれもが体験できるものである。また、そういう資質や時期でなくても、日常の生活的な繰返しの世界とちがった異常な事件や疲労や衝撃に見舞われたとき、たれでもが体験できる心の現象である。

たぶんこの心の現象は〈既視〉現象と同質にちがいない。かれは山道をかえりながら周囲の光景が、すでに一度視たことがあるものだという感覚にうながされて、山を越えてかえり道をたどったつもりで、またもとの池の岸へもどってしまったのである。この挿話につづいて柳田は、弟が生れて母親の愛情がじぶんだけに集まらなくなったのが不満な時期に、絵本をみながら寝ているうち、神戸に叔母さんがいるという考想にとりつかれて、昼の眠りから覚めるともうろう状態で、実在しない神戸の叔母のところへ行くつもりで家をとび出してしまったという挿話をかきとめている。このばあいも、いわば考想上の〈既視〉体験ともいうべきもので、神戸の叔母がすでに存在していたかのような実感覚をもったため、母親の代りをもとめて家をとびだしたのである。

柳田は、子供のあいだには神隠しにあいやすい気質があるとおもっていると述べている。もし覚醒時や半眠時の入眠幻覚に〈気質〉という概念が入りこめるとすれば、入眠幻覚がどの方向へむかうか、という構造的な志向の差異という意味によってである。ここで柳田国男の入眠幻覚を性格づける構造的な志向がたしかめられるとすれば、もらい湯のかえりにさらわれそうになったとか、山へ茸狩にでかけて淋しい池のほとりで休んだのちに、家に帰ろうとして歩いていったら茫っとしてもとの淋しい池にかえっていたとか、また、絵本をあてがわれて寝ながら読んでいるうちに、神戸に叔母さんがいるという考想にとりつかれ、いつの間にか実在しない神戸の叔母のところへゆくつもりで家をとびだしていたという挿話の共通な性格によってである。そして、こういう挿話から共通の構造的な志向をとりだすとすれば、柳田の入眠幻覚がいつも母体的なところ、始原的な心性に還るということである。そこにみられる恐怖もいわば母親から離れる恐怖と寂しさというものに媒介されている。〈気質〉という概念をみとめる精神病理学の立場からすれば、柳田国男の入眠幻覚の性格はナルコレプシーのような類てんかん的心性として位置づけられる。

わたしはいくらか入眠幻覚という言葉を濫用してきたきらいがある。この概念をあいまいにしないために、入眠幻覚の構造的な志向の概念を拡張してみよう。入眠幻覚はその構造的な位相のちがいによって類型をとりだすことができる。柳田国男が少年時のもうろう状態の体験として描いた志向性を類てんかん的なものであり、ある始原的な欠損にむかうものとすれば、ほかに典型的に〈他なるもの〉へ向うという型と、〈自同的なるもの〉の繰返しの志向とを想定することができる。

けれどあとのふたつは行動体験にあらわれない。なぜなら〈他なるもの〉へむかう幻覚の構造的な志向は、自己の心的な喪失を相互規定としてうけとるからであり、〈自同的なるもの〉への構造的な志向は、自己内の自己にむかうからである。そこでは入眠幻覚の性質は行動にあらわれた結果によって知られるのではなく、自己喪失と自己集中の度合によってきめられる。わたしのかんがえでは、〈始原的なもの〉へむかう志向と〈他なるもの〉へむかう志向と〈自同的なるもの〉へむかう志向とのあいだの入眠幻覚の位相のうつりかわりは、共同幻想が個体の幻想へと凝集し逆立してゆく転移の契機を象徴している。いま任意の著書からこの三つの類型をとりだすことができる。

事態は、やがて、ますます悪くなっていった。私は、何時間も居間の長椅子に腰を下したまま、空間を見つめていた。映像が心の中を輝きながら通り過ぎた。外へ出て人に逢いたくなかった。新しい事物に出あうごとに私の悩みは増えるだけだったからだ。見知らぬ家へ入る数だけ、見知らぬ人の問題が、突如、私の肩を押しつけて来た。

私は、もはや、前のように働くことができなかった。洞察の能力（遠感能力のこと――註）を得たために、普通の集中力や注意力をなくしてしまったのだ。心を一つの対象に十分あるいは十五分以上とどめておくことができなかった。もし、そうすると、緊張は大きくなり、顔は熱くなって紅潮した。汗が流れ出て、いらいら落着かなくなり、指はつまったカラーのまわりを走り、手は悪魔にとりつかれた男のように髪をかきむしっていた。（ペーテル・フルコス『未知の世界』、新町英之訳）

これは超心理学でいういわゆるESP（超感覚的知覚）の持主の手記から意味がありそうなところをぬきだしたものだが、この手記者の遠感能力と称するものが、心的な自己喪失を代償として対象へ移入しきる能力をさすことがよくわかる。この〈他なるもの〉への志向には、どういう意味でも正常な共同幻想の位相は存在しない。個体に集中した心的な超常があるだけである。また、ここにはウイリアム・ジェイムズのいわゆる聖者の心性も存在しない。ただ異常の世界があるだけである。なぜなら心的な自己は消失して対象へ遍在しているため、どういう意味でも志向の内部で統御する自己意識をたもっていないからである。

礼拝する時、集会にいる時、読書する時、あるいは筋肉を休ませる時には常に、突然と例の気分の接近を感じた。（中略）これは、時間、空間、感覚を漸次また急速に消し去りゆくところに存し、また同状態は、自我と称したいものに性質を附するらしい幾多の経験能力を、徐々にまた急激に消し去るところに、存した。これら通常の意識状態が除去されるに伴い、潜在的あるいは根本的意識が、強度を増してきた。遂に一切が消えて、残るものは、純粋な絶対的な抽象的自我のみである。宇宙は、形体を失い、内容を喪うた。しかし自我は、生き生きとして躍如し、実在に対して最も辛辣なる疑惑を感じ、恰もその周囲の泡沫を破るがごとく、実在を破ろうと待ち構えて、自我が固着していた。（ジェイムズ『宗教経験の諸相』、比屋根安定訳）

ここではじぶんはじぶんに対して心的に自同的である。この幻覚の志向性は、いうまでもなく宗教者のものである。なぜなら対象世界がぜんぶ幻覚のなかで消失しても、じぶんのじぶんにたいする意識は強固に持続されているからである。

いまこういう入眠幻覚の構造的な志向を〈憑く〉という位相からながめれば、柳田国男の描いている少年時の体験はじぶんの〈行動〉に憑くという状態であり、遠感能力者の手記が語るのは他の対象に憑くということであり、ジェイムズのあげている宗教者の手記は、じぶんが拡大されたじぶんに憑くという状態である。そしてこういう入眠幻覚の体験から異常体験という意味を排除してかんがえれば、それぞれは常民の共同幻想から巫覡の自己幻想へ、巫覡の自己幻想から宗教者の自己幻想へと移ってゆく位相を象徴している。

柳田国男は『遠野物語』のなかで〈予兆〉の話を存外におおく書きとめている。いずれもにたりよったりのものだが、柳田にとって〈予兆〉の問題がいかに比重がおおきかったかを問わず語りにうつしだしている。柳田が自身を神隠しにあいやすい気質の少年だったと述べている位相からは〈予兆〉譚は、こういう構造的な指向性がいくぶん高度化したものを指している。

柳田の描いている入眠幻覚の体験は、もうろう状態でじぶんの行動になってあらわれる幻覚を意味している。〈予兆〉譚は行動としての構造をうしなっても、心の体験としては、はっきりとじぶん以外の他なる対象を措定している。ここでは関係意識がはじめて心の体験に参加するために登場する。いまいくつかの例を『遠野物語』からえらびだしてみる。

(1)　或る男が奥山に入って茸を採るため、小屋掛けをして住んでいたが、深夜に遠い処で女の叫び声がした。里へ帰ってみると同じ夜の同じ時刻に自分の妹がその息子に殺されていた。

(2)　村の或る男が町からの帰りがけに見なれない二人の物思わしげな娘に出遇った。

どこからどこへ行くのかと問うと山口の孫左衛門のところから何某のところへ行くのだと答えた。さては孫左衛門の家に凶事があるなと感じたが、ほどなく孫左衛門一家は主従二十幾人が毒茸にあたって死に、ひとり残った女の子も老いて子無くして死んだ。

(3) 或る村人が路で何某という老人にあった。大病をしている老人でこんなところで出遇うはずはないのにとおもって問うと、二三日気分がいいのでこれから菩提寺を訪ねるところだと答えた。寺の和尚も茶をもてなし、世間話をして老人は帰ったが門の外で見えなくなった。老人はその日死んだ。

(4) 遠野の町に芳公馬鹿という白痴がいた。此男は往来をあるきながら急に立ち留り、石などを拾ってあたりの人家に投げつけて火事だと叫ぶことがあった。こうすると其晩か次の日に物を投げつけられた家は必ず火事になった。

(5) 柏崎の孫太郎という男は以前発狂して喪心状態になった男だが、或る日山に入って山神から術を得た後は、人の心中を読むようになった。その占い法は頼みにくる人と世間話をしているうちに、その人の顔をみずに心に浮んだことを云うの

だが、当らずということはなかった。（『遠野物語』一〇、一八、八八、九六、一〇八）

〈予兆〉がしだいに具象的な幻想をとおって、ひとりの人物の自己幻覚にまで結晶するありさまがわかるように引用してみた。

『遠野物語』のこういった〈予兆〉譚の特徴は、たんに嘘か真かとか、なぜどうしてとかいう問いがけっして発せられないままに書き留められている点にあるわけではない。こういった〈予兆〉譚の背後にかならずある入眠幻覚に類する心の体験が、ついにたれのものかわからないように話の総体にふりわけられている点にあるのだ。これはおわりに引用した芳公馬鹿や孫太郎という遠感能力者の話のばあいでもかわらない。遠感能力をもっているのは芳公馬鹿や孫太郎という男だということは書かれているが、芳公馬鹿や孫太郎のもっている遠感能力は、いわば共同能力であるかのような位相で話は書きとめられている。かれらは白痴であり、あるいは以前にてんかん症候をおこしたことのある男だと書かれているが、すこしも〈異常〉な個人だとは感じられていない。こういった〈予兆〉譚が精神病理学にも、ジェイムズのいう神秘主義にも還元されない特異な位相はそこからきている。そして柳田国男が少年時に体験したような入眠幻覚のもうろう状態から『遠野物語』のたれに所属するのかわからないようにふりあてられた共同的なもうろう状態を象徴する〈予兆〉譚へまでいたる道は、ほんの一歩のみちのりにしかすぎない。

わたしの知見の範囲ではこういった超感覚的な知覚の問題にはじめて、まともな解析をくわえたのはフロイトであった。

フロイトは、超感覚的な知覚はありうるかどうかという問いをことさらにとりあげなかった。ただ二、三の症例をもとにして、こういった能力の持ち主は、ただ相手〈対象〉のかんがえているところやひそかな願望だけを告げるものだとかんがえた。遠感能力者というのは、いわばじぶんの心の喪失を代償に、ほんのささいな対象の情感や動作を感じとって対象への移入を完全にやってのける能力にほかならない。そういうのがフロイトの解析であった。わたしたちは、こういった問題にたいしてフロイト以上につけくわえるべきものをもっていない。超心理学のいうＥＳＰやＰＫの問題は超心理学にまかせておけばいい。『遠野物語』の「芳公馬鹿」が火事を〈予兆〉するとすれば、鼠が火事を予兆して移動するといわれているように〈予兆〉しているにすぎない。〈既視〉は現在の精神病理学ですでに心の体験の問題であるが〈未視〉や〈遠視〉は心の体験として理論の対象とはならない。ただ〈未視〉や〈遠視〉が可能であるかのように存在するとすれば、人間の心の世界の時間性の総体である生誕と死にはさまれた時間と、心の判断力の対象となりうる空間に限られた領域のうちで存在するかのような仮象を呈するといえるだけである。それ以外の時空性の領域では〈予兆〉を問題にすること自体が無意味になるだけである。

「芳公馬鹿」や「柏崎の孫太郎」の〈予兆〉能力は、虚譚か事実譚かという条件を排除すれば『遠野物語』のふつうの村人たちが体験した死やわざわいの〈予兆〉の共同性が、ひとりの白痴や精神異常者の人格に象徴的に凝集されたものにほかならない。しかし異常でもなんでもないごくふつうの村民の〈予兆〉譚が意味しているのは、おそらくこれとは位相がちがっている。

ひとりの村民が、じぶんの妹が息子に殺されたと同じ時刻に、山奥で女の叫びこえをきいたとか、町からの帰り道にザシキワラシの娘に出遇って、ワラシの住みついていた孫左衛門の家の凶事を予知するとか、瀕死であるはずの老人が菩提寺へゆくのに、道で出遇って言葉をかわして不思議におもったが、老人がその後（あるいはその刻）死んだとかいうありふれた〈予兆〉譚が意味している位相は、村人がじっさいに体験した入眠幻覚とかんがえられるばあいでも〈関係〉概念をみちびき入れなければぜんたいを理解することはできない。

フロイト的にいえば『遠野物語』の村民は、じぶんの妹が息子の嫁と仲が悪く、板ばさみになった息子は母親を殺すか嫁を離別するかどちらかだとおもいつめていることを予め知っていたために、山奥で妹の殺される叫び声をきいたのであろう。その時刻がほんとうに妹が息子から殺される時刻と一致したということにはさしたる重要な意味はない。もっと条件を緊密においつめてゆけば、おもいつめた息子が母親を殺すのは今日か明日かという時間の問題であることをも、山奥にいたその村民は知っていたとかんがえられるからである。孫左衛門のザシキワラシの娘に出遇った村民のばあいも、瀕死の老人が菩提寺にゆくのに道で出遇った村民のばあいでもこの事情はいっこうに変らない。いずれもごくふつうの村民の入眠幻覚にすぎない。ここで一様にあらわれるのは、せまくそしてつよい村落共同体のなかでの関係意識の問題である。共同性の意識といいかえてもよい。村落のなかに起っている事情は、嫁と姑のいさかいから、他人の家のかまどの奥まで、村民にとってはじぶんを知るように知られている。そういうところでは、個々の村民の〈幻想〉は共同性としてしか疎外されない。個々の幻想は共同性の幻想に〈憑く〉のである。

一般的にいってはっきりと確定された共同幻想（たとえば法）は、個々の幻想と逆立する。どこかに逆転する水準をかんがえなければ、それぞれの個人の幻想は共同性の幻想と接続しない。しかし『遠野物語』の〈予兆〉譚が語っているのは個体の幻想性と共同の幻想性が逆立する契機をもたないままで接続している特異な位相である。これはおそらく常民の生活の位相を象徴している。

こういうふつうの村民の〈予兆〉譚を「芳公馬鹿」や「柏崎の孫太郎」のような異

常者のばあいとおなじように、個々の村民の入眠幻覚の体験に還元してしまうとすれば、関係意識（対象意識）は、どういう位置からこの〈異常〉または〈病的〉な体験を理解するのに導入したらいいかという問題にゆきあたる。

そして、わたしたちがいえることは、個体の精神病理学は、ただ男女の関係のような〈性〉の関係を媒介にするときだけ、他者の（二人称の）病理学に拡張されるということである。（たとえば、フロイトが正当なのはこれをよく洞察しているからだし、現存在分析が対象病理学へ拡張されるばあいの手続の不当性はこれによって測られる。）そして個体の精神病理学を共同の、あるいは集合の病理学に拡張するためには、個体の幻想性と共同の幻想性とは逆立するものだという契機が導入されなければならない。（これはいわゆるフロイト左派や社会心理学の不当さと限界とを意味づけている。）

『遠野物語』のふつうの村民の〈予兆〉譚を、精神病理現象としてかんがえようとすれば、個体の精神病理と共同的な精神病理とが逆立する契機なしに、斜めに結びつくような特異な関係概念をみちびき入れるほかない。柳田の学的な体系は、この特異な関係概念を導くのに失敗しているような気がする。柳田は「身内が医者であったために」精神病理学に不感症ではなかった。またタイラーやフレーザーの追及した原始宗教の心性にも通暁していた。しかし民俗譚のもっている個体の幻想性から共同幻想へと特異位置から架橋される構造を考察することでは、ほとんどなすすべをしらなかったといってよかった。

『遠野物語』のなかに、つぎのような骨子をもった〈狐化け〉の話が描かれている。

旅人が遠野在の村を夜更に過ぎた。疲れていたので知合の家に燈火がみえるのを幸いに、休息させてくれとたのんだ。主人はちょうどいいときに来てくれた、今夕死人があったので人を呼びに出かけたいとおもっていたところなので留守を頼みたいといって出ていった。死人は老人で奥の方に寝かせてあったが、旅人がふとみると床の上にむくむくと起直った。胆をつぶしたが心をしずめてあたりを見まわすと、流し元の水口の穴から狐のようなものが面をさしいれて死人の方をみていた。背戸の方へまわってみると正しく狐で、流し元の穴に首をいれていたので、あり合せの棒でこれを打ち殺した。(『遠野物語』一〇一)

ここでは旅人の幻覚のなかで狐は人を〈化かす〉が、けっして人に〈憑か〉ない。〈化かす〉という概念は民俗譚のはんいにあるが〈憑く〉という概念はどんな不分明でも個体と共同体の幻想性の分離の意識をふくむものである。そこでは巫覡的な人物が分離されて、個体と共同体の幻想を媒介する専門的な憑人となる。憑人は自身が精神病理学上の〈異常〉な個体であるとともに、じぶんの〈異常〉をじぶんで統御することで共同体の幻想へ架橋する。

速水保孝の『つきもの持ち迷信の歴史的考察』によると〈憑き〉筋には二種類あって、ひとつは個体がじぶんで生き霊に憑いている家筋であり、他のひとつは、狐や、犬や蛙などの動物や外道に憑いている家筋である。そしてこのふたつの憑き筋は、いずれも外から共同体のうちに移住したもので、しかも財力にめぐまれたものにかぎられており、これが共同体のうちで土着する村民からねたみと反感をうけて、憑き筋として吹聴され排せきされるもので、その要因は経済社会的なものだとのべている。

たとえば、村の娘が発作的に精神異常を呈したとする。すると巫覡的な人物がまじないをやると、狐持ちの何某の家の狐が憑いているから異常をきたすのだと託宣をくだす。もっと極端になると精神異常をきたした人間が狐のかっこうをして這いまわったり、狐持ちの家へ発作的に走り込んだりして、その家の狐が憑いていることを明らさまにしめしたりする。

この種の精神異常は、類てんかん性であることも、類分裂性であることも、類循環性であることもできるだろう。ただ、じぶんで統御できるかどうかで巫覡の位相をもつか、共同体のなかの個人的な異常者の位相にあるかちがいがでてくる。

ただこういう憑人で大切なことは、個体をおとずれる幻想性が、あいまいなままでもよいから、共同の幻想と分離していることが前提だということだ。そしてこの共同的な幻想は、地上的な利害とはっきり結びついてあらわれる。速水保孝は、まず憑き筋をつくる経済社会的な理由（よそ者であるのに富裕だというような）があって、憑き筋の家系が捏造されるものだとかんがえている。しかしたぶんこの考察はちがってい る。まず村民たちに入眠幻覚のような幻想の共同の体験伝承があって、この伝承は、そのかぎりではどんな個人の憑人をもひつようとしていない。酵母のようにふくらんで村落の共同幻想のうえにおおいかぶさっているだけである。そのつぎの段階でこの共同幻想は、村の異常な個人に象徴的に体現される。かれは〈予兆〉をうけとるものであり、またべつの位相からは精神異常者である。そのつぎの段階で個体の入眠幻覚が、共同幻想に憑くことをやめて共同体のなかのある家筋やべつの個人に憑くようになると、共同幻想は遊離されてくる。このような状態で村落共同体の経済社会的な利害の問題は、はじめて憑き筋として共同的な幻想を階級的に措定するのである。

門脇真枝『狐憑病新論』はつぎのような症例を記載している。

四例　妄想狂　須藤某（女）　三十五歳　古着行商　已婚　真宗無信　曾て記すべき大患に罹りしことなし　気質小胆　憤怒し易し　智力尋常　二十歳の時平産目に一丁字なし　二十歳結婚交情厚し　貧困のため家計上時々夫と論争することあり　精神身体の過労甚し　明治三十一年十一月精神発揚半ヶ月位にして全治せり

現在病原因＝貧困、宗教迷信？　発病以来病状及経過＝本年一月来天理教を信仰し其後漸々に進み殆んど職業又は寝食を忘るゝに至れり　六月八日、俄然発揚し誇大自尊自ら天理王と称し又は狐なりと云ひ夫を使役すること家僕の如く酒食を漫にし美服を纒ひ高声吟咏昼夜眠らず　妄覚不明　漸々妄想は固着して自ら古峰《コブ》ヶ原の狐と称す　感情＝激越性妄想＝自ら狐と称す（狐憑）又天理王尊と称す（化神）入院中の経過を摘記せむに　診査の際大に怒り豪然医員を叱咤す曰く　妾は病人にあらず又気違ひでなしコブが原の狐なり狐の脈と狂人の脈は見分けが附くべし狂人でなくば速に退院せしめよ　発揚多弁　看護婦患者を罵詈す　時々天理教の唱歌を吟ず

ここでは患者の憑いた狐は信仰のうえでよくしられた、「古峰ヶ原」のいわば由緒ある狐で、土俗的な信仰の共同性を象徴した生きものである。だから〈貧困〉が発病の原因であることはありえても、狐に〈憑く〉ことは患者の住みついた村落の地上的な利害とも〈家〉筋ともじかにはむすびつかない。個体の異常な幻想がただ伝承的な共同幻想に同致しているだけである。このようなばあいでは〈家〉筋はとうてい問題にならない。たかだか宗門の地上的な共同利害に関係をもっているだけである。狐が他の個体や村落共同体の共同幻想のはんいに〈憑く〉ときにだけ〈家〉筋や村落の地上的な利害があらわれる。この女性の狐憑き患者は狂って駆けこんでゆくにも、行く

べき地上的な〈家〉や村落の現実的な場面をもっていない。「古峰ヶ原」という民俗宗教の拠点に、幻想として駆け込んでゆくだけである。『遠野物語』もいくつかの〈憑人〉譚をかきとめている。しかしどれも個体の入眠幻覚が、伝承的な共同幻想に憑くという位相で語られている。だから地上の利害を象徴するものとなっていない。地上の貧困を象徴するとしても。

上郷村に河ぷちのうちと云ふ家あり。早瀬川の岸に在り。此家の若き娘、ある日河原に出で丶石を拾ひてありしに、見馴れぬ男来り、木の葉とか何とかを娘にくれたり。背高く面朱のやうなる人なり。娘は此日より占の術を得たり。異人は山の神にて、山の神の子になりたるなりと云へり。(『遠野物語』一〇七)

ここでは娘の類てんかん的な異常は、遠野の村落の共同的な伝承にむすびついている。娘の遠感能力はこの日から永続的になったかもしれないが、けっしてじぶんで統御はできない。娘の〈憑き〉の能力をほんとうに統御するのは、遠野の村落の伝承的な共同幻想である。

巫覡論

僕は久しぶりに鏡の前に立ち、まともに僕の影と向ひ合つた。僕の影も勿論微笑してゐた。僕はこの影を見つめてゐるうちに第二の僕のことを思ひ出した。第二の僕、――独逸人の所謂 Doppelgaenger は仕合せにも僕自身に見えたことはなかつた。しかし亜米利加の映画俳優になつたK君の夫人は第二の僕を帝劇の廊下に見かけてゐた。(僕は突然K君の夫人に「先達はつい御挨拶もしませんで」と言はれ、当惑したことを覚えてゐる。) それからもう故人になつた或隻脚の翻訳家もやはり銀座の或煙草屋に第二の僕を見かけてゐた。死は或は僕よりも第二の僕に来るのかも知れなかつた。若し又僕に来たとしても、――僕は鏡に後ろを向け、窓の前の机へ帰って行つた。(芥川龍之介『歯車』)

芥川龍之介の『歯車』の主人公が、強迫観念につかれてあらゆることを、じぶんの死に関係づけてかんがえる描写のひとつである。『歯車』の主人公は鏡にむかってじぶんの姿をうつしながら、過去に、いわゆる離魂症ににた現象を知人から告げられたときのことを想いおこし、恐怖をかんじる。しかし主人公が陥ちこんだ主観状態をべつにすれば、真実らしさはかれが、すべてにおびえて、じぶんの死をむすびつけるほど衰弱していたことにしかない。現象そのものは見掛けほど異常ではない。『歯車』が書かれたのは芥川が自殺する一月ばかりまえである。この結末から逆算しなくても『歯車』の主人公がかなり切迫してじぶんの死をおもいつめていたのは、たしからしくおもえる。死をおもいつめる原因が心身の衰弱にあったのか、あるいはなにかの原因から死をおもいつめたことが、心身の衰弱をもたらしたのか作品だけではよく了解できない。だがキリをもむように循環してゆく心身の衰弱と、死の強迫との堂々めぐりの重要さにくらべれば、この離魂症的な現象はそれほどの意味をもたないことだけは確かである。主人公は主観的にこの現象を意味あり気にかんがえているだけだ。

このばあい主人公は、もうろう状態でじっさいに帝劇へゆき「K君の夫人」と出遇ったのだし、また「銀座の或煙草屋」にじっさいに行って「隻脚の翻訳家」に出遇ったのである。ただ主人公がそれをまったく記憶していない入眠状態だったというにすぎない。もちろん幽霊のような「第二の僕」なぞは、はじめから存在しやしなかったのだ。逆のこともいえる。「K君の夫人」や「隻脚の翻訳家」が、かねてから主人公が心的に病んでいることを知っていたため、いつもならやってきそうな旧知の「帝劇の廊下」や「銀座の或煙草屋」で主人公の姿を妄覚したか、あるいは別人を主人公と錯覚したかということだ。『歯車』の主人公は異常な心の状態にあるが、「第二の僕」を知合いが遠くでみたことにはすこしの異常もない。それはごくふつうに、親密な関係意識でむすばれた個人と個人との心の相互規定性としてありうることだ。まして一方が心に病んでいるのを他方が熟知し、懸念していたとかんがえればなおさらである。

わたしがここで『歯車』の主人公の離魂症的な体験の描写をとりあげたのは、べつにこの現象が異常だとかんがえたからではない。また物珍しい心的な現象だとかんがえたからでもない。こういった個人と個人との心の相互規定性では、一方の個人がじぶんにとってじぶんを〈他者〉におしやることで、他方の個人と関係づけられる点に本質があることをいいたかった。一般にわたしたちが個人として、他の個人を〈知っている〉というとき、わたしたちはまず自身を〈他者〉とすることで、はじめて他の個人に〈知られる〉という水準を獲取する。だからこそ他の個人は『歯車』の主人公にたいする「K君の夫人」や「隻脚の翻訳家」のように、まったく恣意的に「第二の僕」を錯覚することができるのだし、また逆に、主人公の方では、じっさいに「帝劇の廊下」や「銀座の或煙草屋」に行ったかもしれないのに、恣意的にじぶんの記憶からじぶんの行為を消し去ることができるのだ。一方の個人が他方の個人にとってよそよそしい〈他者〉ではなく、勝手に消し去ることができない綜合的存在としてあらわれる心の相互規定性は、一対の男女の〈性〉的関係にあらわれる対幻想においてだけである。もうひとつここで注意すべきことは『歯車』の主人公の離魂症的な体験は、ほんらいは異常でもなんでもないために、Doppelgaenger はじぶんにとって、じぶんの幽霊があらわれるという風には体験されない。『歯車』の主人公もそれを述懐している。じぶんの幻想がじぶんにあらわれるとき、わたしたちは心の異常を想定するほかはないのである。

『歯車』の主人公は「第二の僕」をみたという知人たちの話をきいて、それをじぶんの〈死〉の予兆のようにうけとっている。じっさいはこの因果関係は逆である。はじめに主人公に死の想念がたえずあるため、「第二の僕」をみたという知人の話が死の想念に関係づけられたのである。

柳田国男は『遠野物語拾遺』のなかでこういった〈離魂譚〉をいくつかかきとめている。そのうちふたつをとりあげると、

村の若者が入営していた。平常、逆立ちが得意だったので兵営のなかでも昼夜逆立ちに凝っていたが、ある時逆立ちしたまま台木から落ちて気を失った。いつも故

郷へかえってみたいとおもっていたので、幻覚のなかでそれから地上五尺ばかりの高さを飛びながら村へ帰った。妻と嫂が家の前の小川で足を洗っていた。炉のそばで母が長煙管で煙草をのんでいた。帰っても快い感じがしないので、それから兵営にひきかえしたところで意識が醒めた。家に手紙でその情景を知らせてやると、行き交いにその日、妻や嫂や母が白服の若者が家に駆け入って炉のそばに坐ったかとおもうと消えてしまったのを見たという手紙が家のほうからもきた。

或る人が病気で発熱するたびに美しい幻をみた。綺麗な路がどこまでもつづいている。萱を編んだようなものが路に敷かれており、そこへ子供のとき亡くなった母が来て二人で道連れになってゆくうちに美しい川があり、輪になった橋がかかっている。母はその輪をくぐって向う側から手招きをするが、自分はどうしてもそこへ行くことができない。そのうち意識を回復した。(『遠野物語拾遺』一五四、一五七)

これらはいずれも〈死〉の徴候とむすびつけられている点で『歯車』の主人公のばあいとおなじである。若者が幻覚のなかで、もし兵営にひきかえさなかったら〈死〉の徴候だし、病人が幻覚のなかで、母親の手招きに応じて輪のような橋をわたったら〈死〉を意味することが暗示されている。

しかしこの〈離魂譚〉は『歯車』の主人公の離魂体験のばあいとちがった点をもっている。そのひとつは嗜眠状態のもうろうとした意識のなかでたどる幻覚の過程がはっきりと描かれていることである。『歯車』のばあいには、「第二の僕」があらわれたという現象は、じっさいに〈僕〉がもうろう状態でその場所へ行ったともとれるし、知人のほうが他人を〈僕〉と錯覚したともかんがえることができる。『遠野物語拾遺』の〈離魂譚〉では、あきらかに嗜眠状態の人物の幻覚の方が出かけて行ったのである。そしてこの幻覚がいわば〈第二の僕〉である。だからこの民譚では、おなじ日に白服の若者が家に駈けこみ炉端に坐って消えたことを家人がみたかどうかということは重要ではない。それだから引用の後段（一五七）のように、病人が輪のような橋を亡母の手招きによって渡りかねていたところを、たれかがみたかどうかという問題は消えていても、その本質はいっこうにかわりはないのだ。『遠野物語拾遺』のこの〈離魂譚〉には、げんみつな意味で〈他者〉の概念は存在しない。入営した若者や病人が、じぶんの幻覚のなかで実在のじぶんを離れて遊行することにだけ本質的な意味がもとめられる。しかし『歯車』の主人公のばあいには〈僕〉の幻覚の過程はすこしも明瞭ではないかわりに、知人の錯覚という要素が登場できる余地をのこしている。いいかえれば、このばあい〈僕〉と〈他者〉との心の相互規定性をかんがえることなしには、Doppelgaenger の問題は解きえない。わたしが、はじめに芥川龍之介の

『歯車』から主人公の離魂体験の描写を引用した理由ははっきりしている。離魂体験がいずれにせよ〈第二の僕〉の登場を、いいかえれば〈他者〉の登場を不可欠のものとしているにもかかわらず、この〈他者〉は、じぶんやじぶんとおなじ水平線に存在するか、あるいは一見するとまったく〈他者〉が登場しないかのような形でも存在できることが、この比較で理解されることだ。『遠野物語拾遺』の〈離魂譚〉は、芥川龍之介の『歯車』の主人公の離魂描写とちがって、〈他者〉を対象として措定しえないようにみえる。しかし、じぶん以外の対象を措定しない離魂現象は存在しえないし、無意味であることも確かである。そうだとすればこういった〈離魂譚〉が措定する対象は何であろうか？

わたしのかんがえでは、村落共同体の共同幻想そのものである。入営した村の若者の幻覚が遊行してゆく対象は〈故郷〉であり、〈妻〉や〈嫂〉や〈母〉や故郷の〈小川〉や〈家〉の炉端である。高熱にかかった村の病人の幻覚がたどるのは〈亡母〉であり〈橋〉のむこうにいて手招きする亡母と、それをわたりかねている病人に象徴される伝承概念としての〈他界〉や〈現世〉である。〈橋〉はこのばあい子供のときからきかされていた土着仏教の〈三途の川〉の橋であっても、仏教以前の古伝承としての霊のあつまる高所と人のあつまる村落とをへだてる川の〈橋〉であってもよい。これらはいずれも遠野の村落の共同幻想の歴史的現存性の象徴を意味しているからである。この〈離魂譚〉の村の若者や病人が、嗜眠状態で幻覚をたどらせる対象は、かれらに親しい個人である〈他者〉ではなく、母胎のような村落の共同幻想の象徴である。『歯車』の主人公にはそういう母胎のような共同幻想は存在しない。いつも行きなれた「帝劇」であったり「銀座の或煙草屋」であったりするだけである。ようするに由緒もなにもない都会の行きつけのところである。そしてこのばあい知人の方に錯覚があって「第二の僕」をみたのだとすれば『歯車』の主人公の覚醒時の幻覚がたどった対象は、ただ心の相互規定性の領域にある〈他者〉としての知人である。ここには『歯車』の主人公をおとずれた都市の近代人としての孤独や、故郷喪失が象徴されているにちがいないが、それを読みとっても仕方がない。ただ読みとるに価するのは、主人公がこういった徴候をことごとくじぶんの死に関係づけていることだけである。わたしたちが現実の桎梏から解放されたいと願うならば、いずれにせよ共同幻想からの解放なしには不可能である。芥川龍之介に悲劇があるとすれば、都市の近代的知識人としての孤独にあるのではない。都市下層庶民の共同幻想への回帰の願望を、自死によって拒絶し、拒絶することによって一切の幻想からの解放をもとめた点にあるのだ。

共同幻想の象徴へむかって遊行するこういった〈離魂譚〉がやや高度な形であらわれた民譚を、『遠野物語拾遺』からみつけだすことができる。それは〈いづな使い〉

とよばれているものの話である。

或る村人が遠野の町で、見知らぬ旅人に出あった。旅人はあの家にはどんな病人がいるとかこの家にはこんなことがあるとか色々の事を云うのだが、ことごとく村人がかねてから知っていることと符合するので驚いてどうしてそう当るのかとたずねると、それはおれが小さな白い狐をもっているからだと答えた。村人は、その狐を買いとってからよく当る八卦置きになって金持ちになった。しかしどうしたことか何年かの後には八卦が当らなくなりもとの貧乏にもどってしまった。

村の某が旅人から種狐をもらって、表面は行者となって術を行うと不思議なほどよく当った。その評判が海岸地方までひろがって或る年大漁の祈禱をたのまれた。三日三晩祈禱したが魚はさっぱり上らなかった。気の荒い漁師たちが、山師行者だと怒って海へ投げこんだ。やっと海から這いあがった行者は、いや気がさして種狐をふところに入れ、白の笠をかぶって川の深みに入った。狐は苦しがって笠の上にあつまるので、笠のひもを解くと笠と一緒に川下へ流れていった。こうしていづなを解いた。(『遠野物語拾遺』二〇一、二〇二)

こういう〈いづな使い〉の民譚が、さきの〈離魂譚〉よりも高度だとかんがえられる根拠は、すでにここではじぶんの幻覚をえるための媒介が、はっきりと〈狐〉として分離されており、けっして嗜眠状態でもうろうとした意識がたどる直接的な離魂ではないからである。ここでは村落の共同幻想の伝承的な本質は、はっきりと〈狐〉として措定される。そして狐使いは、作為的であるかどうかにかかわりなく、〈狐〉という共同幻想の象徴にじぶんの幻覚を集中させれば、他の村民たちの心的な伝承の痕跡をもここに集中同化させることができると信じられている。これは、犬や猫や蛇であっても、折口信夫が指摘している箱におさめられた〈偶人〉（人形）であっても、村落の共同幻想の象徴である点で、まったくおなじことを意味している。

さらにこういう〈いづな使い〉が、さきの〈離魂譚〉より高度だとかんがえられる理由は、はっきりとじぶんの幻覚を意図的に獲て、これを村落の共同幻想に集中同化させる能力が、職業として分化していることである。だから村落の地上的利害と密着してあらわれている。〈いづな使い〉は個体としてみれば類てんかん的な入眠状態の幻覚を、媒体さえあれば獲得できる異常者である。かれが旅人から譲りうけたのは、ほんとは小さな狐ではなく、狐という共同幻想の伝承的な象徴さえあれば、入眠状態でじぶんの幻覚を創り出せる技術だったことは疑いをいれない。

なぜ〈いづな使い〉は狐さえあれば、入眠状態でじぶんの幻覚を獲得できるのだろうか？　そして同時に狐に象徴される共同幻想へ村民の心的な状態を誘導し、集中同化させることができるのだろうか？

タイラーやフレーザーの原始心性の考察に対して批判的だったレギ・ブリュルは『未開社会の思惟』のなかで、未開の人々の知覚についてつぎのようにのべている。

原始人にとつては、我々の使用する厳密な意味での物理的事実は存在しない。流れる水、吹きわたる風、降つてくる雨、何らかの自然現象、音響、色彩は、すべて、それが我々に知覚される通り即ち、それに先立ち及び相次ぐ他の運動と一定の関係を持つ大小の複合的な運動として原始人に知覚されることは決してない。物体の移動は、彼等の諸器官によつても、我々のものに依ると同じく明かに把握されてゐる。見慣れたものは、従来の経験から直にそれと認められる。

一言を以てすれば、知覚の生理、心理的の全過程は我々の間に起ると同じく、実際彼等の間にも起るのである。しかしその結果は、集団表象が支配的な複合意識状態のなかに忽ち包まれてしまふ。原始人は我々と同じ眼でものを見てゐる。しかし彼等は同じ精神で知覚するのではない。彼等の知覚は、社会起原の表象の厚さの種々の層で包まれた中核に依つて構成されてゐると云つてもよからう。尚ほこの比喩は可なり拙劣で、さして正確ではない。何となれば原始人は、その中核と外包層との区別は少しも知らないのだから。この二つを別けるのは我々、心的習慣からその二つを区別せずには居られない我々である。原始人では複合表象は尚ほ未分化的である。(山田吉彦訳)

この見解は、タイラーやフレーザーの原始心性の考察に感じる不満をかなりな程度で解消させてくれる。ブリュルはここで、原始人は対象(自然物)をまさにそのとおりに感覚する点ではわたしたちといっこうにかわりないが「集団表象」をその感覚に混融させずには了解作用が成立しないと述べているのだ。わたしたちはこれを、個人幻想と共同幻想の未分化な段階の原始心性として理解することができる。フロイトならばここに〈異常〉な現代心性にたいする絶好の類推の基盤をみつけだすだろう。たしかに〈異常〉な心的現象は、原始心性や幼児心性と類比しうるようなみかけをもっている。しかし、原始時代も幼児段階も人間の存在(史)にとって二度とかえらないように、ほんとうはどんな類比をしても、その構造をうかがうことはできないものである。ブリュルもそれをよく知っていて、まずい比喩だがということをことわっている。おなじ著書の別の個処でも、くりかえし原始心性がほんとうは理解しがたいものだということを強調している。これは〈異常〉な現代心性についてもまったく同様なのだ。やたらに病名を貼りつけたがる精神病理学者は、やぶ医者にきまっている。

ところで、ここでとりあげている『遠野物語拾遺』の〈いづな使い〉の心性は、けっして原始的なものではない。年代的にもたかだか百年を出るものではないし、現在もまたさまざまな形で存在する（たとえば新興宗教）心性であるといえる。また〈いづな使い〉では、狐が狐であるという認識については、おそらく自覚的である。〈狐〉が伝承的に、村落の共同幻想により霊力があるとおもわれたる象徴的な動物のひとつだという認識も自覚的である。かれは、ただ先天的な病理によってか、あるいは修練や技術によって〈狐〉という対象に心を移入させることで、じつは共同幻想の地上的利害の実体を幻覚できる能力を獲得しているだけだ。

この能力は心の現象としては、個体の了解作用の時間性を、村落の共同幻想の時間性と同調《シンクロナイズ》させることで獲られるはずである。

共同幻想の時間的な流れは、都市と村落によってもちがっている。知識人と大衆によってもちがっている。また地域によってもちがっている。生産諸関係の場面によってもちがっている。ある村落では、共同幻想の時間はきわめて緩慢にしか流れない。ある都市では共同幻想の時間性は急速に流れる。こういう部分社会での共同幻想の時間的な落差は、さまざまな位相で存在しうるのである。もしある個体が、この共同幻想の時間性に同致できる心的な時間性をもつとすれば、かれの個体の心性が共同幻想の構成そのものであるか、あるいは何らかの方法でかれの心の時間性を同調させるほかはない。『遠野物語拾遺』の〈いづな使い〉は、自然にかあるいは作為的にか、かれの心の了解の時間性を共同幻想の時間性に同調させている。一般的にいって個体が心の了解作用の時間性を変化させるためには、何らかの意味で心が〈異常〉状態になければならない。そしてこの〈異常〉状態の本質は、対象物（外的自然または人間）の受容とその了解作用のあいだに、ずれを生みだすことだとかんがえることができよう。かれは入眠状態あるいは嗜眠状態という生理的変態を支払うことでこのずれを獲得する。〈いづな使い〉は、おそらく一時的な心の集中と対象への拡散によって対象物の受容と了解とのあいだにずれを生みだすのである。しかし、このようなずれが共同幻想の時間性に同調するためには、おそらくべつの条件がいる。この条件は〈いづな使い〉の側にあるのではない。村落の共同幻想がうみだされる根拠としての村民の共同的な利害が、かれら自身に意識されていることなのだ。〈いづな使い〉が能力を発揮するには、すくなくとも村民の側にふたつの条件がいる。ひとつは〈狐〉が霊性のある動物であるという伝承が流布されていることである。もうひとつは、かれらの利害の願望の対象が、じぶんたちの意志や努力ではどうにもできない〈彼岸〉にあると信じられていることである。引用した『遠野物語拾遺』の〈いづな使い〉の民譚では、魚獲が漁民の意志や努力にかかわりなく、潮流や天候や風向きによって魚群が取漁領域にあつまってくるかどうかにかかっていることが必須の条件である。死や生誕にむすびつけられるばあいにもかわりない。人間の死や生誕は、意志や努力で左右されない宿命だとどこかで、信じられていなければならない。

この〈いづな使い〉の民譚では、かれらの能力に年限があることを記している。ある年数がたつと〈いづな使い〉は能力をうしなってしまう。その理由は二様にかんがえられる。〈いづな使い〉自身が富むことで生活が雑ぱくになり、雑念がおおくて心的な集中や拡散を統御できにくくなるためであり、もうひとつは村民たちの共同利害の内部で、階層的な対立や矛盾がおおくなり、〈いづな〉という共同幻想の象徴に、すべての村民たちの心を集中させることがむつかしくなるためである。

〈いづな使い〉にとっては、じぶんが男であるか女であるかはどうでもよいことだ。かれはただ〈いづな〉を媒介にして村落の共同幻想に、自己幻想を同調させることができればよいのだ。しかし共同幻想の象徴である〈いづな〉にとっては、じぶんが男に憑かれるか女に憑かれるかは重要な問題である。なぜならこの問題は、村落共同体が村民の男女の〈対なる幻想〉の基盤である〈家族〉とどうかかわるかを暗示するからである。

村の何某という男が二人連れで山に入って炭焼きをやっていた。或晩、何某の女が炭焼小屋に訪ねてきて泊った。女は二人の男の真中に寝た。何某が眠入ってから、もう一人の男は女の躰に手を出した。毛だらけであったので思いきって起きて鉈で女を斬り殺した。何某はおれの女を殺したと憤って山を下りて訴えると言いだした。もう一人の男は、しばらくまて、この女は人間ではないからと引き留めた。果して死んだ者の面相はだんだん変ってきて狐の姿を現わした。(『遠野物語拾遺』二〇七)

狐が化ける話は『遠野物語』や『拾遺』のなかにたくさんあるが、このたぐいの伝承が流布されていることは、いわば〈いづな使い〉が村落の共同幻想に同化集中するための必須の条件であった。

しかし、狐が女に化けるこの話は、たんに〈狐化け〉の民譚のありふれた一例ではない。炭焼きの男たちはここで、じぶんの〈性〉的な対象だとおもっている女が、じつは共同幻想の象徴である〈狐〉にかわるという場面にであって驚くのである。ひとりの男は女が〈狐〉の化身であることを信じ、ひとりの男はあくまでも女であるとかんがえる。じっさいには女は対幻想の象徴であるとともに共同幻想の象徴でもあるが、同時に両方であることはできない。だからひとりの男のほうがかならず間違っていることになる。わたしのかんがえではこの民譚のなかには〈いづな使い〉がさらに高度になってゆくための機序が象徴されている。この民譚では〈狐〉が〈女〉に化けていて、殺されたあとでもとの〈狐〉のすがたにかえることが語られている。いわば

〈狐〉と〈女〉との霊力的な相互転換が象徴的にのべられているのだ。これは、村落の共同幻想の象徴のなかに、はじめて〈女〉が登場し、共同幻想の構造と位相に、あらたな要素がくわわるのを意味しているとおもえる。日本民俗学はこういう問題に、きわめて通俗的な見解を流布している。たとえば、柳田国男は『山の人生』のなかでこうかいている。

山に走り込んだといふ里の女が、屢々産後の発狂であつたことは、事によると非常に大切な問題の端緒かも知れぬ。古来の日本の神社に従属した女性には、大神の指命を受けて神の御子を産み奉りし物語が多い。即ち巫女は若宮の御母なるが故に、殊に霊ある者として崇敬せられたことは、頗る基督教などの童貞受胎の信仰に似通うたものがあつた。婦人の神経生理にもし斯様な変調を呈する傾向があつたとすれば、それは同時に亦種々の民族に一貫した、宗教発生の一因子とも考へることを得る。(「女人の山に入る者多き事」)

ゆらい、こういう見解は日本民俗学が追蹤したものらしくおもわれる。石塚尊俊も「狐憑研究覚書」(「出雲民俗」第八号)のなかで、憑かれる者の特徴として「男より寧ろ女が多いといふこと」と記している。しかしこういう云い方にはあまり根拠はない。

いまも精神病院が女の患者のほうで充満しているという事実が存在しないかぎりは、である。女性の民俗研究家は逆にほんとうに共同幻想に憑かれやすいのは男性に多いことを見出すかもしれない。民俗譚を経済社会的に還元したり、神経生理に還元したりすることは誤解でなければならない。その本質は共同幻想の伝承的性格のなかにしか存在しないからである。

この問題の本質は、たぶんつぎのような問いによってもとめられる。

もし〈狐〉が人間を化かすとか人間に憑くとかいう民譚が、村落の伝承的な共同幻想を象徴するものだとすれば、このような共同幻想の象徴は、村落での男女の対幻想の共同性（家族）とどのような位相で結びつくだろうか、というふうに。

〈狐〉が〈女〉に化けてまたもとの〈狐〉の姿を現わしたという『遠野物語拾遺』の民譚は、村落の共同幻想が村民の男女の対幻想となってあらわれ、ふたたび村落の共同幻想に転化するという過程の構造を象徴しているとおもえる。そしていちばん暗示的なのは〈女〉に象徴される男女の対幻想の共同性は、消滅することで（民譚では女が鉈で殺されることで）しか、共同幻想に転化しないことである。ここで狐が化けた〈女〉は、けっして柳田国男がかんがえるように、たんに女性を意味するものではない。むしろ〈性〉そのものを、いいかえれば男女の〈性〉関係を基盤とする対幻想の共同性を象徴しているのだ。

ここで言葉を改めねばならぬ。

村落の男女の対幻想は、あるばあい村落の共同幻想の象徴でありうるが、それにもかかわらず対幻想は消滅することによってしか共同幻想に転化しない。そこに村落の共同幻想にたいして村民の男女の対幻想の共同性がもっている特異の位相がある、と。いうまでもなく、これは村落共同体のなかで〈家族〉はどんな本質的な在り方をするかを象徴している。

わたしはべつに蒐集したことはないが、女が狐に化けるとか、女が蛇に化けるとか、そのほかたくさんの動物に化け、もとの動物の姿に転化するといった民譚を、民俗研究家はたくさんもっているにちがいない。また柳田がいうように、女が神を夢みて孕んだといったたぐいの説話もたくさん広く分布しているにちがいない。しかし注意すべきは、この場合〈女〉は男女の対幻想の共同性の象徴であり、〈狐〉や〈蛇〉やその他の動物や〈神〉は、共同体の共同幻想の象徴だということである。そして心あるならばひとびとは、男女の対幻想の共同性を本質とする〈家〉の地上的利害は、共同幻想を本質とする村落共同体の地上的利害といかに、いかなる位相でむすびついたり、矛盾したり、対立したりするか、という問題を、こういった動物が女に化ける伝承的な民譚から読みとるべきである。

巫女論

戦後はあまりみかけたことはないが、いまでも由緒ありげな神社には白い上衣で赤いはかま姿の巫女が護符などを販ったり、神楽舞いをやってみせたりしているかもしれない。また農村にはふだん農家の主婦でありながら、たのまれると口寄せにでかける巫女がいるにちがいない。柳田国男の『妹の力』によれば〈巫〉は日本では原則として女性であったとされている。そして女性は感じやすく、事があると群集のなかで異常心理作用をしめし、不思議を語りえたし、何よりも子供を生み育てるかなめが女性だから、ひとびとの依存心があつまる巫事に適するとおもわれたにちがいないとかかれている。こういう〈想像〉は、すこしかんがえただけではもっともらしくみえる。そして〈想像〉を拒否して巫女の成立をかんがえるとすれば、経済社会的な要因をみつけだすほかかない。じじつ柳田国男や折口信夫もときに応じてこの方法を採用している。しかしいずれもメダルのうらおもてのように無意味におもわれる。

ある共同的な幻想が成り立つには、かならず社会的な共同利害が画定されていなければならない。〈巫〉がすくなくとも共同の幻想にかかわるとすれば〈巫〉的人間が成立するには、かならず共同利害が想定されるはずである。だから〈巫〉的人間が男性であったか女性であったかということは、たんに〈巫〉を成立させる共同利害の社会的基盤が、男性を主体にする局面か、女性を主体にする局面かのちがいにすぎないのである。このような意味で〈巫女〉をかんがえれば、ただ男巫にたいして女巫だというにすぎないことになる。〈巫女〉が〈巫女〉であるべき本質はすこしもとらえられない。

〈巫女〉とはなにか？

この問いにたいして、巫覡的な女性を意味するとこたえるのはおそらく本質をうがっていない。また巫覡的な能力と行事にたずさわるもののうち、女性をさすといってもこたえにはならない。

わたしのかんがえでは〈巫女〉は、共同幻想をじぶんの対なる幻想の対象にできるものを意味している。いいかえれば村落の共同幻想が、巫女にとっては〈性〉的な対象なのだ。巫女にとって〈性〉行為の対象は、共同幻想が凝集された象徴物である。〈神〉でも〈ひと〉でも、〈狐〉とか〈犬〉のような動物でも、また〈仏像〉でも、ただ共同幻想の象徴という位相をもつかぎりは、巫女にとって〈性〉的な対象でありうるのだ。

フロイトは晩年の円熟した時期の講話(『続精神分析入門』)のなかで〈女性〉を簡潔な言葉で規定してみせた。かれによれば〈女性〉というのは、乳幼児期の最初の〈性〉的な拘束が〈同性〉(母親)であったものをさしている。そのほかの特質は男性にたいしてすべて相対的なものにすぎない。身体的にはもちろん、心性としても男女の差別はすべて相対的だが、ただ生誕の最初の拘束対象が〈同性〉であったことだけが〈女性〉にとって本質的な意味をもつ、というのがフロイトの見解であった。この見解は興味ぶかく、また暗示的である。フロイトにならっていえば、最初の〈性〉的な拘束が同性であった心性が、その拘束から逃れようとするとき、ゆきつくのは異性としての男性か、男性でも女性でもない架空の対象だからだ。男性にとって女性への志向はすくなくとも〈性〉的な拘束からの逃亡ではありえない。母性にたいする回帰という心性はありうるとしても、男性はけっしてじぶんの〈男性〉を逃れるために女性に向うことはありえないだろう。

〈女性〉が最初の〈性〉的な拘束から逃げようとするとき、男性以外のものを対象として措定したとすれば、その志向対象はどういう水準と位相になければならないだろうか?

このばあい〈他者〉はまず対象から排除される。〈他者〉というのは〈性〉的な対象としては男性である他の個体か、女性である他の個体のほかにありえない。するとこのような排除のあとでなおのこされる対象は、自己幻想であるか、共同幻想であるほかはないはずである。ここまできてわたしなりに〈女性〉を定義すればつぎのようになる。あらゆる排除をほどこしたあとで〈性〉的対象を自己幻想にえらぶか、共同幻想にえらぶものをさして〈女性〉の本質とよぶ、と。そしてほんとうは〈性〉的対象として自己幻想をえらぶ特質と共同幻想をえらぶ特質とは別のことを意味してはいない。なぜなら、このふたつは、女性にとってじぶんの〈生誕〉そのものをえらぶか〈生誕〉の根拠としての母なるじぶん（母胎）をえらぶことにほかならないからである。

たんに男〈巫〉にたいして女〈巫〉というとき、この巫女には共同的な権威は与えられていない。けれど自己幻想と共同幻想がべつのものでない本質的な巫女は、共同性にとって宗教的な権威をもっている。そして人間（史）のある段階ではその権威が、普遍的な時代があったとかんがえられてよい。

『遠野物語拾遺』のなかに、つぎのような骨子をもった〈巫女〉譚がある。あるいは〈巫女〉譚の原型とよぶべきかもしれない。

遠野近郊の或る家で一時に三人も急病人が出た。すると何処からか一人の老婆がやってきて、此家には病人があるが、それは二三日前に庭前で小蛇を殺したせいだと言った。家人が思い当るふしがあるのでわけをきくと、その小蛇は此家の三番目の娘を嫁にほしい淵の主のお使でそれを殺したから三人が同時に病気になったのだとこたえた。娘はそれをきいて驚いて病気になったが、家族三人の病気は癒った。娘は医者の薬の効もなく、とうとう死んでしまった。(『遠野物語拾遺』三四)

老婆は、もちろんこの家で三人一時に病人ができた噂をききしっていたろうし、淵のそばの家だから、蛇がいつでも庭にぞろぞろでてきたりするのもわきまえていたはずだ。老婆のお告げにはべつに不可思議なところはない。ただ〈蛇〉がこの家の娘を嫁にほしい淵の主のお使だというのは老婆の創作ではなく、伝承された共同幻想である。そしてこの伝承のうちもっともたいせつなのは、共同幻想の象徴である〈蛇〉が〈娘〉と〈性〉的にむすびつけてかんがえられていることである。〈娘〉に象徴される〈女性〉が共同幻想を〈性〉的対象とするという伝承が存在し、老婆はそれをなんのうたがいもなく信じていた。もちろん、柳田国男のように逆のかたちでもいうことができる。村落の共同体は〈女性〉を、共同幻想の至上の〈性〉的な対象としてえらんだ未明の時期をもっていたというふうに。

『遠野物語拾遺』にあらわれた〈巫女〉譚には特徴がある。それは、けっして巫女が主役として登場しないことだ。あるひとりの巫女は、いつどんなにして巫女になり、どんな祈禱の仕方でその能力を発揮するかは、まったく問題になっていない。村民の〈病気〉とか〈死〉とか〈災難〉とか〈利害〉とかが急転する場面を、狂言まわしのように媒介するために登場するだけで、いわば唯名的存在である。こんな位相でしか登場しない巫女は、成熟した〈性〉の対象として、村落の共同幻想をえらべない水準にあるといえる。その意味で日本の民譚がもつ全体の位相を象徴している。この問題はもっとつきつめられる。おなじ『遠野物語拾遺』に、はっきりと〈巫女〉と名ざされた巫女が登場する場面がある。

村の馬頭観音の像を近所の子供たちがもちだし、投げたりころばしたり、またがったりして遊んでいた。それを別当がとがめると、すぐにその晩から別当は病気になった。巫女に聞いてみると、せっかく観音さまが子供たちと面白く遊んでいるのに、お節介したから気に障ったのだという。そこで詫び言をしてやっと病気がよくなった。

遠野のあるお堂の古ぼけた仏像を子供たちが馬にして遊んでいた。それを近所の者が神仏を粗末にすると叱りとばした。するとこの男はその晩から熱をだして病んだ。枕神がたってせっかく子供たちと面白くあそんでいたのに、なまじ咎めだてす

るのは気に食わぬというので、巫女をたのんで、これから気をつけると約束すると病気はよくなった。(『遠野物語』五一、五三)

同工異曲の〈巫女〉譚はまだいくつかあるが、いずれも巫女は唯名的存在である。ここに登場する巫女は未開な巫女とでも呼ぶべきだろうか。というのは〈神仏を粗末にしてはならない〉という村民の信仰心性と、巫女の心性とはそれほどへだたっていないからである。ただ、口寄せを職としているかどうかにちがいがあるだけだといえる。村民の夢枕にあらわれる堂神と、巫女の口寄せにあらわれる堂神とはべつのものとはいえない。

巫女と村民の認識のちがいはただ、仏像を子供たちがもて遊んでいるのを、粗末にしているとみるか、仏像のほうでも面白く遊んでいるとみるかだけである。後の話では村民のほうも、仏像が面白く子供と遊んでいるのかなと疑っているため、夢にみたりしている。

つまりこの〈巫女〉譚では、村の堂祀にまつられた仏像は、幻想的に〈生きている〉存在であり、子供のほうが面白く仏像と遊んでいれば、仏像のほうも面白く子供と遊んでいるにちがいないと相互規定的にかんがえるだけが、巫女と村民の伝承の微妙なちがいとしてあらわれている。村の堂祀にかざられた神仏の像は、村民の共同幻想の象徴としては〈神仏を粗末にしてはならない〉という聖なる禁制にほかならない。しかし巫女の〈性〉的な心性からは子供と遊び、子供が面白がれば、神仏の像のほうも面白がるといった〈生きた〉対幻想の対象としてあらわれる。ただ巫女は、村の堂祀の神仏像を未発達な〈性〉的対象としてしか措定しえないために、「子供」が未成熟の象徴としてこれらの〈巫女〉譚に登場するのだ。

『遠野物語拾遺』にあらわれた〈巫女〉譚の位相は、日本民俗譚にあらわれた対幻想と共同幻想の特異な関係を象徴していて、わたしたちをさらに理論的に誘惑する。

W・ジェイムズは、聖テレサの『内なる城』から、この〈聖女〉がカトリシズムの〈神〉に憑いた心の状態の描写を引用している。

かくて神が、己と融合させるため魂を起す時、神は、魂の能力の自然的活動を停止する。霊が神と融合する間、魂は、見ず、聞かず、了解しない。しかしこの時間は常に短く、実際の時間よりも短い、とすら思われる。神は、この魂の内部に神自身を建設し、以て魂が己に帰った時、今まで魂が神に内在し、神が魂に内在したことを、魂をして疑うこと全く能わざらしめる。この真理は、強く魂に印象するため、たといこの状態が戻らずに多年を閲するとも、魂は、己がうけた恩恵を忘却し得ず、恩恵の実在を疑うことができない。しかし汝は仮りに、こう訊ねる。曰く、魂は、融合の時、見ざる悟らざるゆえ、魂が神に内在せることを、見たり了解するのは、いかにして可能であるか、と。わたくしは、この問に答えて、魂はその時これを見ず、魂は己に帰って後、幻想によらず、魂と共存し神のみが与え得る確信により、以上の消息を後に明白に見るわけである、と答える。（ジェイムズ『宗教体験の諸相』、比屋根安定訳）

この〈聖女〉にとって理神論的な〈神〉は幻想の〈性〉的対象である。そしてこの〈聖女〉にとって、はじめに〈神が在る〉ことは理念として前提されているため、この〈神〉は共同幻想と拡大された自己幻想との二重性を意味している。この〈聖女〉は、じぶんが拡大され至上物に祭りあげられた自己に憑いている意味では、じぶんをじぶんの対幻想の対象にしている自己〈性〉愛者であるが、理神論的な信仰を前提としている意味では、カトリシズム的な共同幻想を〈性〉的な対幻想の対象に措定しているということができよう。

ある種の〈日本的〉な作家や思想家は、よく西欧には一神教的な伝統があるが、日本には多神教的なあるいは、汎神教的な伝統しかないなどと安っぽいことを流布している。もちろん、でたらめをいいふらしているだけである。一神教的か多神教的か汎神教的かというのは、フロイトやヤスパースなどがよくつかう概念でいえば〈文化圏〉のある段階と位相を象徴していても、それ自体はべつに宗教的風土の特質をあらわしてはいない。〈神〉がフォイエルバッハのいうように至上物におしあげられた自己意識の別名であっても、マルクスのいうように物質の倒像であっても、このばあいにはどうでもよい。ただ自己幻想かまたは共同幻想の象徴にしかすぎないということだけが重要なのだ。そして人間は文化の時代的情況のなかで、いいかえれば歴史的現存性を前提として、自己幻想と共同幻想とに参加してゆくのである。

聖テレサの心的な融合体験が『遠野物語拾遺』の〈巫女〉譚よりも高度だとかんがえられる点は、すくなくともふたつあげられる。ひとつはこの〈聖女〉の〈性〉的な対幻想の対象である〈神〉は、きわめて抽象された次元にあることだ。たとえ〈マリア〉像や〈キリスト〉像に媒介されて「魂が神に内在し、神が魂に内在」する心の状態にたっしたとしても、この〈神〉は祭壇にまつられた実在の神像とははるかにへだたった抽象である。

『遠野物語拾遺』の〈巫女〉では、たとえ託宣をうけとるために、数珠や呪詞やオシラサマしかいらなくても、あらわれた〈神仏〉は実在の観音像や堂祀の仏像の、ある模写の段階をそれほどでてはいない。

もうひとつは聖テレサが自己喪失の状態で疎外するのは、自足した〈恍惚〉だということである。この〈恍惚〉状態は、自己性愛と共同性愛との二重性をふくんでいる。

そして重要なのはこの〈恍惚〉が成熟した対幻想に固有なものだということである。『遠野物語拾遺』の〈巫女〉がじぶんの幻覚のなかで疎外するのは〈面白さ〉である。子供たちが面白がって仏像で遊んでいることに相互規定的な〈神仏〉のほうからする子供と遊ぶことの〈面白さ〉である。この巫女にとっては〈面白さ〉が至上の対幻想であり、共同幻想との〈性〉的関係でありうるのだ。そしてそういう言葉がつかえるとすれば、幻想の〈性〉的な対象が〈面白さ〉としてしか疎外されないのは、未熟な対幻想に固有なものだといえる。

『遠野物語』には、この種の共同性愛がやや高度になった形の〈巫女〉譚がある。

遠野在にまじないで蛇を殺し、木にとまった鳥を落したりするかくれ念仏者の老女がいた。この老女が語るところでは、昔あるところに貧しい百姓がおり、妻はなくて美しい娘がいた。馬を一頭かっていたが娘は馬を愛して夫婦になった。ある夜これを知った父親は娘に知らせず馬をつれだして桑の木につりさげて殺した。娘はこれを知り悲しんで、死んだ馬の首にすがって泣いた。父親はこれをにくんで馬の首を斧できり落したが、たちまち娘はその首に乗ったまま天に昇り去った。(『遠野物語』六九)

これはたくさんのヴァリエーションをもったいわゆる〈オシラサマ〉の起源譚のひとつである。

ここでは巫女の口から、巫女が共同幻想を〈性〉的な対象とみていることが語られている。馬は共同幻想を象徴する動物であり、娘はいわば、仮託された老巫女自身の伝承的なすがたである。老巫女はこれを伝え話としてしっていたにすぎないだろうが、隠れた室で祈禱し、まじないをやるときこういう伝え話に、じぶんの〈性〉的幻想を融合させる状態をもつにちがいない。

柳田国男は「巫女考」のなかでこの話を「馬の霊が蚕の神となつたと云ふ捜神記以来の伝説」がむすびついているとのべている。しかし本質的に重要なのは、こういう巫女が神憑りの状態にはいるばあいにつかう神体のたぐいが、陽神あるいは陰陽二神の象徴だということである。なぜなら巫女が共同幻想に介入するのは〈性〉的な対幻想としてであり、けっして巫覡一般としてではないからである。

原田敏明の論文「部落祭祀におけるシャマニズムの傾向」(『民族学研究』第14巻第1号)は福島県石川郡の巫女についてつぎのようにかいている。

例えば福島県石川郡沢田村では「わか」というのがおるが、盲女がこれになる。大神宮、稲荷などを祀り、歌をうたって神仏を勇める。村人は今もこれらを信仰して、病気その他の困難を生じた場合に、家に招き、口寄をして貰う。それには一座の中央に、石臼の穴に柳の枝を立て、また青竹の弓を紙につけて握り、空の飯匱の上にひかえて、かやの棒でその弦を「ボロンボロン」とはたく。そして「ハヤモドレ、ハヤモドレ」といい、日本国中の神々の名を呼び上げ、あるいは死者の名を呼ぶ。そのうちにこれらが乗りうつって「わか」の体は振動し、人々の向いにおりて託宣をなす。

この「わか」になるには、若い時分に師匠について「神つけ」を習得する。五六年修業させ、その間は毎朝水垢離をとり、粥一食で苦業し、八百万の神の名を覚える。

わたしの推量では、ここで記述された「わか」とよばれる巫女の神憑りの方法は〈性〉的な行為の象徴であり、「わか」の措定する対幻想の対象は「八百万の神」に象徴される共同幻想である。

おなじように「わか」の「神つけ」の技術は、粥一食の飢餓状態で心的な〈異常〉状態を統覚する修練にある。そして一方では師匠からの伝習によって呪詞を暗誦するのである。

この「わか」に象徴される日本の口寄せ巫女がシャーマン一般とちがうのは、巫女がもっている能力が、共同幻想をじぶんの〈性〉的な対幻想の対象にできる能力なのに、シャーマンの能力は自己幻想を共同幻想と同化させる力だということだ。巫女はしばしば修業中にも〈性〉的な恍惚を感じられるだろうが、シャーマンでは心的に禁圧された苦痛がしばしば重要な意味をもつだろう。なぜなら本来的には超えがたい自己幻想と共同幻想との逆立した構造をとびこえる能力を意味するからである。ニオラッツエの『シベリア諸民族のシャーマン教』のなかで、シャーマンの修業について概観されている個処がある。

シャーマンに予定せられたものは就任の時機迄痛々しく煩はしい心身の苦患時代を経過する。往々彼等は全然食慾を失ひ、人間から隔絶し、極度の神経衰弱となり、家を去つて森林・河川に走り、屢々屋外に於て雪中に眠り、其処に静寂と精霊と神秘な話をする。

シャーマンに予定せられたといふ感覚が往々強度に達し、その人は不断強烈に之を思念するが為に神経的発作を招き、癲癇を患ひ始め、其他種々の強い神経病の兆候を表はす。

若き男女シャーマンは実際その職に就く前に、一定の修業を経ねばならぬ。この目的の為にこの子供等はあらゆるシャーマン教の秘事を伝授する一老シャーマンに師事する。この修業期は又苦悩の時代で、年少の人がシャーマンとしての最初の認可を得た瞬間に突然終結を告げるのである。年少のシャーマンの手によって魔法の鼓は打ち鳴らされ、此鼓の音に合せて忽ちしまりなく荒び、忽ち単調憂鬱となるやうな歌を始めてうたふとき、彼の病的苦悩の精神状態は奇蹟によって突然全治する。

(牧野弘一訳)

ニオラッツエによれば、このばあいシャーマンは、あらかじめ類てんかん的な心性をもった少年が部落のひとびとからえらばれる。そのうえで部落の共同幻想に憑くための自覚的な修業と伝習が課せられるのである。シャーマンではあきらかにシャーマン的人間が問題になる。いいかえればシャーマンが男であれ女であれ、〈性〉が問題なのではなく〈異常〉な言動ができる人間が問題なのだ。そこでは個人の〈異常〉な幻想が共同幻想に憑くために、自覚的な伝授と修練がおこなわれるのである。

シャーマンでは、自己幻想が問題だから、精神病理学者がいういわゆる〈祈禱性精神病〉の概念が問題になりうるだろう。精神病理学者が〈祈禱性精神病〉の特徴としてあげているところは、すこぶる無造作で、その意味ではあいまいな概念である。だいいちにじぶんの意識の消失にともなって、つねに念頭にある他の対象物（人間、神、憑きもの動物）に移入しきることである。そして、そのあとにあらわれるのは作為体験や考想化声であり、狐や他の人間や神が入りこんで、じぶんにお告げを発言させる幻聴であったり、神が現われた幻覚であったり、異様なものが身体をしばりつけたり、身体をつきぬけたりといった心的な体験である。ここでは、クルト・シュナイダーのいう分裂病の一級症状があらわれる。だから〈祈禱性精神病〉とよばれている概念はあいまいで、類てんかん的であることも、類分裂性であることもでき、ただその転換を統御することが問題になる。しかし〈祈禱性精神病〉と精神病理学者によばれているシャーマン的な症候のうち、重要なのは〈異常〉な心性そのものにはない。かれの自己幻想が、他の人間でも、神でも、狐や犬神でも、ようするに共同幻想の象徴に同化することで、部落共同体の共同利害を心的に構成できる能力にあるのだ。

ニオラッツエの記述を信じると、シャーマンの修業は苛酷をきわめている。それは身体的な死のちかくまで追いつめるような、心身の消耗の極限をつくりだすことである。それによって心の〈異常〉状態をじぶんでつくりだし、そしてじぶんでつくりだした心的状態であるために、シャーマン自身が意識するかどうかにかかわりなく〈みずからつくりだした〉という内発性によって、ちょうどその度合におうじて心的に自己統御されている。そうかんがえられる。

けれどこれだけならシャーマニズムは、じぶんで作りだされた心の〈異常〉だというだけだろう。重要なのは、この心の〈異常〉が発現する場面で、部落の共同幻想に馴致することである。修業シャーマンが老シャーマンから伝授される〈秘事〉は、心の〈異常〉をつくりだす技術であるとともに、なにが部落にとって共同幻想の実体かという伝承的な理念だというのは推定するに難くない。これがなければ、シャーマンは部落の共同幻想を、したがって共同利害を統御できないのである。

「わか」に象徴される日本の口寄せ巫女はこれとちがっている。

だいいちに巫女は、自己幻想として〈異常〉であるかどうかはまったくどうでもいいことなのだ。ただ盲目の女性は、あんまか巫女か以外に生活の方途をもたなかったという理由がかんがえられるだけだ。盲目だというのが巫女になる修業の利点に転化できるのは、視覚が閉ざされているため、外界と断たれた心の状態に入りやすいことだけだろう。

そのうえ口寄せ巫女がシャーマン一般とちがうのは、自己幻想よりも〈性〉を基盤にした対幻想が本質だという点である。だから〈祈禱性精神病〉の概念は、そのままでは巫女に適用されない。たとえ巫女が〈異常〉な個体だとしても、まったくこの原則はおなじである。〈祈禱性精神病〉の概念は、このばあい〈性〉的な対幻想として〈病的〉かどうかという位相に拡張されなければならない。巫女は〈性〉的な対象を共同幻想にえらぶものをさしている。民俗学者がいうように歴史的にみれば、巫女もまた婚姻し、夫をもったということはありえよう。しかし、それはただ〈性〉的な実際行為や雑事処理の対象としてであり、けっして対幻想の対象としてではない。シャーマンは部落にとって超能力をもった人間になるのを要請されるのだが、日本の口寄せ巫女は、超能力をもった幻想的な〈性〉そのものになることを要請されるのである。

ニオラッツエが描いているシャーマンの修業が苦患をきわめているのは、シャーマンでは自己幻想が共同幻想に融合するために、どうしても心的に〈逆立〉する架橋をとびこえねばならないからである。部落に住んでいる個体の自己幻想と、部落共同体の共同幻想のあいだには深淵が口をひらいており、この深淵をとびこすには心的な逆立が必要になる。最小限に見積っても〈虚偽〉をとびこすことが必要であり、その〈虚偽〉はシャーマン個人の内部で、消滅するまで心的につきつめられなければならないはずだ。精神病理学的な概念をつかえば、シャーマンは類てんかん的な心性から類分裂性の心性にいたる心的な〈逆立〉をやってのけねば、共同幻想に憑くことはできない。ニオラッツエが描いている「年少のシャーマンの手によって魔法の鼓は打ち鳴らされ、此鼓の音に合せて忽ちしまりなく荒び、忽ち単調憂鬱となるやうな歌を始めてうたふとき、彼の病的苦悩の精神状態は奇蹟によって突然全治する。」というのは、この心的な〈逆立〉を成し遂げ、自己幻想が共同幻想（魔法の鼓や呪歌に象徴される）に同致したことを意味した表現である。

しかし「わか」に象徴される口寄せ巫女のばあい、シャーマン一般の修業のような心的な苦患は存在しないはずである。それは〈性〉的な対幻想の対象として、村落の共同幻想を措定することだから〈性〉的な幻想の対象として共同幻想をおもい描くという〈自然〉に根ざした幻覚の問題があるだけだ。地上的にいえば村落共同体の共同利害と〈家〉の利害の関係だけが巫女にとって現世的な矛盾にすぎないからである。

柳田国男や折口信夫は、村落共同体の政治的象徴であり、同時に祭司であった上代の巫女が、時代がくだるにつれて神社にいつく巫女と、諸国を流浪し、村落に埋もれて口寄せ巫女になって分化する過程を想い描いている。この想定はけっしてまちがっていないとおもう。なぜなら、巫女が神社に寄生するか、諸国を流浪して、村落共同体の片隅に口寄せ巫女となって生きるかの二者択一以外の道をたどれないのは、彼女たちが現世的な〈家〉の体裁をかまえるかどうかにかかわりなく、共同幻想を、架空の〈家〉をいとなむ〈異性〉として択ぶべき本質をもっているからである。巫女にとって〈性〉的な対幻想の基盤である〈家〉は、神社にいつこうが諸国を流浪しようが、つねに共同幻想の象徴と営む〈幻想〉の〈家〉であった。巫女はこのばあい現実には〈家〉から疎外されたあらゆる存在の象徴として、共同幻想の普遍性へと霧散していったのである。

他界論

社会的な共同利害とまったくつながっていない共同幻想はかんがえられるものだろうか？　共同幻想の〈彼岸〉にまたひとつの共同幻想をおもい描くことができるだろうか？

こう問うことは、自己幻想や対幻想のなかに〈侵入〉してくる共同幻想はどういう構造かと問うことと同義である。ちょっとかんがえると、こういう問いは架空な無意味なもので、妄想的にさえみえるかもしれない。だがいぜん切実な問いかけをふくんでいる。ひとびとは現在でも〈社会科学〉的な粉飾をこらしてまで、この問題のまわりをさ迷っているからである。

いうまでもなく共同幻想の〈彼岸〉に想定される共同幻想は、たとえひとびとがそういう呼びかたを好まなくても〈他界〉の問題である。そして〈他界〉の問題は個々の人間にとっては、自己幻想か、あるいは〈性〉としての対幻想のなかに繰込まれた共同幻想の問題となってあらわれるほかはない。しかしここに前提がはいる。〈他界〉が想定されるには、かならず幻想的にか生理的にか、あるいは思想的にか〈死〉の関門をとおらなければならないことである。だから現代的な〈他界〉にふみこむばあいでさえ、まず〈死〉の関門をくぐりぬけるほかないのである。

ハイデガーは『存在と時間』の〈死〉の考察のなかでつぎのように記している。

死の実存論的解釈は、すべての生物学および生の存在論に先立って在るのです。しかしこのような解釈は、死のすべての伝記的＝歴史記述的および民族学的＝心理学的な調査研究をも、初めて基礎づけています。死亡することがそこにおいて「体験され」る状態と仕方との性格づけとしての、「死ぬこと」の「類型学」が、すでに死の概念を前提しています。そのうえ「死ぬこと」の一種の心理学が、死ぬことそのものよりもむしろ、「死んでゆくもの」の「生」についての解明《アウフシュルス》を与えています。このことは、現存在は、事実的な死亡することの体験のもとおよびそのうちで、初めて死ぬのではなく、といって本来的に死ぬのでもない、ということを反映しているのにすぎないのです。同様に未開人の間における死の把捉・理解は、魔力や祭祀・礼拝におけるかれらの死に対するさまざまの態度を、第一義的には現存在の了解〔の真相〕を明らかにし、その了解の解釈は、すでに死の実存論的分析とそれに対応した概念とを必要としているのです。（桑木務訳）

この個所から、とても地につきそうもないスコラ的な言葉遣いを排除して、ハイデガーの配慮していることをわたしなりに推察してみればつぎのようになる。

人間はいうまでもなく、じぶんの〈死〉を心的にじぶんで体験することはできない。かれが生理的に死んでしまえば、かれはじぶんの〈死〉を心的に体験はできない。そうだとすると、かれが〈死〉を心的に体験できるのは〈他者〉の生理的な死を体験として了解したときである。しかし、このばあいでも〈他者〉の〈死〉をじぶんの〈死〉のように切実に体験はできないだろう。かれは〈他者〉の〈死〉にたいしては、ただ傍にいること以上には接近ができないからだ。仮りにかれは〈他者〉のために犠牲になって死ぬことはできるかもしれない。しかし、かれが〈他者〉の犠牲になって死んだとしても〈他者〉はやがていつか死んでゆく存在であるから、かれの犠牲死はけっして〈他者〉の〈死〉の総体的な代理だということにはならない。そして心的な自己体験としても不可能だし、対他的にも代理が不可能だという特異な〈死〉の本来的な意味は、たんなる生理的な〈死〉に限定することでも、たんに宗教的な〈永生〉の概念によっても根源的には包括されない。生誕から死に向って存在している現存在の仕方を、根源的にかんがえることなしには〈死〉の十全な把握は不可能である……。

ハイデガーは『存在と時間』のなかで心的に自己体験もできなければ、対他的に代理体験もできないのに、生理的な〈死〉はつねに存在しており、しかも人間は〈死ぬ〉ものだということが〈概念〉として流布され、すこしも疑われていない人間の〈死〉の特異性を俎上にのせることで、現存在（人間）の根源的な倫理（ハイデガーのいう先験的覚悟性）の問題にはいりこむ緒をみつけようとしている。

しかしハイデガーの考察のうち、ここで拾いあげたいとおもうのは、〈死〉が人間にとって心的に〈作為〉された幻想であり、心的に〈体験〉された幻想ではないということだけである。そしてこのばあい〈作為〉の構造と水準は、共同幻想そのものの内部にあるとかんがえられる。やさしい言葉でいいかえよう。〈死〉は生理的には、いつも個体の〈死〉としてしかあらわれない。戦争や突発事で、人間が大量に同時に死んでも、生理的に限定してかんがえるかぎり、多数の個体が同時に死ぬということである。しかし、人間は知人や近親の〈死〉に際会して悲しんだり、じぶんの〈死〉を想像して怖れたり不安になったりできるように〈死〉は人間にとって心の問題としてあらわれる。人間の生理的な〈死〉が、人間にとって心の悲嘆や怖れや不安としてあらわれるとすれば、このばあい〈死〉は個体の心の自己体験の水準にはなく、想像され作為された心の体験の水準になければならない。そしてこのばあい想像や作為の構造は、共同幻想からやってくるのである。人間にとって〈死〉に特異さがあるとすれば、生理的にはいつも個体の〈死〉としてしかあらわれないのに、心的にはいつも関係についての幻想の〈死〉としてしかあらわれない点にもとめられる。もちろんじぶんの〈死〉についての怖れや不安でさえも、じぶんのじぶんにたいする関係の幻想としてあらわれるのだ。

わたしたちはこの問題にもっとおだやかなかたちで接近することができる。たとえば、知人が不幸な事件にであって喪失感にうちのめされていたとする。〈わたし〉はじぶんが不幸な事件にであって喪失感にみまわれたことを想い起こして、知人の喪失感の状態を察知しようとする。しかしどれほど察知しようとしても、けっして知人が現に出遇っている喪失感の切実さには、はじめから到達できない。人間は〈他者〉の喪失感を、じぶんの喪失感におきかえられないからだ。このとき〈わたし〉は、どれほど〈他者〉の喪失感をおもいつめても、とうていじぶんの体験みたいに感じられないと諦めて、判断を中止してひきかえすか、または人間はどうしてじぶんのことみたいに〈他者〉のことを了解できないのか、という問いにまで普遍化してじぶんにつきつけるほかに術がない。

〈死〉ではこの問題は極限のかたちであらわれてくる。人間はじぶんの〈死〉についても他者の〈死〉についてもとうてい、じぶんのことみたいに切実に、心に構成できないのだ。そしてこの不可能さの根源をたずねれば〈死〉では人間の自己幻想（または対幻想）が極限のかたちで共同幻想から〈侵蝕〉されるからだという点にもとめられる。ここまできて、わたしたちは人間の〈死〉とはなにかを心的に規定してみせることができる。人間の自己幻想（または対幻想）が極限のかたちで共同幻想に〈侵蝕〉された状態を〈死〉と呼ぶというふうに。〈死〉の様式が文化空間のひとつの様式となってあらわれるのはそのためである。たとえば、未開社会では人間の生理的な〈死〉は、自己幻想（または対幻想）が共同幻想にまったくとってかわられるような〈侵蝕〉を意味するために、個体の〈死〉は共同幻想の〈彼岸〉へ投げだされる疎外を意味するにすぎない。近代社会では〈死〉は、大なり小なり自己幻想（または対幻想）自体の消滅を意味するために、共同幻想の〈侵蝕〉は皆無にちかいから、大なり小なり死ねば死にきりという概念が流通するようになる。

ここまできて、わたしたちは〈死〉の様式が志向する類型をとりだせるはずなのだ。それは〈他界〉概念の構造を決定するとおもう。『遠野物語』のなかから、わたしたちはまず〈死〉が、じぶんのじぶんにたいする心的な〈作為〉体験としてあるような〈死譚〉をみつけだすことができる。

遠野の町に鳥御前という鷹匠があった。茸採りにいって連れと離れて山に入ると赭い顔をした男と女が話をしているのに出遇った。二人は鳥御前をみると手を拡げて抑止したが、普通の人間とおもわれなかったので、かまわず行って戯れに切刃を抜いて打ちかかると、男に蹴られて前後を失った。連れが介抱して家に帰ったが、鳥御前は今日の一部始終を話して、こんなことはいままで出遇ったことがなかった、おれはこのために死ぬかもしれない、誰にもいうなと語って、三日程の間病んで死んだ。家のものがあまり不思議な死にようなので、山伏に相談すると、山伏は山の神が遊んでいる所を邪魔したのだから、その祟をうけて死んだのだと答えた。（『遠野物語』九一）

ようするに「鳥御前」は幻覚に誘われて足をふみすべらし、谷底に落ちて気絶し、打ちどころが悪かったので三日程して〈死〉んだというだけだろう。けれど「鳥御前」が、たんに生理的にではなく、いわば綜合的に〈死〉ぬためには、ぜひともじぶんが〈作為〉してつくりあげた幻想を、共同幻想であるかのように内部に繰込むことが必要なはずだ。いいかえれば山人に蹴られたことが、じぶんを〈死〉に追いこむはずだという強迫観念をつくりださねばならなかったはずだ。そしてこのばあい「鳥御前」の幻覚にあらわれた赭ら顔の男女は、共同幻想の表象にほかならないのである。このばあい「鳥御前」が生理的に死ねば「鳥御前」のいっさいの幻想は消滅する。

しかし逆に「鳥御前」の〈死〉とは「鳥御前」の生理的な〈死〉をさすものだろうか。そういう問いを発してみれば、その答えはけっして安直にかんがえるほど自明ではない。なぜなら「鳥御前」の生理的な〈死〉は、かれの〈作為〉された関係幻想の死をも意味するからである。そして関係幻想の位相からは、人間はじじつ、じぶんは何々に出遇ったから死ぬという意識から、逆に生理的な〈死〉をもたらすことができるのだ。それは共同幻想が自己幻想の内部で、自己幻想をいわば〈侵蝕〉するという理由によって説明することができる。

ブリュルは『未開社会の思惟』のなかで、この種の例をたくさんあげて、かれのいう〈融即〉の原理から説明をくわえている。たとえば、昔、アメリカ土人は隣人の小屋の近くで夜、梟がなけば、隣人を襲って殺害する権利があった。それは未開人にとって不吉な動物とされている梟が鳴くことは、それ自体で不吉な事件がじっさい起ったと同じように心的に構成され、そういう不吉な事件をじぶんにもたらしたのは隣人だから、殺害する権利があるという理由による。またブリュルは、武器に呪いがかけられて呪力をあたえられていると思いこんでいれば、傷が皮をかすったくらいでも、未開人は床につき、食物を拒絶し、目にみえて衰弱したあげく、きっとまちがいなく死ぬという例をあげている。わたしのかんがえでは、べつに〈融即〉の原理で死ぬのではなく、未開人の自己幻想が共同幻想（呪力）に〈侵蝕〉されることで、いわば心的に〈死〉ぬのである。そしてかすり傷くらいで〈死〉んでしまうのは、未開人では自己幻想と共同幻想とは未分化なため、この〈侵蝕〉が即自的に起りうるからである。

『遠野物語』の「鳥御前」は、もちろん未開人ではないから、共同幻想と自己幻想との未分化な心性を想定することはできない。ただ共同幻想が自己幻想に侵入してくる度合におうじて、かれは自発的にじぶんを共同幻想の〈彼岸〉へ、いわば〈他界〉へ追いやり、そのことによって共同幻想から心的に自殺させられる存在である。このことは、かれの心的な自殺が生理的な〈死〉を促進したかしなかったかということとは無関係だといえよう。

ここで注意しなければならないのは、自己幻想がじぶんにたいして〈作為〉された関係幻想としてあらわれる〈死〉では、〈他界〉は〈時間〉性としてしか存在しえないことである。そしてもし、あらゆる幻想性は〈空間〉性を獲得したときはじめて、ほんとうに存在するのだといえるとすれば、ここでは〈他界〉の観念は存在しないといっても、いたるところに普遍的にみちみちて存在するといっても、まったくおなじことになる。ブリュルのあげている未開人の世界では〈他界〉観念は地上のいたるところにあり、だから疎外された幻想としては存在しないのだ。『遠野物語』の「鳥御前」のばあいには、ただ〈時間〉的な観念として〈他界〉は存在しているといえよう。

わたしたちは『遠野物語』のなかから、このたぐいの〈死譚〉が、いくらか高度になったばあいをいくつか想定できる。〈死〉が自己幻想に集中しないで、対幻想に集中するばあいである。

ある村人の曾祖母が死んで親族が通夜の晩に一同座敷に寝ていた。死者の娘で乱心のため離縁されてもどっていた婦人もその中にいた。祖母と母はいろりの両側に起きて坐っていた。ふと裏口から足音がして死んだ老女が衣物の裾をひきずってやってきたが、いろりの脇を通りすぎたとき、裾で炭取にさわったかとおもうと、まるい炭取はくるくるまわった。母は気丈の人なのでふりかえってあとを見送っていると、親族の寝ている座敷の方へ近よっていった。死者の娘の狂女が、そのときけたたましい声で、おばあさんが来たと叫んだ。

同じ老女の二七日の夜に、知音が回向して帰ろうとすると門口の石に腰をかけてあちらを向いている老女がいた。うしろ姿は死んだ曾祖母であった。(『遠野物語』二二、二三)

この民譚では〈死〉は対幻想のなかに〈作為〉されてあらわれている。祖母や母や親族が、死んだ曾祖母に執着するのとおなじ度合で、死者は〈家〉の周辺をはなれられない。そして死んだ曾祖母が「裏口」からあらわれたり、「門口」の石に腰をおろして家のなかに入らなかったりするのは、生きている肉親や親族や「知音」にとって、その死者が心に怖れであったり、遠のいていたりする度合に対応している。祖母や母が死者に〈表口〉から入ってもらいたくないと怖れているから、死んだ曾祖母は〈裏口〉から入ってきたのである。また「知音」たちが、死んだ曾祖母に執着しながらも〈他界〉の存在だとかんがえているから、老女は〈家〉に入らずに「門口」の石に腰かけていたのである。

この〈死譚〉にはひとつの示唆がかくされている。〈死〉が作為された自己幻想として個体に関係づけられる段階を離脱して、対幻想のなかに対幻想の〈作為〉された対象として関係づけられたとき、はじめて〈他界〉の概念が空間性として発生するということである。このナッセント・ステートの〈他界〉空間は、当然のことであるが、此岸的ないわば現実的な〈家〉の共同利害によってある構造的な規定をうけるはずである。この『遠野物語』の〈死譚〉で、死んだ曾祖母が家の「裏口」や「門口」にあらわれた理由について、柳田国男は「如何なる執着のありしにや、終に知る人はなかりし也。」と記している。柳田がかきとめているように、たしかに曾祖母の霊があらわれる理由は、家人や親族に思いあたるふしがなかったかしれない。だが近親にとって、どんなに思いあたるふしがなくても、理由もなく死者があらわれることはない。曾祖母の亡霊が近縁者にあらわれたのは〈家〉の共同利害と曾祖母の生存のあいだに、何かしらの矛盾があったからだ。それはいわば原理的に自明みたいにおもわれる。なぜなら、心的な〈死〉はいつも関係幻想にほかならないからだ。

『遠野物語』は、対幻想に〈侵入〉してくる〈他界〉の概念が、いかに現世的な〈家〉の共同利害と関係あるかを暗示する民譚をかきとめている。

　遠野の近隣には幾つか、おなじダンノハナという地名がある。その近傍にはこれと相対してかならず蓮台野という地がある。昔は六十をこえた老人はすべてこの蓮台野に追いやる風習があった。捨てられた老人は徒に死んでしまうこともならず、日中は里へおりて農作して口を糊した。そのためにいまもその近隣では朝に野らにでるのをハカダチと云い、夕方野らからかえるのをハカアガリと云っている。（『遠野物語』一一一）

　遠野在の村境いにデンデラ野というのがある。そこの堂守の家には村に死人があるとかならず予兆があるといわれている。死ぬのが男ならば、デンデラ野を夜なかに馬を引いて山歌を歌ったり、又は馬の鳴輪の音をさせて通る。女ならば平生歌っていた歌を小声で吟じたり、啜泣きをしたり、或は高声に話をしたりなどして此処を通りすぎる。こうして夜更にデンデラ野を通った人があると、堂守の家では、あ

あ今度は何某が死ぬぞなどといっているうちに、間もなく其人が死ぬのだといわれている。(『遠野物語拾遺』二六六)

後段の「デンデラ野」というのは、前段の「蓮台野」とおなじで、六十歳をこえた老人を捨てた場所をさしている。「ダンノハナ」は村境いの塚所であり、その向う側に相対する蓮台野は、いわば現世的な〈他界〉である。そして六十歳をこえた村落の老人たちは、生きながら〈他界〉へ追いやられたことをこの民譚は表象している。そして後段の民譚では、村の男女はたれも死ぬとここを通りすぎると記している。なぜ、村落の老人は六十歳をこえると生きながら〈他界〉へ、いわば共同体の外へ追いやられるのだろうか?

もちろん、六十歳をすぎた老人の存在が、村落共同体の共同利害と矛盾するからである。農耕にかける老人の労働力のうみだす価値が、その生活の再生産の過程に耐えないからである。しかしこういう理由づけは、六十をこえた老人たちがなぜ、村落の〈家〉から〈他界〉へ追いやられたかをそのままでは説明したことにならない。個々の老人は、村落の共同体から共同幻想の〈彼岸〉へ生きながら追いやられたとき、かならず〈家〉の対幻想の共同性から追いやられたはずである。そして〈家〉から追いやられるには、老人の存在が〈家〉の共同利害と矛盾しなければならない。身体的にいえば〈家〉の働き手として失格していなければならない。

だがこれでも、なお〈姥捨〉の理由はつくされないだろう。つまり老人たちは、対幻想の共同性が、現実の基礎をみつけだせなくなったとき（ヘーゲル的にいえばそれは子供をうむことによって実現される）、〈他界〉へ追いやられたのである。そして対幻想の共同性が、現実の基盤をみつけだせなくなるのは、ヘーゲルのかんがえたように、子供を生むことで現実化されなくなったかどうかでなくて、対幻想として、村落の共同幻想にも、自己幻想にたいしても特異な位相を保ちえなくなったかどうかを意味しているのだ。いうまでもなく、対幻想として特異な位相を保ちえなくなった個体は、自己幻想の世界に馴致するか、村落の共同幻想に従属するほかに道はない。それが六十歳をこえた老人が「蓮台野」に追いやられた根源的な理由である。そして一般的には〈姥捨〉の風習の本質的な意味である。

村落共同体の共同幻想は、ハイデガーのいう「その死に向って存在している」現存在の時間性を、空間の方に疎外した。それだから〈他界〉は、個体にとって生理的な〈死〉をこえて延びてゆく時間性にもかかわらず、村境いの向う側の地域に〈作為〉的に設けられたのである。

ほんらい村落のひとびとにたいしては時間性であるべき〈他界〉が、村外れの土地に場所的に設定されたのは、きっと農耕民の特質によっている。土地に執着しそこに対幻想の基盤である〈家〉を定着させ、穀物を栽培したという生活が、かれらの時間認識を空間へとさしむけたのである。

〈サンカ〉のように耕作しないで、移動手業につき、野生物や天然物に依存することのおおい生活民を想定すれば、まったく別個の時間認識がえられる。三角寛のすぐれた研究『サンカの社会』によれば〈サンカ〉の共同体では、現在の夫婦を一として、五代前の高祖父母は〈テガカリカミ〉と称する生神様とかんがえられる。生きていればその子孫はもちろん、所属の共同体のものは当番で、三日目毎に献食をはこばなければならないと記されている。ここでは〈他界〉は、個体の〈死〉の延長にえがかれる時間性である。また、したがって一定の年齢をこえた老人たちが捨てられてゆくこともないかわりに、老人たちは婚姻してから死ぬまで自営して〈他界〉に自然に移行するとされている。この特異な共同性の内部では〈死〉はたんに、個体の心的な時間性の度合の変化として了解される。そのもっとも根源的な理由は、かれらの対幻想の基盤である〈家〉が土地の所有と無関係であり、また共同幻想が土地の占有や定着の概念と無関係に成立したからである。ここでは対幻想は、共同幻想にたいしても自己幻想にたいしてもはじめから特異な位相をもたないのだ。

三角寛は〈サンカ〉の葬制についてつぎのように記している。

セブリ族は、明治七年ごろまでは、風葬《シナドオクリ》が多かつたのである。それを「アノモドリ」ともいふ。アノは天空のことである。(中略)

この風葬の思想は、人間の霊魂は太陽に帰るものとして、その霊を尊び、死体をナキガラとして尊ぶのである。これを網籠に入れて、人目につかない川の上の樹木につるして風化させるのである。これが彼ら社会の死人を祭る最高の儀式であつた。

ここに特筆すべきことは、彼らには死を悲しんではならぬといふ慣習があることだ。死を悲しむことは、仏教入国以来のことで、生あるものは、いつかは天空に帰つてゆく、それを悲しむのは真理ではないとする考へ方である。(中略)

セブリに死人が出ると、家族の者が集つて、まづ榊と水を献じて手を鳴らして「お見送《ミオク》りします」といつて礼拝する。この「ミオクリ」がすなはち、シナドオクリなのである。

次いでムレコに死を通報する。ムレコはクズコ、クズシリに「ユサブレ」して、それぞれが酒をもつて、そのセブリに来て、はじめて死体を拝《トドキ》む。同時に手分けして、死体をおさめる「ヒトギ」を作る。箕を二枚合はせたやうな籠である。いはゆるヒツギである。これに納めると、クズシリが祭司になり、

「ここに、何々のミコト天空《アノ》に帰ります。ユサバリなす、一族郎党《ヤガラウガラ》うちそろひ、高

き霊《ミタマ》ききませと申し、栄《フユ》のトドキ(栄光の死体《ナキガラ》)見送り申す」
と、祝詞を捧げて式を終る。
死体は洗はない。死体の上で、山刃を十字《タテヨコ》に切って邪気を払ふだけである。(中略)
式が終ると、一同酒を交しながら、故人の生存中のくさぐさの話をし、死体を深夜の中に、樹上に運び、夜明に納めるのである。(『サンカの社会』)

ここで三角寛が「風葬」とよんでいるのは、げんみつには樹上葬とよぶべきかもしれない。そして樹上葬の本質的な思想は、〈死〉をたんに現存在の時間性の変化としてみることである。これは対幻想を土地定着にむすびつけた農耕共同体のそとでうみだされた〈他界〉観の所産にほかならぬといえる。

ここまできて、わたしたちは『遠野物語』の〈死譚〉にあらわれた「ダンノハナ」や「蓮台野」という地名の意味するものを了解する。それは村落共同体の共同幻想が疎外する空間性としての〈他界〉(墓所)であるとともに、時間性としての〈他界〉(霊所)である。しかも、村落の共同幻想が疎外する空間性としての〈他界〉(墓所)が、村人の対幻想が疎外する空間性としての〈他界〉(家墓所)と同致したために、村落の老人たちは六十歳をこえると、村落共同体の地上的な共同利害から追いたてられて、生きながらここに捨てられたのである。

よくしられているように、柳田国男は「葬制の沿革について」によって、両墓制の存在をはじめて指摘した。そして柳田が自負したように、土豪や支配者の古墳ばかり掘りかえしていてはとうてい発見できない日本民俗学の勝利を象徴するものとかんがえられてきた。柳田は墓地には埋め墓ともいうべきものと、詣で墓ともいうべき二つがあって、死者を埋葬した墓地と死者を祭った墓地とはべつべつであることをはじめてあきらかにして、葬制研究の口火をきったのである。けれど埋め墓と詣で墓とが場所的に別々であっても一個処であっても、そんなことはさまざまな偶然や、方便や、生活の必要で、いくらでもその都度かわりうることだ。ただとりあげるに価するのは、農耕民を主とする村落共同体の共同幻想にとって、〈他界〉の観念は、空間的にと時間的にと二重化されるほかなかったことである。かれらにとって〈永生〉の観念は、あくまでも土地への執着をはなれては存在しえなかった。そしてこういう〈永生〉の住みつく土地をもとめれば村落の周辺に、しかも村落の外の土地にもとめるほかなかったのである。だから埋め墓は空間的な〈他界〉の表象であり、詣で墓は時間的な〈他界〉の表象だというべきなのだ。

大場磐雄の論文「考古学上から見た我が上代人の他界観念」(『宗教研究』一二三号)は、古墳時代の〈他界〉観念を埋葬形式から考察している。

それによれば古墳時代の前期では、墳丘が丘陵や台地上にあり、副葬品も鏡、剣、玉など明器や宝器的なものがおおいなどの特徴があるところから、「身体魂に対する恐怖の念は相当に濃く残つているが、又一方死後の世界も考えられ、それは自分達現世の生活とは異なつた神々の世界であつて、神に献供される意味に於ていろ〳〵な品が捧げられたと思うのである。」とのべている。

これにたいして中期から後期にかけては、墳丘の位置が平野へ下っており、副葬品に鏡や玉などは少なくなり、馬具や土器類のような日常生活の道具がおおくなっているなどの特徴から「死体に対する恐怖の念がやゝ薄らぎ、死後の世界が現世と余り遠くないところに求められて来たことを示し、棺槨が地平線又は以下におかれるのは、死後の世界が地上又は地下にありと思惟せられ来ったものに外ならないと思うのである。」と解釈している。

この考察がわたしたちの注意をひくのは、ここで古墳時代前期とよばれている時代に〈他界〉がよりおおく共同体の共同幻想から〈時間〉的に疎外された観念として存在し、中期、後期とよばれている時代では、よりおおく〈空間〉的に疎外された観念として存在したということである。このことは〈他界〉観念の変遷を語っているのではなく、生産様式の変化を語っているのではないだろうか。そして、前期にはまだ農耕のほかに狩猟とか漁獲とかがおおく部族民の生業を占めており、中期、後期にはしだいに農耕民が村落の大部を占めていっただろうということである。副葬品の鏡や玉や剣は〈時間〉幻想の表象であり、馬具や土器は〈空間〉幻想の表象であり、この論文がかんがえているように〈他界〉が現世と隔絶した遠隔にかんがえられたか、現世の生活の延長として近傍にかんがえられたかということを、おそらくは意味していない。

国分直一は「日本及びわが南島における葬制上の諸問題」(『民族学研究』第27巻第2号)のなかで柳田の発見を拡張して、多葬制ともいうべきものの痕跡を指摘している。第三次埋葬以後に(三十年あるいは数十年たったのち)死者の骨はとりだされ、粉砕されて土壌にばらまかれるというのである。

死者の骨が土壌に霧散したとき、現世のひとびとにとってひとつの〈他界〉が消滅したかにみえる。しかし真に消滅したのではなく、じつは骨を粉砕してばらまいた村落の近縁者の自己幻想の内部に〈他界〉が再生したにすぎない。真に〈他界〉が消滅するためには、共同幻想の呪力が、自己幻想と対幻想のなかで心的に追放されなければならない。

そして共同幻想が自己幻想と対幻想のなかで追放されることは、共同幻想の〈彼岸〉に描かれる共同幻想が死滅することを意味している。共同幻想が原始宗教的な仮象であらわれても、現在のように制度的あるいはイデオロギー的な仮象であらわれても、共同幻想の〈彼岸〉に描かれる共同幻想が、すべて消滅せねばならぬという課題は、共同幻想自体が消滅しなければならぬという課題といっしょに、現在でもなお、人間の存在にとってラジカルな本質的課題である。

原理的にだけいえば、ある個体の自己幻想は、その個体が生活している社会の共同幻想にたいして〈逆立〉するはずである。しかしこの〈逆立〉の形式は、けっしてあらわな眼にみえる形であらわれるとかぎっていない。むしろある個体にとって共同幻想は、自己幻想に〈同調〉するものにみえる。またべつの個体にとって共同幻想は〈欠如〉として了解されたりする。またべつの個体にとっては、共同幻想は〈虚偽〉としても感じられる。

ここで〈共同幻想〉というのはどんな**価値**ん味も含んでいない。だから〈共同幻想〉をひとびとが、現代的に社会主義的な〈国家〉と解しても、資本主義的な〈国家〉と解しても、反体制的な組織の共同体と解しても、小さなサークルの共同性と解してもまったく自由であり、自己幻想にたいして共同幻想が〈逆立〉するという原理はかわらない。またこの〈逆立〉がさまざまなかたちであらわれるのもかわらないのである。

ここでもうすこしつきつめてみる。ほんとうは〈逆立〉するはずの個体の自己幻想と、共同社会の共同幻想の関係が〈同調〉するみたいな仮象であらわれたとする。すぐわかるように、個体の自己幻想に社会の共同幻想が〈同調〉として感ぜられるためには、共同幻想が自己幻想にさきだった先験性だということが、自己幻想のなかで信じられていなければならない。いいかえれば、かれは、じぶんが共同幻想から直接うみだされたものだと信じていなければならない。けれどこれははっきりと矛盾である。かれの〈生誕〉に直接あずかっているのは〈父〉と〈母〉である。そしてかれの自己幻想の形成に第一次的にあずかっているのは、すくなくとも成年までは〈父〉と〈母〉との対幻想の共同性（家族）である。またかれの自己幻想なくして、かれにとって共同幻想は存在しえない。だが極限のかたちでの恒常民と極限のかたちでの世襲君主を想定すれば、かれの自己幻想は共同幻想と〈同調〉している仮象をもてるはずである。民俗的な幻想行為であるあらゆる祭儀が、支配者の規範力の賦活行為を意味する祭儀になぞらえられるとすればそのためである。

ところで現実に生活している個人は、大なり小なり自己幻想と共同幻想の矛盾として存在している。ある個体の自己幻想にとって共同幻想が〈欠如〉や〈虚偽〉として感じられるとすれば、その〈欠如〉や〈虚偽〉は〈逆立〉へむかう過程の構造をさしている。だから本質的には〈逆立〉の仮象以外のものではない。

こういう個体の自己幻想と、その個体が現存している社会の共同幻想との〈逆立〉を、いちばん原質的にあらわにしめすのは人間の〈生誕〉である。

ふつう〈生誕〉について語るばあい〈父〉と〈母〉から〈子〉が生れるという云い方がある。また一対の男女の〈性〉的な行為から、人間は生れるものだという云いかたがある。エンゲルスのように骨の髄まで経済的な範疇が好きであった人物からすれば、最初の分業は〈子〉を生むことでの男女の分業であったという云い方もできる。だが人間の〈生誕〉の問題がけっして安直でないのは、人間の〈死〉の問題が安直でないのとおなじである。しかも〈死〉では、ただ喪失の過程であらわれるにすぎなかった対幻想の問題が、〈生誕〉では、本質的な意味で登場してくる。ここでは〈共同幻想〉が、社会の共同幻想と〈家族〉の対幻想というふたつの意味で問われなければならない。

心的にみられた〈生誕〉というのは、〈共同幻想〉からこちらがわへ、いいかえれば〈此岸〉へ投げだされた自己幻想を意味している。そしてこのばあい、自己の意志にかかわりなく〈此岸〉へ投げだされた自己幻想であるために〈生誕〉は一定の時期まで自覚的な過程ではありえないのである。そして大なり小なり自覚的でありえない期間、個体は生理的にも心的にも親からの扶養なしには生存をつづけることができない。人間の自己幻想は、ある期間を過程的にとおって徐々に周囲の共同幻想をはねのけながら自覚的な存在として形成される。そのためいったん形成されたあかつきには、たんに共同幻想からの疎外を意味するだけでなく、共同幻想と〈逆立〉するほかはないのである。そしてこちら側へ投げだされた自己幻想が共同幻想にいだく関係意識としての〈欠如〉や〈虚偽〉は、自覚的な〈逆立〉にたどりつくまでの個体の心的構造に、その原型をもとめることができる。

わたしの知見のおよぶかぎりでは、この問題をはじめて根源的に考察したのはヘーゲルであった。そしてヘーゲルの考察は根源的だったため、〈前生誕〉ともいうべき時期の〈胎児〉と〈母〉との関係の考察でいちばん鋭いかたちをしめした。

空間的なものおよび物質的なものの方から見れば、胎児としての子供は自分の特殊な皮膚等々のなかに実存していて、子供と母との連関はへそのお・胎盤等々によって媒介されている。もし人々がこの空間的なものおよびこの物質的なもののもとに立ち止まっているならば、そのときはただ外面的な解剖学的・生理学的現実存在が感性的反省的に考察されるだけである。本質的なもの、すなわち心的関係に対しては、あの感性的物質的な相互外在や被媒介態やはなんらの真理性をももっていない。母と子供との連関の場合に人々が念頭におくべきことは、ただ、母のはげしい興奮や危害等々によって子供のなかに固定する諸規定が驚嘆すべきほど伝達されるということだけではなくて、ちょうど植物的なものにおける単子葉植物の場合のように、基体が全体的心理的判断（根源的分割）を行なって、女性的本性が自己のなかで二つに割れることができるということである。そしてまた子供はこの判断（根源的分割）において、病気の素質や、形姿・感じ方・性格・才能・個人的性癖等々におけるそれ以上の素質を、伝達されて獲得したのではなく、根源的に自己のなかへ受容したのである。

それに反して、母体のなかの子供は、われわれに対して、まだ子供のなかで現実的に独立的になっているのではなくてもっぱら母のなかで始めて現実的に独立的になっている心・まだ自己自身を独立的に維持することができない心・むしろもっぱら母の心によって維持されている心を明示している。その結果ここでは、夢見のなかに現存しているあの関係・自己自身に対する心の単純な関係の代りに、他の個体に対する同様に単純で直接的な関係が実存している。そして、まだ自分自身のなかに自己をもつに至っていない胎児の心はこの他人のなかに自分の自己を見いだすのである。（ヘーゲル『精神哲学』、船山信一訳）

ひそかに推測してみると、人間の生存の根源的不安を課題にした『不安の概念』におけるキェルケゴールと、すべての不安神経症の根源を〈母胎〉から離れることへの〈不安〉に還元したフロイトは、どちらもヘーゲルのこういった考察からたくさん負っているような気がする。だがヘーゲルのこういう考察は、自己幻想の内部構造に立ち入ろうとするとき問題になるだけだ。ここでヘーゲルの考察から拾いあげるものがあるとすれば〈生誕〉の時期での自己幻想の共同幻想にたいする関係の原質が、胎生時の〈母〉と〈子〉の関係に還元されるため、すくなくとも〈生誕〉の瞬間の共同幻想は〈母〉という存在に象徴されることである。

人間の〈生誕〉にあずかる共同幻想が〈死〉にあずかる共同幻想と本質的にちがっているのは、前者が村落の共同幻想と〈家〉での男女のあいだの〈性〉を基盤にした対幻想の共同性の両極のあいだで、移行する構造をもつことである。そしておそらくは、これだけが人間の〈生誕〉と〈死〉を区別している本質的な差異であり、それ以外のちがいはみんな相対的なものにすぎない。このことは未開人の〈死〉と〈復活〉の概念が、ほとんど等質に見做されていることからもわかる。かれらにとっては〈受胎〉、〈生誕〉、〈成年〉、〈婚姻〉、〈死〉は繰返される〈死〉と〈復活〉の交替であった。個体が生理的にはじめに〈生誕〉し、生理的におわりに〈死〉をむかえることは、〈生誕〉以前の世界と〈死〉以後の世界にたいしてはっきりした境界がなかった。『古事記』には〈死〉と〈生誕〉が、それほどべつの概念でなかったことを暗示する説話が語られている。

伊邪那岐《イザナギ》は死んだ伊邪那美《イザナミ》を追って死後の世界へ行き「おれとおまえが作った国はまだ作りおわっていないから、還ってこないか」といった。伊邪那美は「もっとはやく来てくれればよかったのに、わたしは死の国の食物をたべてしまった。だが、せっかくあなたがきてくれたのだから、死の世界の神にかけあってみましょう。わたしを視ないでください」とこたえて家の中へ入ったが、なかなか出てこなかったので、伊邪那岐が燭をつけて入ってみると、伊邪那美の頭や、胸や、腹や、陰部や手足には、蛆がわいてごろごろ鳴っていた。伊邪那岐は恐怖にかられて逃げだすと、伊邪那美は「わたしに辱をかかせた」といって死の世界の醜女に追いかけさせた。

海の神の娘、豊玉姫が「じぶんは妊娠していて子を産むときになった。海で産むわけにいかないから」というので、海辺に鵜の羽で屋根を葺いて、産屋をつくった。急に腹がいたくなったので産屋に入るとて、日子穂穂出見に「他国の人間は、子を産むときは、本国の姿になって産むものだから、わたしも本の身になって産みます。わたしを見ないで下さい」といった。妙なことを云うとおもって日子が子を産むところを覗いてみると、八尋もある鰐の姿になって這いまわっていた。日子はおどろいて逃げだした。豊玉姫は恥ずかしくおもって子を産んだ後で、わたしの姿を覗かれてはずかしいから、本の国へかえると云って海坂をふさいで還ってしまった。

この〈死後〉譚と〈生誕〉譚とはパターンがおなじで、一方は死体が腐って蛆がわいてゆく場面を、一方は分娩の場面をみられて、男は驚き、女はじぶんの変身をみられて辱かしがることになっている。死後の場面も生誕の場面もおなじように疎通していて、このふたつの場面で、男が女の変身にたいして〈恐怖〉感として疎外され、女が一方では〈他界〉の他方では「本国の形」の共同幻想の表象に変身するというパターンでおなじものだ。

男のほうが〈死〉の場面でも〈生誕〉の場面でも、場面の総体からまったくはじきだされる度合は、女が〈性〉を基盤にした本来的な対幻想の対象から、共同幻想の表象へと変容する度合に対応している。『古事記』のこういう説話の段階では、〈死〉も〈生誕〉も、女性が共同幻想の表象に転化することだという位相でとらえられている。いいかえれば人間の〈死〉と〈生誕〉は、〈生む〉という行為がじゃまされるかじゃまされないかだというように、共同幻想の表象として同一視されている。

では人間の〈死〉と〈生誕〉が〈生む〉という行為がじゃまされるか、されないかという意味で同一視されるような共同幻想は、どういう地上的な共同利害と対応するのだろうか？

これをいちばんよく象徴した説話が『古事記』のなかにある。

須佐男《スサノオ》は食物を穀神である大気都姫《オオゲツ》にもとめた。そこで大気都姫は、鼻や口や尻から種々の味物をとりだして料理してあげると、須佐男はその様子を覗いてみて、穢いことをして食わせるとおもって大気都姫を殺害してしまった。殺された大気都姫の頭に蚕ができ、二つの目に稲種ができ、二つの耳に粟ができ、鼻に小豆が、陰部に麦が、尻に大豆ができた。神産巣日《カムムスビ》がこれをとって種にした。

この説話では、共同幻想の表象である女性が〈死〉ぬことが、農耕社会の共同利害の表象である穀物の生成と結びつけられている。共同幻想の表象に転化した女〈性〉が、〈死〉ぬという行為によって、変身して穀物になることが暗示されている。女性に表象される共同幻想の〈死〉と〈復活〉とが穀物の生成に関係づけられる。

ここまでかんがえてくると人間の〈死〉と〈生誕〉を〈生む〉行為がじゃまされるかじゃまされないかのちがいだけで同一視している共同幻想が、初期の農耕社会に固有なものだと推定することができる。かれらの共同の幻想にとっては、一対の男女の〈性〉的な行為が〈子〉を生む結果をもたらすのが重要なのではない。女〈性〉だけが〈子〉を分娩するということが重要なのだ。だからこそ女〈性〉はかれらの共同幻想の象徴に変容し、女〈性〉の〈生む〉行為が、農耕社会の共同利害の象徴である穀物の生成と同一視されるのである。この同一視は極限までおしつめられる可能性をはらんでいる。女〈性〉が殺害されることで穀物の生成が促される『古事記』のこの説話がそうなのだ。

蚕の生成については『遠野物語』は、いわゆるオシラサマの起源譚として、馬と女の婚姻説話のかたちで記載している。だが穀物の生成については、わたしたちは北方民譚である『遠野物語』を捨てなければならない。『古事記』は穀物についての説話をいくつも書きとめているが、これは『古事記』の編者たちの権力が、はじめて穀物栽培の技術を身につけて古代村落をせきけんした勢力を始祖とかんがえたか、かれらの勢力が穀物栽培の発達した村落社会に発祥したか、あるいはかれらの始祖たちの政治的制覇が、時代的に狩猟・漁獲を主とする社会から、農耕を主とする社会への転化の時期にあたっていたかのいずれかを物語っているようにおもわれる。

この『古事記』の説話的な本質は、石田英一郎の論文「古代メキシコの母子神」が記載している古代メキシコのトウモロコシ儀礼ともよくにかよっている。古代メキシコの「箒の祭」では、部落からえらばれた一人の女性を穀母トシ＝テテオイナンの盛装をつけさせて殺害する。そして身体の皮を剝いで穀母の息子であるトウモロコシの神に扮した若者の頭から額にかけて、彼女のもものの皮をかぶせる。若者は太陽神の神像の前で〈性〉行為を象徴的に演じて懐胎し、また新たに生れ出るとされている。『古事記』の説話のなかで殺害される「大気都姫」も、「箒の祭」の行事で殺害される穀母もけっして対幻想の性的な象徴ではなく、共同幻想の表象である。これらの女性は共同幻想として対幻想に固有な〈性〉的な象徴を演ずる矛盾をおかさなければならない。これはいわば、絶対的な矛盾だから、じぶんが殺害されることでしか演じられない役割である。じぶんが殺害されることで共同幻想の地上的な表象である穀物として再生するのである。

つぎにこの『古事記』の説話の本質が、もっと高度になったかたちを想定できる。そこでは一対の男女の〈性〉的な行為から〈子〉がうまれることが、そのままで変容をへず共同幻想にうけいれられ、穀物の生成と結びつく段階がかんがえられる。このばあいは〈子〉を受胎し、分娩する女性は、あくまでも対幻想の対象であり、共同幻想の象徴に転化するために〈変身〉したり、〈殺害〉されたりすることはない。

池上広正の論文「田の神行事」や、堀一郎の論文「奥能登の農耕儀礼について」がこういったもののいちばん土俗的なかたちを記録している。そのひとつから引用すると、先年調査する機会を得た能登の鳳至郡町野町川西では十二月五日に田の神を家に迎へる行事が行はれてゐる。当日は甘酒を造り、種々の畠のものを煮て神を饗する料理を準備する。夕方になると主人は正装して戸口で田の神を田から家に迎へる。迎へられた田の神は風呂に入つて頂いて、床の間にしつらへた席に招ずる。こゝにはへり取りの莚を敷き、その上に山盛りの椀飯は勿論、オヒラや餅を初め数々の料理が二膳分運ばれる。特に「ハチメ」と呼ぶ魚を二匹腹合せにしたものと大根は欠くことの出来ぬものとされてゐる。之に副へる箸は中太の一尺二寸の「カツギ」の木で作るのが習はしとなつてゐる。又台所の神棚に隣して種籾入りの俵（タネ様）を並べて置く。この「タネ様」は座敷の田の神の設けの座に置くのが一般的風習だが、調査の対象となつた家だけは如何なる理由か置き場所が異つてゐた。供へた食物は下げてから主人夫婦が食べて、後は家中の人々が食べる。当夜の食事は出来るだけ何時もより早い目に済ますのが良いとされてゐる。この様にして「アエノコト」が終るとその日から田の神は家に止る事になる。「タネ様」は翌日戸口の天井等に吊して鼠から守り、二月九日の「アエノコト」まで丁寧に仕舞つて置く。二月九日になると「タネ様」を天井から取り下して座敷に運び、十二月五日の時と同じ場所に置き膳椀に料理を盛つて供へる。凡て十二月の「アエノコト」と同一の饗応が為される。二月十日は「若木迎への日」と称し、早朝に起き出でて乾し栗、乾し柿、餅一重を持つて山に行く。枝振りの良い適当な松を選んでその根本に御供をし、拍手を打つて豊作を祈つてから木を伐つて持ち帰る。帰る時は御供も一緒に持ち帰るが、之は腹痛に良く効くとされてゐる。松は夕方迄座敷の隅等に置いておくが、その夜松飾りをする。七五三縄を松に掛け、カラ鍬を松の根本に並べ、一斗箕の上に乾し柿、餅等を戴せて供へ、ローソクも点じ、夜食の時には甘酒をも供へる。この夜の行事は内容的に翌日の「田打ち」の行事に続くものであり、十一日には未明三時頃主人が前日の飾り松、鍬を担ぎ、苗代田へ行き東方に向つて松を立て、鍬で三度雪の上を鋤き、拍手を打つて豊作を祈るのである。田の神はこの日を堺にして以後は田に下りられるのである。この田の神については同じ鳳至郡でも盲目、片目、すが目等とも考へられてゐて、多くは夫婦神である。(池上広正「田の神行事」)

この農耕祭儀では、女性が穀母神の代同物として殺害されることもなければ、殺害の擬態行為も演じられていない。その意味で『古事記』説話よりも高度な段階にあるといえよう。そのかわりに、対幻想そのものが共同幻想に同致される。「二匹腹合せ」の魚や「大根」(二股大根)は、いわば一対の男女の〈性〉的な行為の象徴であり、穀神は「夫婦神」として座敷にむかえられる。

ここでは夫婦である穀神は〈家〉に迎えられて〈性〉的な行為の象徴を演じ、その呪力は御供物をたべた主人夫婦と種籾にふきこまれる。夫婦の穀神が〈死〉ぬのは、たぶん「若木迎への日」であり、「若木」は穀神のうみだした〈子〉を象徴している。そしてこの〈子〉神が「田打ち」の田にはこばれたとき豊作が約束される機構になっている。

この民俗的な農耕祭儀は、耕作の場面である田の土地と、農民の対幻想の現実的な基盤である〈家〉のあいだの〈空間〉と、十二月五日から二月十日までの〈時間〉のあいだに、対幻想が共同幻想に同致される表象的な行為が演ぜられる。そこに本質的な構造があるといえる。そのあいだに対幻想が死滅し、かわりに〈子〉が〈生誕〉するという行為が、象徴的に農耕社会の共同幻想とその地上的利害の表象である穀物に封じこめられる。

この奥能登におこなわれている農耕祭儀が、さきにあげた『古事記』の説話や、古代メキシコのトウモロコシ儀礼よりも高度だとみなされるのは、対幻想の対象である女性が共同幻想の表象に変身する契機がここにはなく、はじめから穀神が一対の男・女神とかんがえられ、その対幻想としての〈性〉的な象徴が、共同幻想の地上的な表象である穀物の生成と関係づけられていることである。だからあくまでも対幻想の現実的な基盤である〈家〉と、その所有（あるいは耕作）田のあいだのかかわりとして祭儀の性格が決定されている。ここには対幻想があきらかに、農耕共同体の共同幻想にたいして、独立した独自な位相をもっていることが象徴されている。

いま、この奥能登の農耕祭儀にしめされた民俗的な農耕祭儀を〈空間〉性と〈時間〉性について〈抽象〉すれば、どんな場面が出現するだろうか？

この問題が古代の農耕社会の支配層として、しかも農耕社会の支配層としてのみ、わが列島をせきけんした大和朝廷の支配者の世襲大嘗祭の本質を語るものにほかならない。

民俗的な農耕祭儀では、対幻想の基盤である〈家〉とその所有（あるいは耕作）田のあいだに設けられた祭儀空間は、世襲大嘗祭では悠紀《ユキ》、主基《スキ》田の卜定となってあらわれる。これは一見すると占有田の拡大にともなって、祭儀空間が拡大したことを意味するようにうけとれるかもしれない。しかし、この拡大はたんなる祭儀の空間的な拡大ではなく、耕作からはなれた支配層が、なお農耕祭儀を模擬しようとするときに当然おこる〈抽象化〉を意味している。この〈抽象化〉は、ただ祭儀時間の圧縮によってだけ可能である。

そこでつぎの問題が生じてくる。

天皇の世襲大嘗祭では、民俗的な農耕祭儀の〈田神迎え〉である十二月五日と〈田神送り〉である二月十日とのあいだの祭儀時間は、共時的に圧縮されて、一夜のうちに行われる悠紀殿と主基殿でのおなじ祭儀の繰返しに転化される。かれは薄べりひとつへだてた悠紀殿と主基殿を出入りするだけで、農耕民の〈家〉と所有（あるいは耕作）田のあいだの祭儀空間を抽象的に往来し、同時に〈田神迎え〉と〈田神送り〉のあいだの二ヵ月ほどの祭儀時間を数時間に圧縮するのである。

このあとでさらにつぎの問題があらわれる。

民俗的な農耕祭儀では、すくなくとも形式的には〈田神迎え〉と〈田神送り〉の模倣行為を主体としているが、世襲大嘗祭では、その祭儀空間と時間とが極度に〈抽象化〉されているために、〈田神〉という土地耕作につきまとう観念自体が無意味なものになる。そこで天皇は司祭であると同時に、みずからを民俗祭儀での〈田神〉とおなじように〈神〉として擬定する。かれの人格は司祭と、擬定された〈神〉とに二重化せざるをえない。

そこで悠紀、主基殿にもうけられた〈神座〉には、ひとりの〈神〉がやってきて、天皇とさしむかいで食事する。民俗的な農耕祭儀では〈田神〉は一対の男女神であった。大嘗祭で一対の男女神を演ずるのは、あきらかにひとりの〈神〉と、じぶんを異性の〈神〉に擬定した天皇である。

悠紀、主基殿の内部には寝具がしかれており、かけ布団と、さか枕がもうけられている。おそらくはこれは〈性〉行為の模擬的な表象であるとともに、なにものかの

〈死〉と、なにものかの〈生誕〉を象徴するものといえる。

西郷信綱は「古代王権の神話と祭式」のなかで、天皇はこの寝具にくるまって、胎児として穀霊に化するとともに、〈天照大神〉の子として誕生する行為だと解している。折口信夫は「大嘗祭の本義」のなかで、天皇が寝所でくるまって〈物忌み〉をし、そのあいだに世襲天皇霊が入魂するのをまつため、ひき籠もるものだと解釈している。

しかしこの大嘗祭の祭儀は空間的にも時間的にも〈抽象化〉されているため、どんな意味でも西郷信綱のいうような穀物の生成をねがう当為はなりたちようがない。また折口信夫のいうような純然たる入魂儀式に還元もできまい。むしろ〈神〉とじぶんを異性〈神〉に擬定した天皇との〈性〉行為によって、対幻想を〈最高〉の共同幻想と同致させ、天皇がじぶん自身の人身に、世襲的な規範力を導入しようとする模擬行為を意味するとかんがえられる。

わたしたちは、農耕民の民俗的な農耕祭儀の形式が〈昇華〉されて世襲大嘗祭の形式にゆきつく過程に、農耕的な共同体の共同利害に関与する祭儀が、規範力〈強力〉に転化する本質的な過程をみつけだすことができよう。それをひと口にいってしまえば、共同社会における共同利害に関与する祭儀は、それが共同利害に関与するかぎり、かならず規範力に転化する契機をもっていることである。そしてこの契機がじっさいに規範力にうつってゆくためには、祭儀の空間と時間は〈抽象化〉された空間性と時間性に転化しなければならない。この〈抽象化〉によって、祭儀は穀物の生成をねがうという当初の目的をうしなって、どんな有効な擬定行為の意味ももたないかわりに、共同規範としての性格を獲得してゆくのである。

民俗的な農耕祭儀では、〈田神〉と農民とはべつべつであった。世襲大嘗祭では天皇は〈抽象〉された農民であるとともに〈抽象〉された〈田神〉に対する異性〈神〉としてじぶんを二重化させる。だから農耕祭儀では農民は〈田神〉のほうへ貌をむけている。だが世襲大嘗祭では天皇は〈抽象〉された〈田神〉のほうへ貌をむけるとともに、じぶんの半顔を〈抽象〉された〈田神〉の対幻想の対象である異性〈神〉として、農民のほうへむけるのである。祭儀が支配的な規範力に転化する秘密は、この二重化のなかにかくされている。なぜならば、農民たちがついに天皇を〈田神〉と錯覚できる機構ができあがっているからである。

ここでわたしたちは、わが列島の支配者の勢力を、大陸の騎馬民族に比定しようとする研究者の大嘗祭についての解釈に触れておかねばならない。

護雅夫は『遊牧騎馬民族国家』のなかで、大陸の首長の即位儀礼に使われるかけ布や寝具について触れたあとつぎのようにのべている。

さて、わが国の天孫降臨神話では、

時に高皇産霊尊《たかみむすびのみこと》、真床追衾《まとこおふすま》を以て、皇孫天津彦彦火瓊瓊杵尊《すめみまあまつひこひこほのににぎのみこと》に覆《おほ》ひて、降《あまくだ》りまさしむ。

と見えています。そのほか、天孫ヒコホホデミノミコト（山幸彦《やまのさちひこ》）は、海神の宮へ行ったさい、真床覆衾《まとこおふすま》のうえに寛坐した、といわれ、また、トヨタマヒメは、天孫の子ウガヤフキアエズノミコトを生んださい、真床覆衾《まとこおふすま》と草《かや》とにつつんで、なぎさにおいて海に去った、と伝えられています。この「真床追《まとこおふ》（覆）衾《ふすま》」の「真」は美称、「床追」「床覆」は「床をおおう」をしめし、「衾」は「伏《ふ》す裳《ま》」つまり寝るときに身をおおうものです。

神の子が、なにかにつつまれて、上天から降臨するという主題《モティーフ》はまた、南朝鮮の加羅《から》国の建国伝説にも見えています。すなわち、そこでは、神の子は、紅幅《あかいきれ》につつまれて天降り、酋長我刀の家にもちかえられて、かつ、榻《しとね》のうえにおかれています。

現在、十一月二十三日は「勤労感謝の日」とされていますが、戦前は、これは「新嘗祭《にいなめさい》」と呼ばれていました。それは、この日に、宮中で新嘗祭といわれる祭儀が行なわれるからです。これは秋の収穫祭で、天皇がその年の初穂を天神地祇にささげてその恩に感謝し、また自らもこれを食する祭りです。これは毎年行なわれますが、このうち、天皇の即位後はじめて行なわれるものを大嘗祭《だいじょうさい》といい、とくに重要視されています。そして、天皇の即位式は、じつは、この収穫祭を本体としたものであったのです。

その大嘗祭のとき、御殿の床に八重畳《やえだたみ》をしき、神を衾《ふすま》でおおって臥《ふ》させ、天皇も衾《ふすま》をかぶって臥し、一時間ほど、絶対安静のものいみをします。これは死という形式をとっているのですが、そのあいだに神霊が天皇の身にはいり、そこではじめて天皇は霊威あるものとして復活するわけです。

これは、地上の人間が神霊を招《お》ぎ降し、それによって霊的な君主としての資質を身につけてアキツミカミつまり「人間として現われている神」となる、つまり、はっきりいうと、「俗」に死んで「聖」に復活することをしめすものと見て、まちがいありますまい。

そして、わたしは、この、大嘗祭つまり即位式において天皇がいみこもるさいにかぶる衾こそ、日本神話に見える真床追（覆）衾の意義をはっきり説明するものにほかならぬと思います。つまり、ニニギノミコトがおおわれて降臨し、ヒコホホデミノミコトが海宮へいったさい寛坐し、また、ウガヤフキアエズノミコトがつつまれた、かの真床追（覆）衾、いや、さらにいうなら、加羅国の建国伝説に見える、神の子がつつまれて天降った紅幅《あかいきれ》、うえにおかれた榻《しとね》もまた大嘗祭で天皇がおおわれる衾《ふすま》とおなじく、地上の人間にとっては神霊を招《お》ぎまつる招代《おぎしろ》であり、出現する神霊にとっては降臨の要具であった、つまり、人間から神霊へ、神霊から人間へ交融・転化するための聖具であった、と考えられるのです。

江上波夫は『騎馬民族国家』のなかで、護雅夫のこのかんがえを「この護氏の新説は、日本の皇室の系統や、大和朝廷の成立についての問題の解明に、一条の光明を投じたものと言うべきであろう。」とのべている。江上波夫はいうまでもなく、ここにじぶんの大陸の騎馬民族によるわが列島の征服、統一説にたいするひとつの傍証をみたわけである。

わたしのかんがえでは、天皇の世襲大嘗祭の本質について、この程度の粗雑な論理で、なんらかの結論をくだすことはまったくできないものである。護雅夫のかんがえのうち承認できそうなのは、大嘗祭の祭儀もまたシャーマン的なものであるということだけである。もちろん大陸におけるシャーマニズムと、わが列島のシャーマニズムとは実体をべつにしていることは、いままでわたしたちがみてきたとおりである。

世襲大嘗祭は護雅夫もみとめているように農耕祭儀の〈昇華〉されたものである。もし大陸の遊牧騎馬民族の首長の即位儀礼と、天皇の世襲大嘗祭の儀礼との同一性を想定したいなら、なぜに遊牧騎馬民族の祭儀と農耕部族の祭儀とが、そのままで類比できるかはっきりと論理づけねばならぬ。そうでなければ、わが列島の支配王朝は、騎馬民族でも農耕部族でもシャーマニズムを奉じていたというだけで、大差ないという結論しか生みだせないはずである。ことに記紀のような（とくに『日本書紀』のような）、編者が充分に作為によって大陸の伝承と歴史を模倣できるような高度な文献の記載に拠るばあいはなおさらのことである。宗教祭儀の類似性や共通性は、そのままで種族の共通性や類似性と結びつかないことは、現在のキリスト教や仏教の分布をかんがえてみてもはっきりしている。宗教はいながらに伝播できるが、それは共同幻想に属するからで、人間が移動するには、じっさいに大地や海を生活しながら渡ってゆかなければならない。

母制論

人類の共同性がある段階で〈母系〉制の社会をへたことは、たくさんの古代史の学者にほぼはっきりと認められている。そしてあるばあいこの〈母系〉制は、たんに〈家族〉の体系だけでなく〈母権〉制として共同社会的に存在したことも疑いないとされる。

だがこの〈母系〉制あるいは〈母権〉制の本質はなんであり、なぜ人類はそういう時期を通過したのかについてはたくさんの論議がわかれている。たしかなことは、さまざまな民族で農耕社会を歴史的な国家の起源におく意図で〈神話〉が編成されているかぎりでは、その〈神話〉は、いちように〈母系〉制あるいは〈母権〉制社会の存在を暗示しようとしていることである。

この問題に接近するために、いちばん興味ぶかい対象のひとつ、モルガン―エンゲルスの考察を俎上にのせてみよう。

よくしられているように、エンゲルスは原始集団婚があったことを根拠づけるのに、男性（雄）の〈嫉妬〉からの解放をおおきな要素とみた。これは、モルガン―エンゲルスの原始集団婚説が危うぃとちょうどおなじ度合で〈嫉妬〉みたいなあいまいな心理的な要因を決定的な契機として導きいれたモルガン―エンゲルスの全論理の危うさを象徴しているようにみえる。エンゲルスはこう述べている。

動物が人間に進化する過程において行はれた、かやうな比較的大きく且つ継続する集団の形成にとつては、成長した雄の相互的寛容、嫉妬からの解放が第一条件であつた。そして我々は、史上で確実に証明することができ、且つ今日諸処で研究できるところの最も原始的な家族形態として、実際に何を見出すか。それは集団婚である。即ち、男の全集団と女の全集団とが互に所有し合ひ、殆んど嫉妬の余地を残してゐない形態である。そしてその後の発展段階で多夫一妻制といふ例外的形態が見受けられるが、これこそあらゆる嫉妬の感情を打破したものであり、動物には知られなかつたものである。（村井康男訳『家族、私有財産及び国家の起源』）

この論証は了解にくるしむところがある。人間の男・女のあいだの〈性〉的な総関係では事情はまったく逆でなければならない。人間が〈性〉的な関係について〈嫉妬〉感情からまったく解放される心の状態を想定できるとすれば、男・女がまったく制約なしに〈性〉的な自然行為（性交）を体験として慣習化しえたときである。いいかえれば、エンゲルスのいう集団婚の存在は、結果ではなくてむしろ逆に人間が〈嫉妬〉から解放されるための前提としてかんがえなければならない。つまり現実がさきに、感情は後にというわけだ。ところが人間には、人類史のどの時期をとってきても、エンゲルスのいうどの場合もありえなかった。人間は歴史的などの時期でも、かつて男・女として〈嫉妬〉感情からまったく解放されたことなどはなかったのである。せいぜいいうぶな男（雄）のほうが、さんざん女遊びをやっている遊冶郎より異性にたいする〈嫉妬〉感情は大きいという事実が眼のまえにみられるだけである。

この問題はエンゲルスのいうようなものにはならない。人間が動物とおなじような〈性〉的な自然行為を〈対なる幻想〉として心的に疎外し、自立させてはじめて、動物とはちがった共同性（家族）を獲得したのである。人間にとって〈性〉の問題が幻想の領域に滲入したとき、男・女のあいだの〈性〉的な自然行為とたとえ矛盾しても、また桎梏や制約になっても、不可避的に男女の〈対なる幻想〉が現実にとれるすべての態様があらわれるようになった。そこでは男・女がたがいに〈嫉妬〉しようが〈許容〉しようが、ある意味では個々の男・女の〈自由〉にゆだねられるようになった。

ここに原始集団婚の存在を例証しようとするどんな企てにも、眉につばしてかからねばならないほんとうの理由がかくされている。おなじことは、エンゲルスが嘲笑したとおり道学者的な倫理感情から、原始的な一夫一婦制を例証しようとやっきになったあらゆる試みについてもあてはまる。問題は原始的なある時期に、人間が集団婚をむすんだか一夫一婦婚をとったかにあるのではない。婚姻制の自然な基盤のうえには、つねに〈対なる幻想〉の領域が存在するということを明確に認めるかどうかにあるのだ。

もし婚姻制の基礎が男・女の自然的な〈性〉行為だけにあるというのなら、一対の男・女の性交にとってけっして好都合でないばかりか、混乱をまねくだけの親族体系をつくりあげたり、親族名称をつくりあげたりした未開の人類の集団は、まったく不可解なことをやったことになるのだ。

太初に男性（雄）の〈嫉妬〉があったというモチーフから原始的集団婚の存在を論証できると信じたエンゲルスの逆立した論理は、まっしぐらに〈母系〉制の存在した時期を推定しようとして走る。そして〈母系〉におけるプナルア家族から〈氏族〉制への転化を論理づけるのである。

エンゲルスの論理は簡単にいえばこういうことである。

集団婚家族のどんな形態でも、ある子供の〈父〉がたれであるかは不確実だが〈母〉がたれであるかは、その子供を生んだ〈母〉にとっても、ほかのたれにとっても確実にわかるはずだ。女性が集団婚家族のすべての子供をじぶんの子供と呼称して、かれらにたいして〈母〉としての務めを負った形態をみとめたとしても、じぶんの腹を痛め血をわけた〈子供〉は、ほかの子供と区別することができる。それだから集団婚が存在するかぎり、血統は〈母〉方によってだけ証明されることになり、したがって〈母系〉だけが認められたことは明瞭であると……。

このエンゲルスの〈母系〉原理は、数えきれないほどの進歩的なあるいは保守的な学者によってエンゲルスの名を挙げずに盗作されている。だからほんとうにもっともらしく流布されている。

しかし、こういう理窟は男性（雄）の〈嫉妬〉感情の変遷から婚姻制の変遷をのぞきみるのとおなじように、そしてまさにおなじ程度にあいまいである。いま集団婚の存在を仮定したとして、ひとりの女性が部落内の多数の男性と自由につぎつぎに自然的な〈性〉行為をおこなった。あるときこの女性は妊娠し、子供を生んだ。この女性は生れた子供の父親がたれであるかを知りえないだろうか？

したがって共同の生活をいとなんでいる部族内の他の人間は、この子供の父親がたれであるかを知りえないだろうか？　わたしたちはここで現代の婚姻法にのっとって、このばあい父親の認知を〈法〉的にもとめられるかどうかを論じているのではない。また見知らぬ土地で突然に強姦されて父《てて》なし子を生んだ女性の父親を、探しもとめているのではないのだ。想定できるかぎり現代とくらべて少数の、しかも空間的にまばらな地域に共同体をいとなんでいる種族内のことをとりあつかっているのである。このばあい原始的な種族員がみんな啞か聾であり、この女性が白痴であるとでも想定しないかぎり、エンゲルスの理窟は成り立ちそうにみえない。原始的な共同体が強固なほど、うわさ（コミュニケーション）は千里を走ることはたしかだからである。もし子供をうんだ女性がその父がたれかを知っているなら、（どんな多数の男性との性関係を想定したとしても、ひとりの女性はじぶんの生み落とした子供の父親がたれであるかを確実にしっているはずだ）、おそらく種族内のたれもがそれを知っているはずである。

わたしのかんがえでは〈母系〉制の基盤はけっして原始集団婚にもとめられないし、だいいちに原始集団婚の存在というのは、きわめてあやふやであるとおもう。ある地域ある種族では原始集団婚は存在しただろうし、べつの地域・べつの種族では存在しなかっただろうといえる程度にしか、かんがえられるとはおもえない。

〈母系〉制はただなんらかの理由で、部落内の男・女の〈対なる幻想〉が共同幻想と同致しえたときにだけ成立するといえるだけである。このなんらかの理由は、たとえば女性が定住した住居の周辺で食用になる植物をさがしたり、育てたりしながら育児にたずさわり、男性は比較的遠い土地や海に生きた獲物をもとめにゆき、まれには集団的に長い期間もどらないという現実的な理由でありうるだろう。また定住地をもたない遊牧民族のばあいには、男性が部落のオリエンテーションを決定するものとして、外事に当らねばならないため、〈家族〉は女性を基幹にして営まれるということでもありうるだろう。こういう現実的な理由に関するかぎり、わたしたちはなにひとつ確定的なことを断言すべきでない。わたしのかんがえでは〈母系〉制の社会とは家族の〈対なる幻想〉が部落の〈共同幻想〉と同致している社会を意味するというのが唯一の確定的な定義であるようにおもえる。

いうまでもなく、家族の〈対なる幻想〉が部落の〈共同幻想〉に同致するためには〈対なる幻想〉の意識が〈空間〉的に拡大しなければならない。このばあい〈空間〉的な拡大にたえるのは、けっして〈夫婦〉ではないだろう。夫婦としての一対の男・女はかならず〈空間〉的には縮小する志向性をもっている。それはできるならばまったく外界の共同性から窺いしれないところに分離しようとさえするにちがいない。

エンゲルスはこれを誤解したとおもえる。かれは一対の男女が〈夫婦〉として部落の内部にあまねく拡大する場面をおもいえがいた。この場面を想定するかぎり、部落内のすべての男性が部落内のすべての女性と〈性〉的にかかわり、ある期間同居できる集団婚を想定するほかはなかったのである。だがこういう集団婚を想定するには男性（または女性）の〈嫉妬〉感情がゆるんでいることを前提とするほかはない。エンゲルスはまさに逆立ちして男性（雄）の〈嫉妬〉感情からの解放、相互寛容が集団婚の前提だとかんがえていったのである。

ヘーゲルが鋭く洞察しているように家族の〈対なる幻想〉のうち〈空間〉的な拡大に耐えられるのは兄弟と姉妹との関係だけである。兄と妹、姉と弟の関係だけは〈空間〉的にどれほど隔たってもほとんど無傷で〈対なる幻想〉としての本質を保つことができる。それは〈兄弟〉と〈姉妹〉が自然的な〈性〉行為をともなわずに、男性または女性としての人間でありうるからである。いいかえれば〈性〉としての人間の関係が、そのまま人間としての人間の関係でありうるからである。それだから〈母系〉制社会のほんとうの基礎は集団婚にあったのではなく、兄弟と姉妹の〈対なる幻想〉が部落の〈共同幻想〉と同致するまでに〈空間〉的に拡大したことのなかにあったとかんがえることができる。

たとえば『古事記』のなかにでてくるアマテラスとスサノオの挿話は、典型的にこれを象徴しているようにおもえる。アマテラスは原始的な部族における姉を、スサノオは弟を象徴している。

そこでスサノオノミコトがいうには「それならばアマテラスオオミカミのところへいって事の次第を申しましょう」といい、天に上ってゆくと、山川はことごとく動き国土はみな震えた。それでアマテラスはこれをきき驚いて申すには「わたしの兄弟のミコトが天に上ってくる理由は、きっと良い心からではあるまい。わたしの国を奪おうとしてやってくるにちがいない」というと、髪の毛を解いて、ミズラにまき、左右のミズラにもカツラにも、左右の手にも、みな勾玉のたくさんついた珠玉をまいて、背には矢が千本入る靫を負い、胸には矢が五百本入る靫をつけ、臂には高い音を出す鞆を佩き、弓を振り立てて庭につっ佇ち、大地を蹴ちらしておたけびをあげて待ちかまえ、スサノオに「なんのために天に上ってきたのだ」と問うた。スサノオノミコトは答えていうには「わたしには邪心はありません。ただ父がわたしの哭いている理由をきかれたので、わたしは妣《はは》の国にゆきたいとおもって哭いているのですと申しますと、父がお前はこの国に住んではまかりならぬと追放されたのです。それだから妣の国へゆこうとおもう次第を知らせに上ってきたので、異心はありません」とのべた。そこでアマテラスがいうには「それならお前の心が潔白であることはどうしてわかるのか」と申すので、スサノオは答えて「それぞれ誓約をたてて子を生みましょう」といった。それゆえふたりは天の安の河をなかにして誓約するときに、アマテラスはまずスサノオの帯びている剣をうけとって三つに折り、さらさらと天の真名井に振りそそいで、嚙みくだいて吹きすてた息の霧から生れた神の名は、タギリヒメ、またの名をオキツシマヒメという。つぎにイチキシマヒメ、またの名をサヨリヒメという。つぎにタキツヒメ。こんどはスサノオがアマテラスの左のミズラにつけた勾玉をつらねた珠玉をうけとって、さらさらと天の真名井に振りそそいで、嚙みに嚙んで吹きすてた息の霧から生れた神の名はマサカツアカツカチハヤヒアメノオシホミミノミコト。また右のミズラにつけた珠をうけて嚙みくだいて吹きすてた気息から生れた神の名は、アメノホヒノミコト。またカツラにつけた珠をうけて嚙みくだいて吹きすてた気息から生れた神の名は、アマツヒコネノミコト。また左の手につけた珠をうけて嚙みくだいて吹き棄てた気息から生れた神の名は、イクツヒコネノミコト。また右の手にまいた珠をうけとって嚙みくだいて吹きすてた息吹から生れた神の名は、クマノクスヒノミコト。

アマテラスとスサノオのあいだにかわされた行為は、自然的な〈性〉行為、いいかえれば姉弟相姦の象徴的な行為を意味していない。姉妹と兄弟のあいだの〈対なる幻想〉の幻想的な〈性〉行為が、そのまま共同的な〈約定〉の祭儀的な行為であることを象徴している。べつのいい方をすれば、姉妹と兄弟とのあいだの性的な〈対幻想〉が、部族の〈共同幻想〉に同致されることを象徴している。

そしてこの〈対幻想〉と〈共同幻想〉とのあいだの〈同致〉を媒介しているのは宗教的な規範行為である。ここでは『古事記』学者たちがいうように、アマテラスが大和朝廷勢力の始祖を象徴し、スサノオが土着種族勢力の始祖を象徴する神話的な背景を想定すべきかどうかはべつの問題である。ただ原始的〈母系〉制社会の本質が集団婚にあるのではなく、兄弟と姉妹のあいだの〈対なる幻想〉が種族の〈共同幻想〉に同致するところにあり、この同致を媒介するものは共同的な規範を意味する祭儀行為だということが大切なのだ。そして〈母系〉制の社会はこういった共同的な規範を意味した祭儀行為を、種族の現実的な規範として、いいかえれば〈法〉としてみとめたとき〈母権〉制の社会に転化するということができる。

そこで未開の段階のある時期に、女性が種族の宗教的な規範をつかさどり、その兄弟が現実的な規範によって種族を統治したことがあったと想定できよう。また〈母権〉制社会をかんがえれば、種族の女性の始祖が神権と政権を一身に集中した場合も想定できるはずである。

わが南島久高島にいまも行われている〈イザイホウ（またはイジャイホウ）〉の祭儀は〈母系〉制または〈母権〉制の遺制のおもかげを伝えているようにみえる。〈イザイホウ〉の祭儀についてもっとも精密な観察と記録をのこしているのは、鳥越憲三郎『琉球宗教史の研究』である。鳥越憲三郎の記録によりながら、いくらかいままでの考察をすすめてみよう。

〈イザイホウ〉は十三年毎の午年に一度、旧暦の十一月の満月の日に四日間行われる。この神事には、ある年齢以上の島のすべての女性が参加する。たとえ遠い地方に出稼ぎにいったりしていても、かならず帰島してこの神儀に参加する。これをうけなければ島に関する正当な権利を放棄したことを意味するとされる。そしてこの儀式をおえたのち島の女性は〈ナンチュ〉というはじめの段階の巫女の資格をえることになる。

この神事に参加する資格のあるものは島の出身者であること、島内に嫁したものであることにかぎられる。いわば原始的な族内祭儀である。島の出であっても他村の男と婚姻したものも、他村の出身者でこの島の男に嫁いできた女性も〈イザイホウ〉に参加する資格はない。

このことはこの神事が族内の母系権利を維持するため、女性だけがすべて参加する共同祭儀であり、したがって族内の女性にとって共同規範の意味をもつことを暗示しているようにみえる。なぜ族内に嫁した女性だけが参加でき、族外の男性に嫁した島出身の女性は参加できないのかという理由はふたつかんがえられる。ひとつはそれが〈母系〉制を保持するための必須条件であるからであり、もうひとつは地理的に海にかこまれた島嶼だから孤立性のおおい条件のためとおもえる。

神事は〈神アシャギ〉という四坪くらいの瓦葺で、四面とも壁のない建物で行われる。金久正の『奄美に生きる日本古代文化』が示唆しているところでは、この建物が『古事記』の〈足一騰《あしひとつあがり》の宮《みや》〉とおなじものであることは確からしくおもわれる。この建物の後には阿《あ》檀《だん》の森がつづき、森の中央に〈イザイ家〉というくばの葉造りの建物が二棟つくられ、神事のあいだ〈ナンチュ〉たちの宿になる。〈神アシャギ〉の前面の入口のところに〈七つ橋〉という橋をつくり、女たちはこれをわたって〈神アシャギ〉へ入る。〈夫〉の留守中にべつの男と〈性〉行為をした女性は、この橋を渡るとき必ず踏みはずしたとつたえられている。このことは、すくなくともわが南島に関するかぎり〈母系〉制が、べつに集団婚とはかかわりのないことを暗示しているようにみえる。

祭の初日に、彼女たちは夕刻になると、案内役と上位の巫女たちに導かれて〈エーファイ〉という掛声と手拍子をうちながら〈神アシャギ〉のまえの広場に向って疾走してきて、前進と後退を七回くりかえす。その凄まじさは〈神アシャギ〉の内に入ると急に静かになり、神歌の和唱がはじまる。これがおわってから女たちは森の中央の〈イザイ家〉に入り、神事がおわるまで帰宅を許されず、隔離された生活をおくる。十五日、十六日と女たちと上位の巫女たちは〈神アシャギ〉の前で円陣をつくってしずかに歌舞し、突然〈エーファイ〉の掛声とともに森に疾走するといったことを繰返す。

祭の十七日には女たちの〈兄弟〉が団子をつくって膳にのせて祭場にあつまる。そしてそのあと〈根人〉の指先で額と両頰に朱印をつけてもらい、つぎに〈兄弟〉がもってきた団子で〈ノロ〉から印しをつけてもらう。十八日には男たちと彼女たち〈ナンチュ〉とが向いあって綱を取って波うたせる。そして、帰宅してから〈兄弟〉たちから神酒をうけて飲み、元締の〈場所〉へいって、報告して巫女としての〈入社〉の神事はおわるのである。

このイザイホウ〉の神事が島の女性だけの共同祭儀であるとともに、この祭儀に登場する男性が〈夫〉ではなく〈兄弟〉であることに注意すべきである。そして女たちがカトリックの受洗のように額と両頰に朱印をつけてもらうのは神人からであり、そのつぎに〈兄弟〉がつくった団子で印しをつけてもらうという儀式がおこなわれるのは、神の託宣を女たちが〈兄弟〉とむすびつけるものとかんがえられ、これが何を意味する擬定行為かはわからないとしても、共同規範の〈姉妹〉から〈兄弟〉への受授を物語っていることはほぼあきらかであろう。

久高島はわが南島で神の降臨した最初の島として信仰された島である。ここでは古代、男たちは漁撈にしたがい、女たちは雑穀をつくっていた。この条件は規模はべつにしても、わが列島のすべての地域で古代にはほとんど変りがないものであったと推測できる。もちろん〈イザイホウ〉の神事の形式は、鳥越憲三郎が採取しているそこで和唱される神歌から判断しても、かなり新しい時代に再編成されたことは明瞭だが、この神事の原型にむかって時間的に遡行してみれば、わが列島での〈母系〉制社会のありかたの原像を、かなりな程度に象徴しているとみなすことができる。すくなくとも神事自体の性格から、水田稲作が定着する以前の時代の〈共同幻想〉と〈対幻想〉

との同致する〈母系〉制社会の遺制を想定することはできる。この〈母系〉制は、ある地域では〈母権〉制として結晶したかもしれない。なぜなら、〈イザイホウ〉の女性だけがかならず通過する儀式は、いわば共同祭儀であり、その資格は共同規範としての性格をもっているから、もし儀式を通過した巫女たちの〈兄弟〉が、部族において現世的な支配権をもつ条件を準備したと仮定すれば、巫女たちの共同規範はすぐに現実的な政治的強力へと転化することができるからだ。

ここでふたたび『家族、私有財産及び国家の起源』のなかで、母系制と氏族社会とをむすびつけているエンゲルスの論理をたどってみる。

さて、プナルア家族から二つの典型的集団の一つ、即ち同母の姉妹及び遠縁（即ち同母の姉妹から派生した第一、第二、或はそれ以上の等親）の姉妹を、彼女等の子供たちと共に、同母の兄弟及び更に遠縁の母方の兄弟（我々の前提によれば、これは彼女等の夫でない）とともに採り出せば、後に氏族の成員としてこの制度の原始形態に現れる人々の範囲を正確に把握するであらう。彼等はすべて一人の共同の女性祖先（Stamm-mutter）を持ち、この女性祖先の系統であるおかげで、子孫たる女たちは世代を同じくするもの同志、すべて姉妹となる。しかしこれらの姉妹の夫はもはや彼女等の兄弟であることができない。従って同じ女性祖先から出たものであってはならない。従つて後世の氏族であるところのこの血縁集団に属することができない。しかし彼等の子供はこの集団に属する。なんとなれば、血統は母方によつてだけ決定されるからである。そしてそれだけが確実であるからである。母方の最も遠縁の傍系親族をも含むすべての兄弟姉妹の間の性交の廃止が一度確立されると、上述の集団は一つの氏族に転化する。即ちそれは、相互の婚姻を許されない女系血縁者の固い圏として構成される。そしてかやうな圏は、この時から社会的宗教的な性質を持つ他の共通な諸制度によつて益々強化され、同一部族内の他の氏族と区別される。（村井康男訳）

このかんがえはかなりな普遍性をおびており、とりもなおさずエンゲルスの洞察の鋭さを物語っているようにみえる。しかし〈氏族〉制の原型をみちびくためにエンゲルスがつかっている前提と仮定はあいまいだというべきである。

エンゲルスの考察をチェス遊びにたとえてみれば、そこで適用されるルールは同母の〈兄弟〉と〈姉妹〉との性交禁止ということであり、それから発祥するとかんがえられたプナルア家族制の存在である。

ところで一対の男・女のあいだに性交が禁止されるためには、個々の男・女に禁止の意識が存在しなければならない。そしてこの禁止の意識は〈対なる幻想〉の存在を前提としている。〈対なる幻想〉は〈性〉的なものであっても、性交的なものとかぎらないことは、人間の性交が動物的なものであっても、同時に観念的（愛とか憎悪とか）でありうるのとおなじであり、おなじ程度においてである。モルガン—エンゲルスが原始的プナルア家族の段階を想定したことがあやふやなのは、原始的集団婚の存在があやふやなのとおなじ程度に、そしておなじ根拠によってである。かれらは性交の形態が〈性〉行為の形態がではない！）家族の形態と親族体系の形態を決定するとかんがえた。だから母系制とプナルア家族さえ前提にあれば、〈氏族〉制ができあがることになったのである。

男・女のあいだの性交でも、禁止をうけるばあいには共同の規範がはじめになければならない。本質的にいいかえれば、流布された〈共同幻想〉が〈対なる幻想〉と矛盾し、それを抑圧する強力として作用しているはずである。だがさきにも述べたように〈母系〉制社会のただひとつの根拠は〈共同幻想〉が〈対幻想〉と同致することである。エンゲルスのように人間の〈性〉行為を〈性交〉と解するかぎり、母系制とプナルア家族から〈氏族〉制が導きだせるはずがない。すくなくともチェス遊びの算術的な論理でしか導きだせない。なぜなら母系制という概念とプナルア家族という概念は、おなじ範疇で結びつかないからである。一方は〈共同幻想〉についての概念であり、他の一方は〈対なる幻想〉としての概念なのだ。

わが列島における原始的な〈母系〉制では〈姉妹〉が神権を掌握したときは〈兄弟〉が政権を掌握するという古形態であった。このシャーマン教的な特殊性は島嶼的な特殊性のうえにかんがえられるものであった。けれど〈姉妹〉と〈兄弟〉の関係には、エンゲルスのいうような性交はなかったとしても〈性〉行為はありうるというのは、人類に普遍的な事柄である。

いまエンゲルスのいうとおりに同母の〈姉妹〉と〈兄弟〉を、原始的な〈母系〉制の社会で純粋にとりだしてみたと仮定する。この両者のあいだには普遍的な意味では自然な〈性〉行為、いいかえれば性交はないだろう。たとえあっても、性交があったとしても、なかったとしても〈母系〉制社会の本質には、どちらでもいいといった意味においてである。だがたとえ性交はなくとも〈姉妹〉と〈兄弟〉のあいだには〈性〉的な関係の意識は、いいかえれば〈対なる幻想〉は存在している。そしてこの〈兄弟〉と〈姉妹〉のあいだの〈対なる幻想〉は、自然的な〈性〉行為に基づかないからゆるくはあるが、また逆にいえばかえって永続する〈対幻想〉だともいえる。そしてこの永続するという意味を空間的に疎外すれば〈共同幻想〉との同致を想定できる。これはとりもなおさず〈母系〉制の社会の存在を意味している。

けれどこのばあいでも同母の〈兄弟〉どうしは〈母〉または遠縁の〈母〉たちが死んだとき〈対幻想〉としてはまったく解体するほかはない。

解体した後にこの〈兄弟〉たちはどこへゆくのだろうか？

可能性はただひとつ〈母〉または遠縁の〈母〉たちとは関係のない母と同世代の女性から生れた女性たちと婚姻をむすんで、部落のなかに、あるばあいには部落の外に四散することである。しかしこのように四散した〈兄弟〉たちにも〈母〉はそれぞれ個別的な意味で始祖としての対象でありうるだろう。これにたいして〈母系〉制の社会では生きのこった、あるいは死んだ〈父〉や遠縁の〈父〉たちは、この〈兄弟〉にはあまり問題にならないはずである。それはエンゲルスのいうように〈父〉が誰かが〈子〉には確定できないからではない。どんな意味でも〈対なる幻想〉を消失させる契機をいつもはらんだ存在でしかありえないからである。いいかえれば〈父〉と〈子〉は、自然な〈性〉行為でかろうじて持続できる〈対幻想〉にもかかわらず〈父〉と〈子〉の関係は、自然的な〈性〉としてはいちばん疎遠な存在だからである。こういうばあい、〈父〉は〈子〉から尊崇されて棚上げされるか、または無視されるかのいずれかで、〈対幻想〉の対象としてはしりぞけられる。

こうして同母の〈姉妹〉と〈兄弟〉は〈母〉を同一の崇拝の対象としながらも、空間的には四散し、またそれぞれ独立した集団をつくることになる。〈姉妹〉の系列は世代をつなぐ媒体としては尊重されながら、現実的には四散した〈兄弟〉たちによって守護され、また〈兄弟〉たちは〈母系〉の系列からは傍系でありながら、現実的には〈母系〉制の外にたつ自由な存在になる。ただ同母にたいする崇拝の意識としては、いいかえれば制度としては、この〈母系〉の周辺に存在するだろう。ここに氏族制へ転化する契機がはらまれている。

『古事記』のなかの挿話で、スサノオが死んだ母のいる妣《はは》の国へゆきたいといって哭きやまないために〈父〉から追放され（このことは兄弟のあいだの〈対幻想〉の解体と同一である）、しかも同母の姉であるアマテラスと幻想的な共同誓約の〈性〉儀式を交換する。これはこの転化の契機をよく象徴しているようにみえる。『古事記』の挿話ではスサノオは追放されて土着種族系の共同体の象徴的な始祖に転化する。けれどかれは妣の国への崇拝を失うことは共同規範として許されていないのだ。

〈家族〉という概念の発生について、きわめて鋭い考察をしめしたのはフロイトの「集団心理学と自我の分析」であった。フロイトはモルガン―エンゲルスのように原始集団婚をはじめに想定せずに、ただひとつ「原始群族の父祖」という概念をはじめにもうけている。この「父祖」は原始的な集団の息子たちには理想でもあり同時に畏怖の対象でもあった。つまり禁制（タブー）の対象になる両価性の条件をもっていた。そこで息子たちは団結してこの「父祖」を倒した。しかしそのあと息子たちの誰かひとりが「父祖」に肩代りしても不安定で、争いがたえないので、息子たちはたれもじぶんが「父祖」になるのを断念して、そのかわり禁制の対象である条件をもった物（たとえばトーテム）で「父祖」を象徴させるようになった。しかし息子たちは「父祖」でありたいという願望を圧殺することができなかった。そこで共同の集団のなかでではなく〈家族〉のなかで「父祖」としての位置を満足させるようになった。この〈家族〉は、一対の男・女さえあればそれだけで集団の共同性とちがった位相にとじこもったより古い時期の〈家族〉とは意味がちがっている。集団の共同性にたいして、はっきりと固有の位置づけと根拠をもった〈家族〉である。フロイトによれば、こういう意味の〈家族〉をつくった息子たちは「父祖」を倒した時代にできた性の支配を破壊し、その償いとして母性神化をみとめた。

フロイトのこの考えの原理になったのは、母を対象とした父親への息子の両価的な心理（エディプス・コンプレックス）ということである。これはモルガン―エンゲルスの考えでいえば集団内部での男・女の〈性〉行為の自由という動物生的な概念と対応している。

フロイトが集団的な心理を考えるのにいちばん苦心を払ったのは、エンゲルスとおなじように、どのように集団の心（共同幻想）と男・女のあいだの心（対幻想）とを関係づけるかという点であった。人間がある最古の時代に、集団を組んで生活しながら、男・女としてそれぞれ〈性〉的にも組んでいたとするなら、このふたつの場面で人間はどうじぶんを使いわけているのか。そしてその使いわけにはどんな関連が存在するのかということであった。

いちばん簡単なのは、エンゲルスのように最初に原始集団婚を想定することである。そうすれば集団の〈組み〉と男・女の性的な〈組み〉とは、そのままで同致するからである。フロイトはこれとちがって一人の集団の「父祖」と多数の息子たちという概念から出発した。

わたしたちは、またここで別のことをいうべきである。〈対なる幻想〉を〈共同なる幻想〉に同致できるような人物を、血縁から疎外したとき〈家族〉は発生した。そしてこの疎外された人物は、宗教的な権力を集団全体にふるう存在でもありえたし、集団のある局面だけでふるう存在でもありえた。それだから〈家族〉の本質はただ、それが〈対なる幻想〉だということだけである。そこで父権が優位か母権が優位かはどちらでもいいことなのだ。また〈対なる幻想〉はそれ自体の構造をもっており、いちどその構造のうちにふみこんでゆけば、集団の共同的な体制と独立しているといってよい。

フロイトは集団の心（共同幻想）と男・女のあいだの心（対幻想）の関係を、集団とそれぞれの個人の関係とみなした。けれど男・女のあいだの心は、個人の心ではなく対になった心である。そして集団の心と対なる心が、いいかえれば共同体とそのなかの〈家族〉とが、まったくちがった水準に分離したとき、はじめて対なる心（対幻想）のなかに個人の心（自己幻想）の問題がおおきく登場するようになったのである。もちろんそれは近代以後の〈家族〉の問題である。

夏目漱石に『道草』という典型的な〈家族〉小説がある。『道草』で扱われている時期は、英国留学から帰った直後である。漱石は帰国後に妻の実家の仮住居をでて、東京駒込千駄木に家をかまえた。

英国留学は漱石にとって「不愉快」なものであった。そして帰国後に待ちかまえていたのは〈不愉快〉な妻や縁者であった。

かれらは不如意な留学生活をきりあげて帰ってきた漱石の、不如意な生活から金銭をせびりとり、すこしでもおおく稼ぐことを強要する〈不愉快〉な亡者たちにみえた。『道草』によれば主人公の健三は、この不如意をすこしでも脱するために、もちまえの大学教師のほかに、かけもちの講師をやって稼ぎを細君の手にわたしている。しかし細君はべつだん嬉しそうな顔をせず〈家族〉の不如意をすこしでも柔らげることは、夫たるものの当然の義務であるかのように振舞った。夏目鏡子の『漱石の思ひ出』をみると、ここのところはこうなっている。

> それでもいい按排に翌る三十七年の四五月頃から大分よくなつて参りまして、（漱石のあたまの調子が——註）段々こんな無茶なことをしないやうになりました。その代り前から貧乏だつたのが、この年には一層つまつて了つて、どうにもかうにも参りません。そこでたしか秋から帝大一高の外に明大へ一週二時間づゝ出るやうになつて、その二三十円の金でも余程当時の私たちの生活にはたしになりました。けれどもそれで元より楽になつたとは申されません。よく大学なんかよして了ひた

いと申して居りましたが、それでも学校にはキチン〳〵と出たやうです。

その前後に漱石の気狂いじみた〈家族〉うちでの振舞を、微にいり描いて「気味の悪いたらありませんでした」などとしゃあしゃあとかいている。文脈をふまえたうえでよむと、大学教師など一切やめたがっている漱石が、ますます大学教師にのめりこんでまで生活費を稼いでいるのを、細君が描写しているにしては、きわめて異様におもわれてくる。漱石のいとなんだ〈家族〉はひどいものだという感想を禁じえない。鷗外の「半日」をよむと、鷗外の〈家族〉もまたひどいものだとおもえる。だが鷗外自身は、生活のこまごまとしたことを処理するのは社会の表通りを胸をはって歩くための小さな里程だと信じているところがある。そのため、ひどくても、かくべつかくされた形而上の意味づけは感じられない。漱石のばあいはちがっている。ここでは本質的に理解を拒絶した男・女が〈家族〉をいとなんでいることを疑うことができない。漱石はまったくおなじ時期のおなじことを『道草』でつぎのように描写している。

然し若し夫が優しい言葉に添へて、それ（稼ぎをふやした生活費――註）を渡して呉れたなら、屹度嬉しい顔をする事が出来たらうにと思つた。健三は又若し細君が嬉しさうにそれを受取つてくれたら優しい言葉も掛けられたらうにと考へた。それで物質的の要求に応ずべく工面された此金は、二人の間に存在する精神上の要求を充たす方便としては寧ろ失敗に帰してしまった。

鷗外の「半日」では〈奥さん〉は我ままで軽薄な性格を、夫である〈博士〉によってあばかれている。だが、漱石の『道草』では細君は、健三から冷酷な解剖をいちどもうけていないといっていい。ただ人間は男性としても女性としても孤独で、そのあいだに介在する関係は、とうてい理解しあえない齟齬をもつものだということがよく描きだされている。主人公の健三は細君に優しくありたいとかんがえながら、ことごとに冷水を浴びせかけられ、弾きかえされる。細君もおそらくそうであろう。夫に優しくありたいとおもうのに、夫は理由もなく不機嫌なため心は閉ざされてしまう。たれがこの関係の齟齬を裁くのかわからない。鷗外の「半日」では、細君のくだらなさを裁くのは〈博士〉であり、また傷ましいのも〈博士〉である。

漱石が『道草』の健三を借りて、じぶんの願望をのべていると仮定すれば、かれはあきらかに〈夫婦〉の本質をもとめているので〈夫婦〉の円満な生活を願っているのではない。まして言葉のうえの〈優しさ〉をもとめているのではない。しかし細君にとっては〈夫婦〉の本質などはどうでもいいが、実際に円滑に進行してゆく生活が、物質的にも知慧としても必要であった。彼女にとって婚姻し、夫と一緒に住み、子を産み、育てながら、ほどよい〈家族〉を形成することは、なによりもまず世上に流通する習俗であり、それに忠実にしたがっているまでである。しかし、この夫婦は漱石の英国留学を契機にして、すでに本質的には崩壊していた。漱石が〈夫婦〉にもとめたのは一対の男女のあいだの〈対〉幻想の本質であり、けっして一緒の屋根の下に住んでいる個人と個人ではなかった。細君がじっさいに漱石に要求したのは、本来ならば〈夫婦〉にだけ存在しうる〈対〉幻想の世界をこわしながら、漱石がなおその世界に、物質的な顔をむけてくれることであった。この夫婦のあいだの齟齬は、習俗としての〈家族〉と〈対〉幻想としての本質的な〈家族〉とのあいだの距離である。漱石は細君のなかに〈習俗〉を、いいかえれば姉妹や近親の女をしか見出せなかったのに、夫婦として〈家族〉を営むことを余儀なくされたのである。

漱石には〈親〉は優しい存在でなかった。漱石には鷗外のように〈親〉の優しさに執着するあまり、〈夫婦〉が齟齬をきたしたということはない。むしろ現実上の〈夫婦〉の背後に、過剰なメタフィジックを幻想したために、かえって傷ついたというべきかもしれない。これは「半日」のなかで鷗外が、母親には女手一つでじぶんを養育し一人前にした長い歴史があるので、昨日今日結婚したばかりの細君の嫌悪くらいで、母親への感情をかえてたまるものかといった場所にあるのと対照的である。ただこのどちらのばあいも、自由な男女の性愛による結合とはいえない〈家族〉が、俗習をはるかに抜いたところで、当事者の一個人にとらえられた悲劇だという点ではかわりなかった。

漱石が『道草』をかき、鷗外が「半日」をかいたとき、かれらが当面した問題は、大学教師や作家や軍人としての自分と〈家族〉のなかの自分とが、それぞれちがった貌の面をさらしているという意識であった。かれらは大学教師や作家や軍人という社会的な貌として、ひとりの個人である。だが〈家族〉の一員としては、ひとりの個人でありえない。その中心にはじぶんと細君の関係があり、親があり、子供があり、親族がとりまいている。そして細君はひとりの個人であるという場面をもたないから、ときとして〈家族〉の一員でありながらひとりの個人だといった矛盾をやってのける。そしてそのとき、じぶんもまた細君に対応して、ひとりの個人という矛盾を夫婦の関係のなかで強行する。もしそういうことが悲劇ならば、悲劇は〈家族〉と〈社会〉との関係の本質のなかにあったのである。

いったい〈夫婦〉とは、〈親子〉や〈兄弟姉妹〉とは、一般に〈家族〉とは本質的に何なのだろうか？

ヘーゲルは『精神現象学』のなかで〈家族〉のあいだの関係の本質に鋭い考察をくだしている。

夫と妻相互の敬愛は、自然的な関係と感覚を混えており、その関係はそれ自身においては自己還帰しない。また、両親と子供相互の敬愛という第二の関係も、それと同じである。子供に対する両親の敬愛も、自分の現実を他者のうちにもっており、他者のうちに自立存在が生成して行くのを見るだけで、それを取りもどし得ないという感動に影響されている。がえって子供は、自己の現実をえて、よそよそしいものになったままである。だがこれとは逆に、子供の両親に対する敬愛は、自分自身の生成つまり、自体を、消えて行く両親においてもっており、自立存在や自分の自己意識は、その本源たる両親から分れることによってのみ、獲られるという感動に伴われているが、この分離のうちでその本源は枯れて行くのである。

これら二つの関係は、両者に分け与えられている両側面の移行と、不等のうちに止まっている。だが、混じり気のない関係は兄と妹の間に在る。両者は同じ血縁であるが、この血縁は両者において安定し、均衡をえている。だから両者は、互いに情欲をもち合うこともないし、一方が他方にその自立存在を与えたのでもないし、一方が他方からそれを受け取ったのでもなく、互いに自由な個人である。それゆえ、女性は、妹（姉）であるとき、人倫的本質を最も高く予感している。（樫山欽四郎訳）

ここでヘーゲルの「敬愛」という言葉は、ただ〈関係〉と読まれるべきだが「感動」というのは、そのままに読まれていいであろう。

英国留学から帰国した後の漱石夫婦には、「それ自身においては自己還帰しない」ような相互関係の意識がなかった。それといっしょに「混じり気のない関係」としての兄妹の均衡もなかった。だからほんとうは〈家族〉は存在しなかったのだ。たがいに狂者と亡者になる道しかのこされていなかったのだ。そして子供たちは親の自滅によってはじめて自立できるという関係に「感動」するまえに、まず親を軽蔑し、冷たんにふれることを覚えこむほかなかったのである。

ヘーゲルの考察は〈性〉としての人間が〈家族〉の内部で分化してゆく関係を、するどくいい当てているとおもえる。

〈性〉としての人間はすべて、男であるか女であるかいずれかである。だがこの分化の起源は、おおくの学者がいうように、動物生の時期にあるのではない。すべての〈性〉的な行為が〈対なる幻想〉を生みだしたとき、はじめて人間は〈性〉としての人間という範疇をもつようになった。〈対なる幻想〉が生みだされたことは、人間の〈性〉を、社会の共同性と個人性のはざまに投げだす作用をおよぼした。そのために人間は〈性〉としては男か女であるのに、夫婦とか、親子とか、兄弟姉妹とか、親族とかよばれる系列のなかにおかれることになった。いいかえれば〈家族〉が生みだされたのである。だから〈家族〉は、時代によってどんな形態上の変化をこうむり、地域や種族でどんな異った関係におかれても、人間の〈対なる幻想〉にもとづく関係だという点では共通している。そしてまたこれだけが、とりだせる唯一の共通性でもある。わたしたちはさしあたって〈対なる幻想〉という概念を、社会の共同幻想とも個人のもつ幻想ともちがって、いつも異性の意識でしか存在しえない幻想性の領域をさすとかんがえておこう。

〈家族〉のなかで〈対〉幻想の根幹をなすのは、ヘーゲルがただしくいいあてているように、一対の男女としての夫婦である。そしてこの関係にもっとも如実に〈対〉幻想の本質があらわれるものとすれば、ヘーゲルのいうように自然的な〈性〉関係にもとづきながら、けっして「自己還帰」しえないで、「一方の意識が他方の意識のうちに、自分を直接認める」幻想関係であるといえる。もちろん親子の関係も根幹的な〈対〉幻想につつみこまれる。ただこの場合は〈親〉は自己の死滅によってはじめて〈対〉幻想の対象になってゆくものを〈子〉にみているし、〈子〉は〈親〉のなかに自己の生成と逆比例して死滅してゆく〈対〉幻想の対象をみているというちがいがある。いわば〈時間〉が導入された〈対〉幻想をさして親子と呼ぶべきである。そして、兄弟や姉妹は〈親〉が死滅したとき同時に、死滅する〈対〉幻想を意味している。最後にヘーゲルがするどく指摘しているように兄弟と姉妹との関係は、はじめから仮構の異性という基盤にたちながら、かえって（あるいはそのために）永続する〈対〉幻想の関係にあるということができよう。

人間を〈性〉としてみるかぎり〈家族〉は夫婦ばかりでなく、親子や兄弟や姉妹の関係でも大なり小なり〈性〉的である。この意味でおそらくフロイトの学説には錯誤はなかった。ただかれはこういう関係が〈対〉幻想の領域でだけ成り立つもので、けっしてそのまま社会の共同性や個人のもつ幻想性には拡張できないことをその考察から除いてしまったのである。

現在ではほとんど否定しつくされているが、エンゲルスは、モルガンの『古代社会』の見解を理論的に整序しながら『家族、私有財産及び国家の起源』のなかで、原始的な乱交（集団婚）の時期を想定している。エンゲルスの根拠は、あらゆるばあい、たとえば言語や国家の考察でも露呈されるように、人間が猿みたいな高等動物から進化したものだという考えに根ざしている。つまり動物生としての人間を考察の起源においている。たとえばモルモットを親子兄弟姉妹にわたって同居させれば、雌親は子供の子を生むことができる。おなじように意識性を切除された人間の〈家族〉を同居させれば、母親は子供の子を生むことがあり得るだろう。しかしわたしたちは、意識性を切除された人間を、ただ動物としての〈人間〉と呼ぶだけで人間としての〈人間〉とは呼ばないのだ。人間は猿から進化したわけでないし、人間生の本質は動物生から進化したものではない。いいうべくんば、猿みたいなもっとも高等な動物と比較してさえ、人間は異質の系列として存在している。またそのことで人間とよばれる本質をもっている。

エンゲルスの家族論は、その国家論とおなじように、おおくの通俗的な唯物論者にひどく低俗な手つきで模倣された。たとえば、ライツェンシュタインは『未開社会の女たち』のなかで、おなじ見解をエンゲルスよりももっと通俗化したうえで敷衍している。

したがって、男も女も同じ方法で生業に寄与することができ、民群の共同生活を変える原因は何一つなかった。われわれは、相互扶助の必要の中に、最古の社会的団体、民群の根本をも求めることができるのである。それは小さいものであったかも知れないし、その大きさも採集地の収穫の多少に左右されたかも知れない。民群の男女は、互いに自由に交わっていた。そして、かれらが他の民群のものにたいしてその採集地域を守ったように、その民群の男たちはこの民群に所属する女たちをも守った。それは族内婚（Endogamie）の状態であった。子供たちは、その民群のどの男の生ませた子供というわけでもなく、むしろその民群全体のものであった。その子供の父親というものは、性交と妊娠との関係がもうわかっていた時代においても、誰かわからなかったし、疑えば幾らも疑えたからである。こういう関係に入るにも、別に儀式のようなことも行われず、その点は動物と同じであった。交合は、緊張消散欲（射精欲）の作用のもとに行われた。そして、交合本来の目的が意識されることなど、もちろん、必要としなかった。（清水朝雄訳）

こういった考えは、かなりな比重でわが国の民族学者や民俗学者に踏襲されている。わたしには、いかにももっともらしく思いついた虚偽としかおもえない。民族学者や民俗学者が、現存している未開種族の観察からこういう説を裏付け得たかどうかは問題にはならないのだ。〈性〉的な行為の本質が、外側からの観察やみせかけの実証性で解けるものだとかんがえるのはもともと馬鹿気ている。こういう見解の滑稽さを知るには、ただかれ自身の〈性〉的な行為をじぶんで心的にあるいは生理的に、観察するだけで充分なはずだ。

ライツェンシュタインは、モルガン―エンゲルスとおなじように、わずかに残存する未開種族の習俗や、言語や、共同組織の観察記録をもとにし、動物生と類推することでこういう考えに達している。その結果最初の社会の人間の〈家族〉を、動物集団とあたうかぎり近似したものとして描いた。

そのため〈家族〉の本質を部族の共同性と、「互いに自由に交わ」る男と女の個人性にふりわけ、解体させることになった。

ここで大切なのは、ある現存している未開種族を観察したら集団婚のようにみえたとか、プナルア婚のようにみえたとか、あるいはまったく一夫一婦婚が主だとみえたとかいったことではない。観察研究を主にするかぎり、わたしたちはただ最古の社会においてさえ、あらゆる男女関係の形態が、地域や種族ごとに異って存在しえたといえるだけである。

〈性〉としての人間、いいかえれば男または女としての人間が〈自由〉な個人として乱交する場面を空想し、ある意味では必然的に空想せざるをえなくなったのは、マルキ・ド・サドの奇譚小説をあげるまでもなく〈近代〉以後のことである。〈性〉としての人間、いいかえれば男または女としての人間という範疇は、人間としての人間、いいかえれば〈自由〉な個人としての人間という範疇とも、共同社会の成員としての人間という範疇とも矛盾しているのは申すまでもない。この矛盾は人間の共同幻想と個人幻想のはざまに〈対〉幻想という考えを導かずには救抜されないのである。

ライツェンシュタインが、モルガン―エンゲルスとおなじように原始的な集団婚の時期を想定し、そこで部族内の男女の自由な乱交の場面を動物生から類推して描きだしたように、わたしたちは一見すると〈対〉幻想が共同幻想と同致したかのようにみえる時期に出遇うことができる。その時期には部族内の一対の男女の〈性〉的な行為は、あたかも部族全体の行為によって統御され、監視のもとにおかれて、〈自由〉な男女の〈性〉的な行為などは存在しえなかったかのようにみえる。

西岡秀雄は『日本における性神の史的研究』や『性の神々』のなかで、わが国でも新石器時代（縄文中期から後期以後）には、女性器をつけた土製の土偶がおおくつくられ、また男性器の形をした自然石や人工石や石棒のたぐいが、宗教的な象徴として祭られた痕跡があるのを指摘している。また、おおくの民族学者や民俗学者がかんがえているように、穀物の豊饒を祈念する農耕祭儀や習俗が、なんらかの意味で男女の性的な行為の象徴をふくんでいることもたしかである。

たとえば『古事記』のなかに、よく知られたつぎのような場面がある。

そこでイザナギはその女イザナミに問うて「お前の身体はどんなぐあいにできているのか」とたずねると、女はこたえて「わたしの身体は一個処欠けているところがあります」といった。そこでイザナギは「わたしの身体には一個処余計なところがある。それだからわたしの余計なところと、お前の欠けたところを刺しふさいで国を生もうとおもうがどうか」というと、イザナミはこたえて「それはよいことです」といった。そこでイザナギが申すには「それなら、わたしとおまえとはこの天の御柱をまわって、性行為をしよう」とうながした。そう約束してから「おまえは右からまわってこい、わたしは左からまわってこよう」といって御柱をまわるときに、イザナミがまず「ああ、愛しい男よ」といい、あとからイザナギが、「ああ、愛しい女よ」といった。

ここは共同幻想(国生み)が〈対〉幻想の行為と同致するのを象徴している。この共同幻想と対幻想との同致は、人類のどの社会でも農耕社会のはじめの時期に発生した思考とみなしてまちがいない。ここでは〈対〉幻想はその特異な位相をなくして共同幻想のなかに解消したかのようにみえる。

おそらく『古事記』のこの場面は、男性器を象徴する自然石や石棒のまわりをまわって行う男女の性的な祭儀に現実的な基盤をもっているだろうが、すでに現実的な基盤をはなれて〈対〉幻想そのものが共同幻想と同一視されるまでに転化されている。おおくの民族学者や民俗学者は、男女の性行為から女性が妊娠し子を産むことが、穀物を栽培し、実りを生みだすことと類似なために、古代人が〈性〉的な模擬行為で穀物の実りを促進しようという観念に支配されたとみなしている。いわば穀母神の信仰として普遍的なものとかんがえられた。だが古代人がそんな観念をもっていたかどうかはわからない。こういう観念が生みだされるには、まず〈類推〉のようなかなり高度な知的能力を必要とするからである。神話はそれを創り出したものと、神話に対応する現実的な習俗を生活したものとのあいだに区別をもうけなければ理解できない。わたしたちはまったくべつの理解の仕方が必要だ。

この『古事記』の挿話が象徴するように、ある種族の神話は、農耕部族の世襲権力によって創られたため、世界の生成、あるいは国生みを〈対〉幻想の結果とむすびつけることからはじまっている。そして『古事記』がそうであるように、最初の男神あるいは女神がうみだされる以前の神は単独身の神で、その神たちはいわば先験的に存在したとみなされている。それなら男・女神による国生みは、あきらかに農耕社会の段階にはいった時期に固有な象徴でなければならないはずだ。

わたしたちは、農耕神話に特有な共同幻想と〈対〉幻想との同致という現象を解けなければ、〈対〉幻想という概念を設定すること自体が無意味だという課題に出遇うのである。

竹野長次は『古事記の民俗学的考察』でつぎのようにかいている。

わが国でも新嘗のやうな農業の祭は女子が中心となつて行つたもので、「誰ぞこの屋の戸押《おそ》ぶる新嘗《にふなみ》にわが背《せ》をやりて斎《いは》ふこの戸を」（万葉集巻十四）は、神聖な新嘗の祭儀を執り行ふ為に、夫を外に出して遣つて女だけが家に籠つて潔斎してゐる趣である。さて女子が主として農耕生活に従つたについては、自然食採集には相当の体力を必要とする為めに、体力上の関係から主として男子が狩猟の方を担当し、女子は農業を営んだのかも知れない。殊に農業は一定の土地に定住する必要があるので、勢ひ家にとどまつてゐる女子がそれに従事したものであらう。また呪術宗教的生活を営んだ古代に在つては、女子のもつ神秘的生産力と農作物の豊饒との間に、感応呪術的関聯を認めたことが、女子が農業にたづさはつた主なる理由であつたのかも知れない。或は女には母性愛や子女養育の本能があり、さうした性情から、自然と農作物の培養に特別の興味を抱いてゐたといふ事情が、女子をして農耕に従はしめたのでもあらうか。

このかんがえはライツェンシュタインとおなじような思考法を、そのまま受けいれてつくられている。そのために、引用した『万葉集』の歌はまったく逆に解釈されている。奥能登の農耕祭儀や、天皇の世襲大嘗祭が語るように、新嘗のときに祭主になって田神を迎えにゆくのは男子であって、女子は家にひきこもっていた。そこで万葉の歌はその様子を想像させるものと解すべきである。

ライツェンシュタインはこう想像した。自然社会では食料の獲得がしだいにむつかしくなったとき、男は投棒や、槍や矢のような遠距離武器をあみだして遠出してゆく狩猟者になった。そして妊娠や出産や哺乳が必要な女たちは、住居に居付くことが男よりもおおくなった。いきおい女たちは住居の周囲に採集してきた植物を栽培して人為的に収穫しはじめた。そこで農耕の発明者で主役になったのは女たちであった。

またライツェンシュタインは原始集団婚の時期があったという考えをむすびつけた。生れた子供ははっきりとその母親を知っており、それに育てられるが、その父親はたれかはけっしてわからないから、どうしても母系的な家族体系になってゆく。そこで農耕社会はそのはじめの形態で、母系的社会だったとかんがえたのである。

ライツェンシュタインのこういう考えは巧妙であり、またいかにもありそうなため、わたしの知っているかぎりでは、わが国のほとんどすべての学者が踏襲している。だが遠い古代以前の社会を想定するのに、なぜ男女の〈体力〉の差だとか〈性情〉のちがいだとか、妊娠や哺乳や育児だとか、住居のまわりに在るものは農耕し、遠出をするものは狩猟するものだとか、曖昧でもっともらしい類推をかりなければいけないのだろうか？　ちなみにライツェンシュタイン自身でさえ、じぶんの考察に実証性がたりないことを知っていて、古代には女だけの宗教的な結社が存在し、その結社の発達した種族と地域では、女たちが武器をとり戦闘に従事し、政治支配を行った形跡もあるとして、アフリカのダムム王国の例をあげている。つまりここでは男と女との分業は逆立している。

わたしたちは〈人間〉としての人間という概念のなかでは、どんな差別も個々の人間のあいだに想定すべきでない。つぎに〈性〉としての人間という概念、いいかえれば男と女としての人間という概念のなかでは、エンゲルスのいわゆる〈性〉的分業のこと以外には、現実の部族社会の経済的な分業と、人間の存在とを直接むすびつけるどんな根拠も、想定するわけにはいかないのだ。だからライッェンシュタインのように狩猟や戦闘は男性の分担で、農耕は女性の分担であったというのは、いつも反対の例を未開種族にみつけだせるような恣意的な理解でしかない。たかだか数の問題としてそういえるだけである。これにたいして共同性としての人間、いいかえれば集団生活をいとなみ、社会組織をつくって存在している人間という概念のなかでは、人間はいつも架空の存在、いいかえれば共同幻想としての人間であり、どんな社会的な現実とも直接むすびつかない幻想性としての人間でしかありえない。

ここで農耕社会の起源の時期に、なぜ部族の共同幻想が、男女の〈対〉幻想と同致したようにみえるかという疑問にふたたびかえろう。わたしたちはけっして、ライッェンシュタインやわが国の追蹤者たちみたいな解釈をとりたくない。問題はまったく別なところにあるとかんがえる。

『古事記』は冒頭に天地初発の事跡を記している。

天地のはじめの時、タカマガハラに現われた神の名は、天の御中主《ミナカヌシ》の神。つぎに高御産巣日《タカミムスビ》の神。つぎに神産巣日《カミムスビ》の神。この三神は、みな独神で現われて、死んだ。つぎに国がわかく、浮んでいる油脂のようにしてクラゲのようにただよっているときに、葦かびのように萌えでてくるものによって現われた神の名は、ウマシ葦かびひこじの神。つぎに天の常立《トコタチ》の神。この二神もみな独神で現われて死んだ。以上の五神はまったくべつの天の神である。云々。

ここで別格あつかいの「独神」というのは、いわば無〈性〉の神ということであり、男神または女神であったのに〈対〉になる相手がないというのではない。わたしのかんがえではこの「独神」の概念は、原始農耕社会以前の幻想性を語るものである。かれらが海岸や海上での魚獲や、山野で鳥獣や自生植物の果実を収集して生活していたにしろ、穀物を栽培し、手がけ、その実りを収穫して生活する以前の社会に流通した観念にもとづいている。そこでは鳥獣や魚や自生植物は、自然そのものが生成させたもので、その採取は自然の偶然に依存していた。こういう自然は先験的に存在するものであった。それは人間にすでに与えられて眼の前にあったのである。あたかも幼児が、過去の出来事をみんな〈昨日《きのう》〉の出来事と呼び、未来の出来事を〈明日《あした》〉の出来事と呼び、それ以外の時称がない時期をもつように、現に眼の前に存在する自然が、そのとおりに存在するには〈昨日〉と〈明日〉だけがあった。

だから『古事記』の「独神」は〈現在〉性を構成するに必要な〈時間〉概念の象徴にほかならないといえる。

もちろんこの時期でも、かれらは〈性〉的に行為していた男・女だった。だが〈昨日〉性的な行為をしたように今日もし、明日もまた性行為をした意味しかなかったのである。断るまでもなくこれは、かれらが原始集団婚みたいな乱交を行っていたかどうかとはまったく無関係である。ただ〈対〉幻想がどんな意味でも、時間を遠隔化できない発生期にあった。

男・女神が想定されるようになると〈性〉的な幻想に、はじめて〈時間〉性が導入された。〈対〉幻想もまた時間の流れに沿って生成することが意識されはじめた。そしてこの意識が萌したのは、かれらが意図して穀物を栽培し、意図して食用の鳥獣や魚を育てるすべを知ってからである。かれらは実りの果てに枯死した植物が残す実を、また地中に埋めてふたたび、おなじ植物を生成させた。それに習熟したとき、自然を生成として流れる〈時間〉の意味を意識した。いままで女性が子を産み、人間が老死し、子が育つことに格別の注意をはらわなかったのに、人間もまた自然とおなじく時間の生成にしたがうのを知ったのである。まずこの〈時間〉の観念のうち、かれらには女性だけが子を産むことが重要だった。いいかえれば〈対〉幻想のなかに時間の生成する流れを意識したとき、そういう意識のもとにある〈対幻想〉は、なによりも子を産む女性に所属した〈時間〉に根源を支えられていると知ったのである。〈時間〉の観念は自然では、穀物が育ち、実り、枯死し、種を播かれて芽生える四季としてかんがえられた。人間では子を産む女性に根源がもとめられ、穀母神的な観念が育ったのである。この時期には自然時間の観念を媒介にして、部族の共同幻想と〈対〉幻想とは同一視された。

　ここでまた注意しなければならないが、こういうことは農耕社会の発生期に母系的あるいは母権的な制度がつくられたかどうかとはかかわりない。

　この時期はやがてべつの観念の発生によってとって代られる。人間は穀物の生成や枯死や種播きによって導入される〈時間〉の観念が、女性が子を妊娠し、生育し、子が成人するという時間性とちがうことに気づきはじめる。穀物の栽培と収穫とは四季がめぐる季年のことである。だが人間の女性が妊娠するのは十ヵ月であり、分娩による子の分割から成人までは十数年であり、その間、大なり小なり扶養し、育成せねばならない。そしてこの二十年ちかくの歳月の生活は、女性だけでなく男性もまた、分担せずに成り立たない。これは不思議なことではないのか？

　このように穀物の栽培と収穫の時間性と、女性が子を妊娠し、分娩し、男性の分担も加えて育て、成人させるという時間性がちがうのを意識したとき、人間は部族の共同幻想と男女の〈対〉幻想とのちがいを意識し、またこの差異を獲得していったのである。もうこういう段階では〈対〉幻想の時間性は子を産む女性に根源があるとみなされず、男・女の〈対幻想〉そのものの上に分布するとかんがえられていった。つまり〈性〉そのものが時間性の根源になった。

もちろんこの段階でも、穀物の栽培と収穫を、男・女の〈性〉的な行為とむすびつける観念は消えたはずがない。だがすでにこのふたつのあいだには時間性の相違が自覚されたために共同幻想と〈対〉幻想とを同一視する観念は矛盾にさらされた。それを人間は農耕祭儀として疎外するほかに矛盾を解消する方途はなくなったのである。農耕祭儀がかならず〈性〉的な行為の象徴をなかに含みながらも、ついに祭儀として人間の現実的な〈対〉幻想から疎遠になっていったのはそのためである。もうひとびとは男・女の〈性〉行為と女性の妊娠とのあいだに、必然的な時間的連関があることも疑わなくなった。また男・女ともに農耕に従事する慣習にもなじんでいった。それが水稲耕作が伝えられた時期にあたっていたかどうかははっきりできないし、またはっきりさせることもいらない。ただ男・女がいっしょに農耕に従事するようになったとき、河沿いの平地や山にかこまれた盆地での定住が、慣習になったのはたしかであろう。

人間は〈対〉幻想に固有な時間性を自覚するようになって、はじめて〈世代〉という概念を手に入れた。〈親〉と〈子〉の相姦がタブー化されたのはそれからである。

罪責論

それぞれの種族には〈歴史〉がと絶えてしまう時間がある。どうしてもそれ以前の共同社会の構成については知ることができない。わが種族では現在のところ、千数百年の時間の外にでることができない。これは歴史的な時間として、あまりに真新しすぎるといっていい。〈歴史〉がと絶える時間は、生活史が不明な時間とは即座にはむすびつかない。ひとつには生活史の断片は、発掘された器物や遺跡の断片から部分的には復元できるからである。もうひとつは、生活史の上層にあったはずの観念の共同性は、考古学的な資料の発見では、単純に復元できないからである。この部分で〈歴史〉は時間的にと絶えてしまう。これを復元する可能性は〈神話〉にもとめられる。わたしたちが原理的に正当に〈神話〉をあつかう方法をもっていれば、である。〈神話〉の時間性はどこでも〈歴史〉がと絶える時間よりずっと遠くをさしているといっていい。

わたしたちはいままでに『古事記』の挿話を断片的に引用してきている。引用にはひかえめで、任意な断片的な引用に与えていい解釈をそれないように心がけてきた。わたしたちの目的は『古事記』の解釈そのものではないが、都合のいい附会をやっている印象をあたえたくなかったからである。ここであらためて〈神話〉はどう取り扱われるべきものか、という問いをとりあげてみたい。そういう段階にきたようにみえるからである。

ここで真っ先に関心をひくのは、すでに古典に属するレギ・ブリュルのつぎのような見解である。

神話を、それを胚胎する社会集団の心性との関係に於て考察するとき、我々は類似の結論に導かれる。社会集団に対する個人の融即が未だ直接に感ぜられるところ、囲繞集団に対するその集団の融即が現実に生活されてゐるところ——即ち、神秘的共存の段階が続いてゐる限り——では、神話は数に於て乏しく、質に於て貧弱である。オーストラリア土人、及び北部及び中央ブラジルの土族等々の場合がそれである。集団が多少進歩した型をとる、例へばツニ族、イロコイ族、メラネシア土族及びその他の諸族では、之に反して、次第に豊富に咲き揃ひつゝある神話を見る。では、神話は亦、直接なものとして感ぜられなくなつた融即を実現しようと努めるとき、融即がもはや生活されない同体感を保証するため仲介用の運搬物にたよりはじめたとき、現はれる原始心性の産物であらうか。かゝる仮説は大胆と見えるかも知れない、然しそれは我々が其等の神話にその心性を反映させてゐる原始人とは異つた眼を以て神話を眺めてゐるからである。我々はそこに原始人が見ないものを見てゐる。彼等がそこに表象するものを我々は実現《リアリゼ》出来ないのである。（中略）……原始人に取つては、言葉それ自身が、全く神秘的な雰囲気を持つのである。然し我々の心に於ては、言葉は経験を基礎として聯想を主体に呼び起すものである。我々は概念によつて話し考へるのである。言葉、特に神話の中に描き出された集団観念を表現する言葉は、原始人に取つては神秘的実在でその各々が作用域を決定してゐるのである。感情の見地から云へば、単に神話を聴くと云ふことは、彼等に取つては、我々に於けるそれとは全く異つたものである。彼等がその中に聞くものは、我々には存在しない和階音の全音階を呼び醒すのである。

且つ、我々の知識に這入つてくる神話で、主として我々の興味をおこすもの、我々が理解し、解釈しようと勉めるのはその話の内容そのもの、事件の連鎖、挿話の現はれ、話の筋、英雄或は神話的動物の冒険等である。そこから神話の中に或自然現象の象徴的比喩的表出、或は「言語の疾患」の結果を見る暫時クラシックであつた理論が生れてくる。亦そこから、例へばアンドリュウ・ラングのやうに神話をその内容の範疇に従つて配列する分類法が生ずるのである。然し、かゝる所説は原始的、神秘的心性が我々のそれとは異つた方向に方位づけられてゐると云ふことを見落してゐる。原始心性は、たしかに神話中に語られてゐる行為、冒険、筋の曲折に無関心ではないに違ひない。これらがこの心性に興味をわかせ感興を喚ることさへも確かである。けれども、この心性が主として関心を持つのは実証的内容ではない。それはこの内容を切りはなして別に考察することはない。丁度我々は肉の中に骨格があるとは知つてゐても生きた動物の下にそれを見ないと同様に、この心性は神話のそれらの要素を取り出して独立的に見ると云ふことはない。原始心性を総体的に把握するもの、原始人の注意を占めるもの、その感性に激しく訴へるもの、それは実に神話の実証的内容を包んでゐる神秘的要素である。これらの要素だけが神話及び伝説に価値と社会的重要性を、そして私は更に加へて権力を与へると云つてもよい。(山田吉彦訳)

「融即」とここで呼ばれているものが、じつは〈神話〉をもった種族の〈共同幻想〉の趨向性が、ひとつひとつの事象、挿話、構成の具合の悪さなどに、縦横に浸潤した状態をさすとかんがえれば、〈神話〉の取扱いで陥いりやすい怠惰を戒める充分なかんがえが披瀝されている。つまり〈神話〉にむかっては現在に居坐るのをゆるされていない。また無造作に時間を遡行するのもゆるされていない。また古墳、什器、装飾品などの出土物を、神話と直接的に結びつけてもいけない。わたしたちは絶妙な位相が神話にたいして必要になる。そしてすべての種族がのこした〈神話〉のうち普遍的な共通性をとりだせるとしたら、おそらくただひとつのことである。

それをいま〈神話〉はその種族の〈共同幻想〉の構成《ゲシュタルト》を語るとかんがえておこう。そして〈共同幻想〉の構成を語っている点をのぞけば、どんなことも〈神話〉では恣意的だといえる。登場人物も物語の進行も、プロットの接合の仕方も、時間的な空間的な矛盾も、他の種族の〈神話〉からの盗作やよせあつめも、すべて恣意的にゆるされている。ただし〈共同幻想〉の志向に抵触しないか、または〈共同幻想〉の志向によって恣意的なかぎりにおいてである。〈神話〉を解釈するばあい、いちばんおちいりやすい誤解は、それがある〈事実〉や〈事件〉の象徴だとかんがえることだ。そして空間的な場所や時間的な年代を現実にさがして〈神話〉との対応をみつけだそうとする。しかし〈神話〉に登場する空間や時間は、ただ〈共同幻想〉の構成に関するかぎりでしか、現実の象徴にならないといえよう。その結果えられるのは、ある場合に地誌的に一致する個処があるかとおもえば、同時にとんでもない矛盾にもぶつかる等々のことである。

わたしたちの種族の神話としてのこされた『古事記』で、〈共同幻想〉の構成を語る時間的にいちばんプリミティヴな挿話は、アマテラスとスサノオの関係にはじめてあらわれる。

　このときイザナギはたいへんよろこんで申すのには「じぶんは子をたくさん生んで、そのはてに三人の貴重な子を得た」といって、そこでその頸にかけた玉の緒をゆらゆら揺りながら取りはずして、アマテラスに授けて申すには「おまえは高天が原を統治しなさい」と言葉をかけた。それでその頸にかけた玉の名を、ミクラタナの神という。つぎにツクヨミに申していうには「おまえは夜の国を統治しなさい」と言葉をかけた。つぎにタケハヤスサノオに申していうには、「おまえは海原を統治せよ」と言葉をかけた。

　それでおのおのその言葉の命ずるままに統治したが、そのなかでスサノオは命ぜられた国を統治せずに、長い髭が胸のところに垂れさがるにいたるまで、啼きわめいた。その泣くさまは青山が枯山になるほどに泣き枯らし河海はすべて泣きほされるほどであった。そういうわけで悪い神がわいわいといっぱいに騒ぎだし、おおくのわざわいがぼっ発した。そこでイザナギはスサノオに申すには「おまえはどうして言われた国を統治せずに、哭いているのだ」と言うと、スサノオが答えていうには「わたしは妣《ハハ》の国である黄泉の国にゆきたいとおもって哭いているのです」と言った。そこでイザナギは大そうおこって申すには「それならばおまえはこの国に住んではならない」といって、追放してしまった。

スサノオは『古事記』の神話で国つ神の始祖とかんがえられている。いいかえれば農耕土民の祖形である。「高天が原」を統治するアマテラスが、神の託宣の世界を支配する〈姉〉という象徴であり、スサノオは農耕社会を現実的に支配する〈弟〉という象徴である。そしてこの形態は、おそらく神権の優位のもとで〈姉妹〉と〈兄弟〉が宗教的な権力と政治的な権力とを分治するという氏族（または前氏族）的な段階での〈共同幻想〉の制度的な形態を語っている。そしてもうひとつ重要なのは、〈姉妹〉と〈兄弟〉とで〈共同幻想〉の天上的および現世的な分割支配がなされる形をかりて、大和朝廷勢力をわが列島の農耕的社会とむすびつけていることである。大和朝廷勢力が何者であったか、（いいかえればわが列島の一部の土民から発祥したものか、あるいはわが列島の土民を席捲した異族であるのか）よくわからなくても、天上的な祖形と現世的な祖形の制度的な結びつき方はほぼはっきり示されている。また、農耕的な社会での土民との結合や、契約や、和解によって、部族社会の政治的支配を確立したことだけはたしからしくおもわれる。

ニーチェ—折口信夫的な見解では、高天が原を「追放」されたスサノオの挿話は、いわば共同体の〈原罪〉の発生を象徴していることになる。

ニーチェは『道徳の系譜』のなかで、原始的な種族共同体の内部では、現存の世代は先行の世代にたいし、とりわけ種族を草創した最初の世代にたいして不可解な義務をおうものとかんがえられており、種族の社会は、徹頭徹尾祖先の犠牲と功業のおかげで存立したという観念が支配する旨をのべている。

折口信夫はおそらくニーチェとは独立に（あるいはニーチェの影響下に）「道徳の発生」のなかで、ほぼおなじ結論をやっている。

> 天つ罪について一応、言ひ添へて置かねばならぬことがある。日本の宗教に於ける原罪観念が、ここにあつて、責任者をすさのをの命としてゐる。だがそれは、神話上の事として過ぎ去り、其罪に当つてゐるものは、田づくりに関係深い世々の農民である。日本の農民は、祖先から、尊い者に対する原罪を背負つて来てゐるものと考へ、此をあがなふ為に、務めて来たのである。
>
> 贖罪の方法はあつて、常は之を行つてゐるのだが、贖はなければならぬ因子は、農民自身になかつた。こゝに宗教としての立脚地があつた。唯、田作りする日本の古代部落の長い耕人生活の間に、すさのをの命の為の贖罪が行はれてゐたのである。罪を意味する謹慎にこもることが、原罪なる天つ罪を消却する方法となるのである。

ニーチェにくらべれば、折口信夫の考えははるかに〈お人好し〉だが、語ったところはおなじである。

だが農耕土民の祖形であってアマテラスの〈弟〉に擬定されたスサノオの背負った〈原罪〉は〈共同幻想〉としてみれば、ニーチェのいうようには不可解なものではない。この〈原罪〉が、農耕土民の集落的な社会の〈共同幻想〉と、大和朝廷勢力に統一されたのちの部族的な社会の〈共同幻想〉のあいだにうまれた矛盾やあつれきに発祥したのはたしからしくおもわれる。もとをただせば、大和朝廷勢力が背負うはずの〈原罪〉だったのに、農耕土民が背負わされたか、または農耕土民が大和朝廷権力に従属したときに、じぶんたちが土俗神にいだいた負い目に発祥したか、どちらかである。けれど作為的にかあるいは無作為にか混融がおこった。農耕土民たちの〈共同幻想〉は、大和朝廷の支配下での統一的な部族社会の〈共同幻想〉のように装われてしまった。

そのためこの挿話から、〈共同幻想〉の構成《ゲシユタルト》をとりだそうとすれば、天上界を支配する〈姉〉（アマテラス）と現実の農耕社会を支配する〈弟〉（スサノオ）という統治形態がかんがえられる。

そしてこの挿話ではスサノオは父イザナギから農耕社会を統治せよとは命ぜられず

に、海辺（漁撈）を統治するよう命じられるために、それをうけずに青山を泣き枯らすほどに哭きわめいて〈妣の国〉へゆきたいとごねて追放されるのである。スサノオが願望した〈妣の国〉あるいは〈黄泉の国〉は、共同性として理解すれば母のいる他界というよりも、母系制の根幹としての農耕社会であるようにみえる。この挿話が出雲系土民の神話と古典学者にみなされた大国主の神話に接続されることからそう推測ができよう。そこでわたしたちはこの挿話から、神権を支配する〈姉〉（あるいは妹）と現世的な政治を支配する〈弟〉（あるいは兄）という氏族制以前の制度の形態の原型をおもいえがくのである。

この挿話で個体としてのスサノオは、原始父系制的な世界（「河海」）の相続を否定して、母系制的な世界（農耕社会）の相続を願望し、哭きやまないために追放される。スサノオの個体としての〈罪〉の観念はただそれだけに発している。そしてスサノオの〈倫理〉は青山を泣き枯らし、河海を泣きほすという行為のなかに象徴的にあらわれている。これを神話的な世界での個体の〈倫理〉の発生のはじめの形態とかんがえれば、それは農耕社会の〈共同幻想〉を肯定するか否定するかという点にだけあらわれている。いいかえればスサノオが父系的な世界の構造を否定して、母系的な農耕世界を肯定したとき〈倫理〉の問題がはじめてあらわれている。人間の個体の〈倫理〉が、欠如の意識の軋みからうまれるのだとするなら、スサノオがもった欠如の意識は父系制がもった欠如に発祥している。『古事記』神話を統合したものが、水田耕作民の支配者となった大和朝廷勢力だとすれば、かれらは雑穀の半自然的な栽培と、漁撈と、わずかの狩猟で生活していた前農耕的段階の社会を否定し、変革し、席捲したとき、はじめてかれらの〈倫理〉意識を獲取したのである。いいかえれば良心の疚しさに当面したのである。そこでかれらはさまざまの農耕祭儀をうみだしてこの〈倫理〉意識を補償することになった。

スサノオはのちにアマテラスと契約を結んで和解し、いわば神の託宣によって農耕社会を支配する出雲系の始祖に転化する。これは巫女組織の頂点に位した同母の〈姉〉と、農耕社会の政治的な頂点に位した同母の〈弟〉によって、前氏族的な〈共同幻想〉の構成が成立したのを象徴しているとおもえる。

アマテラスとスサノオの挿話には〈倫理〉の原型があらわれている。いいかえれば〈神権〉が〈政権〉よりも優位だった社会の〈共同幻想〉の軋みが、個体と共同性の問題にふりわけてあらわれている。スサノオがイザナギの宣命にそむいてまでゆきたいと願う〈妣《はは》の国〉を、空間的に農耕社会とかんがえずに、時間的に他界〈黄泉の国〉とかんがえれば個体としての現世からの逃亡を、いいかえれば自死の願望を語っていることになる。個体としてのスサノオは神権優位の〈共同幻想〉を意識し、これに抗命したときはじめて〈倫理〉を手に入れることになった。〈内なる道徳律〉というカント的な概念はここにはありえないが〈共同幻想〉にそむくかどうかが個体の〈倫理〉を決定するという問題はあらわれる。
時代をくだって『古事記』のサホ彦の叛乱の挿話になると、〈共同幻想〉の構成《ゲシュタルト》はおなじくプリミティヴだが、政治権力のほうが宗教的権力よりも優位になった段階での〈倫理〉の問題に転化されている。

この天皇（垂仁）は、サホ姫を后としたが、サホ姫の兄、サホ彦がその同母妹にたずねていうには「おまえの夫とこの兄とどちらを愛するか」ときいたので、答えていうには「兄を愛しいとおもいます」と答えた。そこでサホ彦は謀っていうに「おまえはほんとうにわたしを愛しいとおもうならば、わたしとおまえとで天下を統治しよう」といって、ヤシホリの紐のついた小刀を作って、その妹に与えていうには「この小刀でもって、天皇の寝ているところを刺し殺してしまえ」といった。しかるに天皇はその謀りごとをしらずにその后の膝を枕にして眠った。そこで后は、紐小刀をもって、その天皇の頸を刺そうとして、三度ふりかざしたが、愛しいとおもう情にたえず、頸を刺すことができないまま、泣いて涙を天皇の顔に落した。天皇はおどろいておき上って、その后に問うていうには「わたしは妙な夢をみた。サホの方から暴雨がふってきて、俄かにわたしの顔を濡らした。また錦色の小蛇がわたしの頸にまつわりついた。このような夢はなんのきざしだろう」と申した。そこで后は、弁解すべき由もないとおもって、すなわち天皇に申していうには「わたしの兄サホ彦が、わたしに夫と兄とはどちらが愛しいかとたずねました。それで仕方なしにわたしは、兄のほうが愛しいとおもうと答えますと、わたしに註文していうには、おれとおまえとで天下を統治しよう。それだから天皇を殺してしまえといって、ヤシホリの紐小刀を作ってわたしに与えました。これであなたの頸を刺そうとおもって三度ふりあげてみましたが哀しいおもいがこみあげて、頸をさすことができずに、泣いた涙がお顔をぬらしたのです。あなたの夢はきっとこのことでしょう」と申した。

そこで天皇が申すには「わたしは危く欺かれるところだった」といって、軍を興してサホ彦を撃ったとき、サホ彦は稲城をつくって迎え撃った。この時サホ姫は兄に申訳けなくて、後門から逃れでて兄のいる稲城に入った。

サホ姫は妊娠していた天皇の子だけを城外で天皇の手の者にわたし、じぶんは天皇のまねきをしりぞけて、兄のサホ彦の殺されるのと一緒に殉じて死ぬのである。

ここでサホ姫をおとずれる〈倫理〉は〈夫〉よりも〈兄〉に殉ずることによって発生する。いいかえれば大和朝廷勢力の〈共同幻想〉にたいして、前代的な遺制になっ

た兄弟と姉妹とが政権と宗権を分掌する神話的な《共同幻想》の構成に殉じたところ

に〈倫理〉がうまれる。『古事記』のかたる原始的な遺制では、サホ姫にとって〈夫〉の天皇は同族外の存在だが、兄サホ彦は同母の血縁だから、氏族的（前氏族的）共同体での強い〈対幻想〉の対象である。そしてサホ姫は氏族的な〈対幻想〉の共同性が、部族的な〈共同幻想〉にとって代られる過渡期に、その断層にはさまれていわば〈倫理〉的に死ぬのである。

サホ姫の〈倫理〉的な行為には、氏族共同体の段階での自然的な性行為をともなわない兄弟と姉妹のあいだの〈対幻想〉が、自然的な性行為を基盤とする部族社会の〈対幻想〉よりも強いか、あるいは、同等の紐帯であった過渡的な時期があったのを象徴している。サホ姫にとって〈倫理〉とは氏族的な共同規範に徹することもできず、部族的な社会での異族婚姻の習慣に徹することもできず、ふたつのあいだに引き裂かれたところにあらわれる。

サホ姫の〈倫理〉的な死が象徴するものは、すでに〈対幻想〉のもっともゆるくそして永続的な関係である〈兄弟〉と〈姉妹〉とが、政治権力と宗教的権力とを分担する氏族的（あるいは血縁的）な〈共同幻想〉の構成が、大和朝廷の支配する統一部族的な〈共同幻想〉にとって断層になってしまったことである。この段階では血縁集団の〈共同幻想〉は、部族的な統一社会の〈共同幻想〉と位相的に乖離し、いわば蹴落とされてしまっている。そして〈家族〉体系のあいだの習俗的な慣行に転化するほかなくなる。いったん血縁集団の〈共同幻想〉を分離し、払いおとした統一部族社会の〈共同幻想〉はますます強固に、拡大されてゆくのである。もっと時代がくだって『古事記』のヤマトタケルの挿話では、すでにどんな意味でも神権優位の名残りはなくなっている。そこでは、現世的な政治制度の支配者の〈父〉と〈子〉の葛藤に〈倫理〉の原型があらわれている。

ここに天皇は、またすぐにヤマトタケルの命に、「東の方十二道にわだかまっている乱暴な神や、また服従しないものたちを服従させるように平定してこい」と申して、吉備の臣等の祖先であるスキトモミミタケヒコを副臣として派遣するときに、ひいらぎのやひろ矛を与えた。そこで宣命をうけて出発しようとするときに、伊勢の大神宮に参上して、神の朝廷を拝んだ。すなわちその叔母ヤマト姫に申していうには、「天皇はもうわたしを死ねばよいと思っているのにちがいありません。どうして、西の方の反乱者たちを撃ち滅すためにわたしを派遣して、かえってくるといくらも間をおかずに、軍勢もよこさずに、いまさらに東の方の十二道の悪者たちを平定するために派遣するのでしょう。こういうことを思いあわせるとことさら父の天皇はわたしをもう死んでしまえばいいと思っているにちがいありません」といって、うれい泣いて出かけようとするときに、ヤマト姫は草薙の剣をくれ、また袋をくれて「もし万一のことがあったらこの袋の口をあけて御覧なさい」といった。

ここでは、ヤマトタケルをいだいた〈倫理〉は、じぶんは〈父〉からうとまれたという思いに発祥している。それは前代的な〈共同幻想〉と後代的な〈共同幻想〉とのあいだのあつれきとはかかわりなく、おなじ〈共同幻想〉の主宰者の〈父〉と〈子〉の関係に発している。またヤマトタケルは〈父〉の同母の姉妹である伊勢神宮の巫女ヤマト姫をおとずれる。ヤマト姫はすでに母系制社会での宗教的権力の掌握者としての強力をもっていない。ただ〈兄〉に内緒で、いくらかの助言をあたえられるだけである。すでに神権は、現世的な政治権力の下位におかれている。

この挿話では、〈父〉が〈子〉をうとむ契機は二重にあらわれる。ひとつは男性としての〈父〉と男性としての〈子〉のあいだの〈対幻想〉の問題として。ひとつは〈子〉が勇者で心服される存在のときに〈父〉の政治権力者が感じるはずのじぶんの権力をおびやかすのではないかという政治的危惧の問題として。一般に世襲的な君主にとって〈家族〉は擬制にしかすぎない。だからこそ権力の世襲が可能となるのである。

『古事記』の挿話のヤマトタケルは、この世襲的な君主の血縁がもつ二重の矛盾を背負わされ、そういう〈倫理〉の象徴になっている。だから〈父〉にうとまれ、忌避されることで、はじめて〈父〉のもつ政治権力の代行をやってのけなければならない。ヴントは『民族心理学』のなかで、神は、英雄の像に倣って作られたので、従来の神話学がいまでも信じているように、神の像に倣って英雄が作られたのではないとのべて、いわゆる「英雄時代」が独立にあつかわれるべき根拠をあたえた。事態はもっと単純で、〈神話〉が〈神〉を喪ったとき、はじめて〈家族〉がそのまま〈共同幻想〉の象徴であるような君主の〈世襲〉の矛盾を体現した登場人物が必要になったとかんがえればよい。この人物は本来は分割されたいくつかの説話の人物だったかもしれなかった。だがそうだったとしても、最終的には統一部族社会の〈共同幻想〉にむすびつけるため、ばらばらな肢体を一人物に組合わせられた。そうしなければこの人物は部族の〈共同幻想〉を掌握する君主の所有（私有）に帰することはできないからである。

いままであげてきた挿話は『古事記』のなかで〈倫理〉の発祥を語る数少ない挿話だが、わたしたちはそこにひとつの典型的な構成《ゲシュタルト》をかんがえることができる。

前氏族的な段階では、姉妹が宗教的な権力の頂点として神からの託宣をうけ、その兄弟が集落共同体の政治的な権力を掌握するというかたちが〈共同幻想〉の原型であった。そこでの〈倫理〉は、いわば神からの託宣を素直にうけるかうけないかというところにあらわれた。スサノオはあきらかにこの〈倫理〉を背負わされた象徴的人物である。しかも農耕社会の支配者の始祖という役割を『古事記』の編者たちから負わされている。農耕社会の支配者たち、したがってそのもとにある大衆は、母系の神権に与えられた神からの託宣にたいして無限責任を負わされ、この無限責任の重圧が耐えがたいとき〈倫理〉の問題が発生するのである。

これにたいして、サホ彦、サホ姫という兄弟と姉妹の挿話がかたるものは、氏族制が部族社会の統一国家に転化する過渡期にあらわれる〈倫理〉の問題である。ここには神からの託宣という問題はあらわにでてこない。兄弟と姉妹の血縁が現世的な権力をもった氏族的な体制が、部族的な体制に移ろうとするとき〈母権〉体制がこうむった背反が〈倫理〉の問題としてあらわれる。〈夫〉と〈兄〉との反目のあいだに引き裂かれて苦慮するサホ姫は、その〈倫理〉を象徴している。サホ姫は〈兄〉に殉じながら、じぶんの生んだ子供を〈夫〉にゆだねる。母系的、氏族的、農耕的な〈共同幻想〉はここで、部族的な統一社会の〈共同幻想〉に飛躍する。その断層のあいだの軋みが〈倫理〉の問題としてあらわれる。

ヤマトタケルの挿話で〈倫理〉の問題は、まだ個人倫理の問題になってないが統一部族社会の〈共同幻想〉のもとでの〈父〉と〈子〉のあいだの〈対幻想〉の軋みとしてあらわれる。いわば〈家族〉の問題として。

ヤマトタケルが、政治権力の所有者である〈父〉からうとまれたとかんがえたとき、訴えたのは部族社会の最高の巫女叔母のヤマト姫である。だがこの巫女は部族の祖形である神を祭った神社に奉仕する巫女だが、すでに宗教的な権力者として部族の〈共同幻想〉の一端を担う存在ではなくなっている。フォイエルバッハ的にいえば、部族の至上物が一個処に集められ住んでいる神殿に奉仕する巫女にしかすぎない。ここでは母系が集落の宗教的権威として現世的な政治権力よりも優位であった時代は、ただ痕跡をとどめているだけである。

ニーチェは『道徳の系譜』のなかで〈道徳〉の発生の起源を、原始社会での個人と個人のあいだの物件的な債権者と債務者の関係にもとめた。ニーチェによれば、共同体でもこの関係はかわらない。共同体とその成員のあいだにも、債権者と債務者という根本関係は存在するとみなされた。ニーチェはいかにもニーチェ的な皮肉をこめて「人はみな一つの共同体のなかで生活し、共同体の利便を享受している（おお、なんという利便だろう！　われわれは今日これを往々にして過小評価するが）。人は保護され、いたわられて、外部の人間すなわち〈平和なき者〉が曝されている或る種の危害や敵意に心悩まされることもなしに、平和と信頼のうちに住んでいる。――ドイツ人は、〈悲惨 Elend〉（elend）という語の原義の何たるかを、よく知っている――。つまり、そうした危害や敵意を顧慮すればこそ人は自分自身を共同体に抵当に入れ、共同体にたいして義務を負ったのである。」とのべている。これはほとんどエンゲルスとおなじ考えを、べつな言葉で述べたものだ。

個人の〈倫理〉は個体に所属している。だが個人と個人との対他的な関係では、ニーチェの考察とちがって、男性または女性としての人間の関係、いいかえれば男女の〈性〉的な関係が起源に存在している。いいかえれば〈家族〉の形態が存在するのだ。あらゆる政治的な統一権力が存在する社会を、いちばんプリミティヴな形態までさかのぼれば、そこでの〈倫理〉は一対の男女の〈性〉的な関係のあいだに発生の起源をもとめるほかはない。

そして不都合なことに、この男女の〈性〉的関係という問題は、エンゲルスがかんがえたほど単純ではない。〈性〉的な関係というのは、自然的な〈性〉関係（性交）にとどまらず、かならず〈幻想〉性を〈対〉として自己疎外するからだ。そこでこの〈性〉的関係という概念は、自然な性行為を禁止されたり、伴わなかったりしても〈家族〉のあいだに成り立つとかんがえられる。内なる道徳律というカント的な概念が〈倫理〉の起源としていちばんおくれて人類にやってくるのは、それが個体的な概念だからである。

『古事記』のヤマトタケルの挿話は、わが統一国家（部族国家）が成立した時期のいちばんプリミティヴな〈倫理〉のかたちをしめしている。なぜなら〈父〉と〈子〉とのあいだの〈対幻想〉のあつれきが政治権力の問題としてあらわれているからである。

〈父〉と〈子〉（男子）のあつれきや矛盾は、ふつうかんがえられるほど〈家族〉内の父権の絶対性からやってくるわけではない。〈家族〉内の女性（母あるいは姉妹）にたいする〈対なる幻想〉が〈父〉と〈子〉とのあいだで相矛盾するためにやってくるものだ。〈父〉はじぶんが自然的に衰えることでしか〈子〉の〈家族〉内での独立性をみとめられない。また〈子〉は〈父〉が衰えることでしか〈性〉的にじぶんを成熟させることができない。こういった〈父〉と〈子〉の関係は、絶対に相容れない〈対幻想〉をむすぶほかありえないのである。

ヘーゲルは『精神現象学』のなかで、つぎのような説明をしている。

> 子供に対する両親の敬愛も、自分の現実を他者のうちにもっており、他者のうちに自立存在が生成して行くのを見るだけで、それを取りもどし得ないという感動に影響されている。かえって子供は、自己の現実をえて、よそよそしいものになったままである。だがこれとは逆に、子供の両親に対する敬愛は、自分自身の生成つまり、自体を、消えて行く両親においてもっており、自立存在や自分の自己意識は、その本源たる両親から分れることによってのみ、獲られるという感動に伴われているが、この分離のうちでその本源は枯れて行くのである。
>
> 　これら二つの関係は、両者に分け与えられている両側面の移行と、不等のうちに

止まっている。(樫山欽四郎訳)

「感動」とか「敬愛」とかいう言葉を排除して、ただ〈対幻想〉という言葉をつかうことにすれば、事態はもっとはっきりしてくる。このばあい「感動」とか「敬愛」とかヘーゲルが呼んでいるのは心身相関の〈性〉的な構造にほかならない。

『古事記』のヤマトタケルが負っている〈倫理〉は、ヘーゲルのいう「感動」や「敬愛」による家族内の倫理ではない。うとまれた〈子〉は〈父〉のもっている政治権力に反抗してこれを奪いとるか、あるいは〈父〉の宣命をうけいれて〈父〉の権力を代行しながら、個体としては野垂れ死をするか二者択一の道しかのこされていない。そこにはじめて〈倫理〉の問題があらわれてくる。いいかえればもともと〈家族〉内の〈対幻想〉の問題であるはずのものが、部族国家の〈共同幻想〉内のあつれきにのりうつったとき〈倫理〉の本質があらわれる。

『古事記』のヤマトタケルの物語は、統一部族国家の成立期に〈英雄時代〉とよばれる戦乱期が、歴史的に実在したかどうかとはかかわりがない。かりに景行期に部族国家のあいだに戦乱があり、のちの大和朝廷勢力がこの戦乱の鎮圧に成功した支配者をもったのが歴史的な事実だったと仮定しても、『古事記』のヤマトタケルの遠征物語は、この歴史的な事実ときりはなして読まれるべきである。ほんらいは家族内の〈対幻想〉の問題であるはずのものが、部族国家の〈共同幻想〉の問題としてあらわれる。そういうプリミティヴな〈権力〉の構成譚として、はじめて意味をもっている。

フロイトは「神話は個人が集団心理からぬけ出す一歩である。最初の神話はたしかに心理学的な神話、つまり、英雄神話であった。」(「集団心理学と自我の分析」)とのべているが、この見解はある意味では正鵠を射ている。どうしてかといえば『古事記』のヤマトタケル説話に英雄譚の面影があるとすれば、その本質はヤマトタケルの西征・東征の英雄的な物語の筋書きにあるのではなく、父権支配が確立した時期の政治権力をもった支配者の〈父〉と、その政治支配にとってかわる器量をもった〈子〉のあつれきが、〈共同幻想〉の構成《ゲシュタルト》としてしめされた点にあるからである。この〈共同幻想〉のあつれきは、フロイトの理論では〈父殺し〉のあつれきにおきかえられるはずである。

『古事記』のヤマトタケルは土着の勢力を平定する途中で、まさに『古事記』の編者たちが希望するとおりに病死する。ヤマトタケルが死の最初の予兆としてかかった幻覚について『古事記』はつぎのように記している。

　そこで申すには「この山(いぶき山―註)の神は徒手でじかに退治してやろう」といって、その山に登ってゆくと、山のほとりで白猪に出あった。その大きさは牛ほどもあった。そこで揚言して申すには「この白猪になっているのは、その山の神の使者であろう。今殺さずとも、帰りがけに殺してかえろう」といって山に登っていった。そこで大氷雨が降ってきてヤマトタケルを惑わした。この白猪に化けていたのは、山の神の使者ではなくて、その山の神自身だったが、揚言したので惑わされたのである。そして山を降り帰ってきて、玉倉部の清泉にたどりついて休息したとき、気持がすこし正気にかえった。

しかし、ヤマトタケルはほどなく罹病して野垂れ死にする。そして本質的にいえば予定にしたがって野垂れ死にするためにこそ、土着の異族を〈白猪〉と幻覚したのである。

規範論

なかば〈宗教〉であり、なかば〈法〉だというような中間的な状態を、いま〈規範〉とよべば、この〈規範〉にはさまざまな位相がかんがえられる。なんとなく守られていても、けっしてはっきりと規定されない不文律や習俗みたいなものから、ほんらいは〈宗教〉的な儀式や共同体のとりきめにわかれるはずのものが、重複して存在するものまで、〈規範〉のなかに含めてかんがえられる。だが〈宗教〉からはじまって〈法〉や〈国家〉にまで貫かれてゆく〈規範〉には特定の位相がある。ひとつは、はじめの〈宗教〉が共同性をもっているだけではなく、その内部で系列化がおこっていることである。もうひとつはその〈宗教〉が、共同体の現実の利害をさすような方向性をもつことである。そしてこのばあい〈宗教〉が個人を救済するか、あるいは家族を救済するかは、まったくかかわりがないといえる。こういう〈宗教〉は、ほとんど習慣にちかいところで平衡状態に達して安定する。このばあい宗教的な儀式と共同体の利害とが平衡するのである。この状態で〈宗教〉は〈宗教〉と〈法〉とに分裂する。おなじようにして〈法〉は〈法〉と政治的な〈国家〉に分裂する。

こういう転化の過程は、べつの視角からみれば、人間はなぜ自身もふくめて〈自然〉を崇拝することからはじめて〈自然〉を束縛することを知るようになり、ついにその束縛を個々の生活の場面から一般化して、統一的な共同規範にまで持ちあげるようになるか、というのとおなじことになる。

この根拠はふたつの方向からかんがえられる。ひとつはここでいう意味の束縛は、人間をふくめた〈自然〉そのものを疎外してゆくとみなすことである。もうひとつは〈束縛〉そのものが必然なために〈束縛〉が人間の根拠律、いわば存在する権利といういうべきものを内包していることである。この解きほぐすにむつかしい事情は、歴史的な時代を考察するばあいいつもつきまとってくる。エンゲルスは『反デューリング論』のなかでつぎのようにのべている。

有機体の種は、アリストテレス以来大体において同一のままである。これに反して社会の歴史においては、われわれが人類の原始状態、すなわちいわゆる石器時代を通過するやいなや、諸状態の反覆ということは例外であって、規則ではない。そしてかかる反覆が起る場合でも、それが正確に同一の状態のもとで起るとは決して言えない。たとえばすべての文化民族における原始的土地共有制の出現と、この制度の崩壊の形態とが、そうである。それ故に人類史の領域においては、われわれの科学は、生物学におけるよりも、なおはるかに遅れているのである。しかも、それどころではない。或る時代の社会的、政治的な生活諸形態の内的連関が、例外的に認識されるにしても、それはこれら諸形態の生命が、すでに半ば盛りを過ぎてしまい、没落にひんしている時において、なされるのが通例である。従ってここでは、認識は本質的に相対的である。というのは、ただ特定の時代に、特定の民族に対してのみ存続し、そしてその性質上一時的な或る社会形態や国家形態やの連関にかんする理解と、それらの形態のなり行きとに、その認識が制限されるからである。従って、ここで窮極の決定的真理、総じて変化しない真正の真理を追求するものは、たとえば人間は一般に労働せずしては生活することができないとか、人間は従来たいてい支配者と被支配者とに分れるとか、ナポレオンは一八二一年五月五日に死んだとか、等々の、極めてひどい陳腐なことや平凡な話以外には、ほとんどうるところがないだろう。（永崎徹訳）

〈法〉および〈道徳〉についてデューリングが〈愚かすぎた〉ために、エンゲルスはここでは〈賢すぎ〉ることを云っている。

そこでわたしたちは、たんに〈宗教〉が〈法〉に、〈法〉が〈国家〉になぜ転化するかだけではなく、どんな〈宗教〉がどんな〈法〉に転化し、どんな〈法〉がどんな〈国家〉に転化するかを考察しなければならないのだ。

はじめに確かにいえることは、〈法〉的な共同規範は、共同体の〈共同幻想〉が血縁的な社会集団の水準をいささかでも離脱したときに成立したということだけである。

未開な社会ではどんなところでも、この問題はそれほど簡単にあらわれない。またはっきりと把握できる形ももっていない。そこでは〈法〉はまだ、犯罪をおかした人を罰するのか、犯罪行為を罰することで〈人〉そのものを救済しているのか明瞭ではない。そのためにおそらく〈清祓〉(はらいきよめ)の儀式と罰則の行為とが、未開の段階で〈法〉的な共同規範として並んで成立するのである。〈清祓〉の儀式では行為そのものが〈法〉的な対象であり、ハライキヨメによって犯罪行為にたいする罰は代行され〈人〉そのものは罰を負わないとかんがえられる。だが罰則では〈法〉的な対象は〈人〉そのものであり、かれは追放されたり、代償を支払わされたり、体罰をこうむったりする。

しかし未開的な社会での〈法〉的な共同規範では、個々の〈人(格)〉はまだそれほど問題にはなっていない。また行為そのものもあまり問題とならない。ただ部族の〈共同幻想〉になにが〈異変〉をもたらすかが問われるだけである。〈神話〉のなかにあらわれる共同的な規範が〈法〉的な形をとるときは、そこに登場する〈人(格)〉

はいつも、ある〈共同幻想〉の象徴だということができる。
『古事記』のなかで最初に〈罪〉と〈罰〉の問題が〈法〉的にあらわれるのは、いわゆる〈天の岩戸〉の挿話のなかである。そして犯罪をおかし罰をうけるのは、農耕民の始祖で同時に、種族の〈姉〉神アマテラスの〈弟〉に擬定されているスサノオである。

そこでスサノオが、アマテラスに申していうには「わたしのこころが清明なのでわたしの生んだ子が女性だったのです。これからかんがえれば、わたしの方が当然勝ったことになります」といって、勝ちにまかせてアマテラスの耕作田の畔をこわし、その溝を埋め、また神食をたべる家に屎をし散らした。そんなことをしても、アマテラスは咎めずに申すには「屎のようなのは酔って吐き散らすとてわたしの兄弟がしたのでしょう。また田の畔をこわし溝を埋めたのは、耕作が惜しいとおもってわが兄弟がしたのでしょう」と善く解釈して言ったが、なおその悪い振まいはやまなかった。アマテラスが清祓用のハタ織場にいて神衣を織らせているときに、そのハタ屋の頂に穴をあけて、斑馬を逆剝ぎにして剝ぎおとしたので、ハタ織女がこれをみておどろき、梭に陰部をつきさして死んでしまった。それゆえそこでアマテラスは忌みおそれて天の石屋戸をあけてそのなかに隠れてしまった。そこで高天が原はことごとく暗くなり、地上の国も闇にとざされた。これによって永久の夜がつづいた。

そこで部神たちが合議して、天の岩屋のまえで共同祭儀をいとなんで常態にもどしてから、スサノオは合議のうえ物件を弁償として負荷され、鬚と手足の爪とをきって〈清祓〉させられ、共同体を追放されるのである。

ここでスサノオが犯した罪は、たとえば『祝詞』の「六月の晦の大祓」にでてくる〈天つ罪〉にあたっている。すなわち「畔放ち、溝埋み、樋放ち、頻蒔き、串刺し、生け剝ぎ、逆剝ぎ、屎戸」等々の〈罪〉にあたっている。

これらの〈罪〉にたいしてスサノオに課せられる〈罰〉は、物件の弁償、部落からの追放、鬚や手足の爪を切る刑である。この刑は、南アジアの未開の社会（たとえば台湾の原住族）などで慣行となっているものとおなじで、かくべつの問題はないとかんがえられる。

問題は『古事記』の神話のスサノオが、なぜ後代に〈天つ罪〉とよばれるようになった〈罪〉を負荷されているのか、そして〈天つ罪〉とはなにを意味するか？ ということにかかっている。

スサノオは『古事記』のなかでアマテラスの〈兄弟〉として擬定される。同時に農耕部民の始祖として出雲系に接続されている。ここでは稲作農耕が行われた以後の時期に、統一的な政治権力によって種族の始祖に擬定された女神アマテラスの〈兄弟〉に、〈天つ罪〉を負荷させたのはなぜかという問題がおこってくる。

問題は複合しているようにおもわれる。ひとつはこの挿話が、氏族的あるいは前氏族的な段階（その時間は少なくとも統一国家成立の数千年前が想定される）で〈姉妹〉が神権を支配し、その〈兄弟〉が現世的な政治権力を支配するという体制があったことを暗示していることである。そして〈天つ罪〉はこの共同体制を乱す原因になるものを列挙したもので、スサノオが負わされたそれに対する罰則は、この氏族的あるいは前氏族的な共同体における〈法〉的な刑罰を意味していたということである。

だが大和朝廷勢力がもともとわが列島に土着していたものか、あるいは渡来したものかは『古事記』の編者たちにも明瞭ではなかったとかんがえられる。その由来をきわめるには、数千年をさかのぼらねばならないし、交通形態の未発達な古代社会で、孤立的に散在していた村落は、村落周辺からはなれた地域からの襲来勢力を〈天〉からきたとでもかんがえるほかなかった。これは信仰からいっても当然のようにおもわれる。

しかも大和朝廷勢力以外にも、すでに出雲系のような未体制的な土着の勢力がいくつもわが列島に散在することはかれらにも知られていた。それだから大和朝廷勢力はかれらの〈共同幻想〉の担い手の一端を、すでに知られている出雲系のような有力な既存勢力とむすびつける必要があり、それがスサノオの〈天つ罪〉の侵犯とその受刑の挿話となってあらわれたのである。

追放されたスサノオは、当然のように出雲の国へゆくことになる。そして八岐の大蛇に象徴される未開の慣習法しかもたない勢力間の争いを平定して、その勢力の首長足名椎、手名椎の娘、櫛名田比売と婚姻することになる。

『古事記』はこう記している。

それゆえここでもってスサノオは、宮を造るべき地を出雲の国に求められた。ここに須賀の地にやってきて申すには「わたしはこの地にきて心が清浄になった」といい、そこに宮をつくって住まわれた。それでこの地をいまも須賀というのである。スサノオが、はじめ須賀の宮をつくったときに、そこから雲が立ちのぼった。そこで歌をよまれた。その歌は、

夜《や》久《く》毛《も》多《た》都《つ》　伊《い》豆《ず》毛《も》夜《や》幣《え》賀《が》岐《き》　都《つ》麻《ま》碁《ご》微《み》爾《に》　夜《や》幣《え》賀《が》岐《き》都《つ》久《く》留《る》　曾《そ》能《の》夜《や》幣《え》賀《が》岐《き》袁《を》

そこでかの足名椎を召して申すには「おまえをわが宮の首人に任じよう」といっ

て、またの名を稲田の宮主須賀の八耳と付けられた。

この説話にはめこまれた歌の解釈は、大和朝廷系の『古事記』の編者たちと、土着系の伝承とではまったくちがっている。『古事記』では〈雲の幾重にも立ちのぼる出雲の宮の幾重もの垣よ。そこに妻をむかえていま垣をいくつもめぐらした宮をつくって共に住むのだ〉といったような解釈になる。

しかし出雲系、あるいは強いていえば土着の未開体制にあったと伝承してきた人々ではまったくちがっている。

三角寛は『サンカの社会』で、つぎのようなサンカの解釈の伝承を記している。

サンカは、婦女に暴行を加へることを「ツマゴメ」といふ。また「女込《めご》めた」とか、「女《め》込んだ」などともいふ。

この「ツマゴメ」も、往古は、彼らの得意とするところであつた。そこで、「ツレミ」（連身）の掟《ヤヘガキ》ができて、一夫多婦を禁じた。それが一夫一婦《ツレミ》の制度《ヤヘガキ》である。

ここで問題になるのは、古事記、日本書紀に記された文字と解釈である。すなはち、

（古事記）夜久毛多都　伊豆毛夜幣賀岐　都麻碁微爾　夜幣賀岐都久留　曾能夜幣

賀岐袁

（日本書紀）夜句茂多菟　伊都毛夜覇餓岐　菟磨語味爾　夜覇餓枳菟倶盧　贈廼夜覇餓岐廻

右に見るやうに、両書は、全く異つた当て字を使つてゐるが、後世の学者は、次のやうに解釈してゐる。

八雲立つ　出雲八重垣　妻ごみに　八重垣作る　その八重垣を

と、決定してゐるやうであるが、サンカの解釈によると、（昭和十一年、富士山人穴のセブリ外十八ヶ所にて採採）次の通りである。

ヤクモタチ（ツ）は、八蜘蛛断ち（つ）であり、暴漢断滅である。イヅモ、ヤヘガキは、平和を芽吹く法律で、ツマゴメ（ミ）ニは、婦女手込めに……である。ヤヘガキツクルは掟《ヤヘガキ》を制定して、コ（ソ）ノヤヘガキヲ、はこの掟《ヤヘガキ》をこの守る憲法を――で、これが「一夫一婦」の掟《ヤヘガキ》である。

それで出雲族を誇示する彼らは、自分たちのことを、「八蜘蛛断滅《ヤクモタチ》」だと自称して、誇つてゐるのである。

古典学者の読解の仕方は、その前に『古事記』の編者たちが「其地より雲立ち騰りき」と記したところから与えられている。だが一般的にみとめられているように記紀の歌謡は、そこに付着された物語と別個にかんがえねばならない面をもっている。ここでも一首の伝承歌をもとにして、前後の物語がつくられた可能性も充分すぎるほどありうる。そのばあいには三角寛のいうサンカの伝承のほうも捨てさるわけにはいかない。この伝承で歌を解釈すれば〈乱脈な婚姻を断つのに出雲族の掟を　乱婚にたいして作ったその掟を〉ということになる。

なぜこういう解釈に吸引力があるかといえば、スサノオが追放されるさいに負わされた〈天つ罪〉のひとつは、農耕的な共同性への侵犯に関している。この解釈からでてくる婚姻についての罪は、いわゆる〈国つ罪〉に包括されて土着性の濃いものである。『古事記』のスサノオが二重に象徴している〈高天が原〉と〈出雲〉の両方での〈法〉的な概念は、この解釈では大和朝廷勢力と土着の未開な部族との接合点を意味している。それは同時に〈天つ罪〉の概念と〈国つ罪〉の概念との接合点を意味していることになる。

のちになって『祝詞』の「六月の晦の大祓」に分類された〈国つ罪〉は、生膚断ち、死膚断ち、白人、こくみ、おのが母犯せる罪、おのが子犯せる罪、母と子と犯せる罪、子と母と犯せる罪、畜《けもの》犯せる罪、昆《は》ふ虫の災、高つ神の災、高つ鳥の災、畜仆し、蠱物する罪、等々とされる。この〈国つ罪〉の概念に共通する点を抽きだせば〈自然的カテゴリーに属する罪〉ということができよう。〈性〉行為についての禁制も、ただ

〈性〉的な自然行為のカテゴリーでとらえられている。

このことは〈国つ罪〉の概念が、前農耕的な共同体の段階をかなり遥かな未開の段階まで遡行できることを意味している。そして〈兄弟〉と〈姉妹〉とのあいだの〈性交〉の禁制がふくまれていないこと、そして呪術的な概念をも〈罪〉のカテゴリーにくわえていることは、ただ穴居や小屋がけしていたプリミティヴな氏族（前氏族）共同体以前の掟にまでさかのぼっても、かくべつな不都合は生じないほど、プリミティヴな〈法〉概念である。大和朝廷が編集した『古事記』のなかで神権と政権の支配的な始祖に擬定されたるアマテラスとスサノオに担われた〈共同幻想〉のかたちより以前に〈国つ罪〉の概念の発生を想定してもあながち不当ではない。

ここで〈法〉の発生についてひとつの問題があらわれる。わが列島における原住種族は、はたして〈共同幻想〉として〈国つ罪〉の自然的カテゴリーに属する〈法〉的な概念しかもっていなかったのだろうか？　そして〈天つ罪〉の概念をわが列島にもたらした農耕社会の支配勢力は、天下り的に〈国つ罪〉概念の上層に〈天つ罪〉概念をもたらしたのだろうか？

ここにはいくつかの問題がかくされている。ひとつは一般に〈法〉は、征服勢力が支配圏を確立する過程に持参されるものかということである。もうひとつは具体的に〈天つ罪〉と〈国つ罪〉の概念の発生は、歴史的な時間の差異としてかんがえられるかである。さらに〈天つ罪〉と〈国つ罪〉を支配王権の〈法〉と族長の〈法〉に対応させてかんがえることができるかである。

山野に自生する動物や植物を採ったり、河海の魚を獲えて食べていた原住種族が大部分を占めた前農耕的な社会でも、小部分に農耕にしたがった原住氏族が存在したとかんがえるのは、きわめて自然である。こういう社会で想定される血族集団の〈共同幻想〉は〈国つ罪〉のカテゴリー、いいかえれば自然的カテゴリーに属する共同規範を土台に、いくらかの農耕法的な要素を混合していったとみなすことができる。大和朝廷勢力が前農耕的な社会の胎内から農耕技術を拡張し高度化することで発生し、しだいに列島を席捲したものか、あるいはまったく別のところから農耕技術をたずさえて到来したものかは断定できないし、また断定する必要もない。だが氏族（前氏族）制の内部から部族的な共同性が形成されてゆくにつれて、しだいに〈天つ罪〉のカテゴリーに属する農耕社会法を〈共同幻想〉として抽出するにいたったことは容易に推定することができる。

このような段階では〈法〉はどんな意味でも垂直性（法権力）をもたず、ただ〈国つ罪〉に属するものに、いくらかの農耕法的な要素を混入させた習慣法あるいは禁制として、村落の共同性を堅持するものにすぎなかった。『祝詞』のなかの「六月晦大祓」に記された〈天つ罪〉と〈国つ罪〉の区別よりも以前に『古事記』の「仲哀天皇」の項に、このふたつの罪のカテゴリーを混合した〈罪〉の記述がでてくる。

仲哀の后であるオキナガタラシ姫は神懸りの女で、筑紫の香椎の宮で神懸りをやり、〈西の方に国があり、金銀や珍宝がたくさんある国だから、その国を帰順させてやろう〉というが、仲哀は〈高い地に登って西の方をみても国なぞはみえず、ただ大海があるばかりではないか〉と言ってまともにうけとらないので、神がおこって〈この天の下はおまえの統治する国ではない、おまえは勝手にするがよい〉という。タケノウチの宿禰がおそろしくなって仲哀に、祭りの琴をひくようにとすすめたので、仲哀は気がのらぬ有様で弾いていると、琴の音が絶えて、仲哀が死んでいる。

そこでおどろき畏れて、殯《あらき》の宮に前葬し、さらに国中から供物をあつめてそなえ、生剝、逆剝、阿離、溝埋、屎戸、上通下通婚、馬婚、牛婚、鶏婚、犬婚の罪の類をおおく探しあつめて、国の大祓をやり、また建内の宿禰が神憑りの庭にいて、神の託宣を請うた。そのとき託宣は、まったく前の日とおなじで、「およそこの国は、おまえの胎の中にいる子供が治めるべき国だ」ということであった。

ここでいう「国」を筑紫一国とかんがえて、ここでの統治形態は神権をになう母系と、政権をになうその〈兄弟〉という氏族的あるいは前氏族的な遺制を暗示している。

だから巫女の〈夫〉仲哀はあまり重んじられずに、御託宣にそむくものとして憑き神に殺されることになっている。

このばあい「国」中からもとめられた〈罪〉は、統一的な部族社会が成立する過渡期における〈共同幻想〉の〈法〉的な表現としてかんがえることができる。いわば〈天つ罪〉と〈国つ罪〉のカテゴリーを分離する以前の、刑法的な古形を語るとみなすことができる。そして大和朝廷の制覇が完成されてゆくにつれ、農耕法的な要素を〈共同幻想〉の〈法〉として垂直的（権力的）に抽きだしていった。当然のこされた近親姦、獣姦みたいな〈国つ罪〉は、他の清祓対象といっしょに私法的な位置に落とされたと推定することもできよう。

氏族（前氏族）的な共同体から部族的な共同体へと移行してゆく過程で、変化していった〈共同幻想〉の〈法〉的な表現について、わたしたちが保存したいのはつぎのようなことだけである。

経済社会的な構成が、前農耕的な段階から農耕的な段階へ次第に移行していったとき、〈共同幻想〉としての〈法〉的な規範は、ただ前段階にある〈共同幻想〉を、個々の家族的あるいは家族集団的な〈掟〉、〈伝習〉、〈習俗〉、〈家内信仰〉的なものに蹴落とし、封じこめることで、はじめて農耕法的な〈共同規範〉を生みだしたのであること。だから〈共同幻想〉の移行は一般的にたんに〈移行〉ではなくて、同時に

〈飛躍〉をともなう〈共同幻想〉それ自体の疎外を意味することなどである。

『古事記』の神話で〈法〉的な共同規範としてもうひとつ問題なのは、清祓行為の意味である。なぜかといえば清祓行為は〈共同幻想〉が、宗教から〈法〉へと転化する過渡にあるものとみなされるからである。

イザナギは黄泉の国からかえってくると、「じぶんはたいへん醜悪なけがれた国に行っていたものだ。だから身体の禊をしよう」と称して、筑紫の日向の橘の小門のアハギ原にやってきて清祓をおこなう。そして身につけたものを投げすてる行為から十二神がうまれ、河瀬で身を洗ったときの汚垢からは二神が生れ、禍いを直そうとして生れた神、水に身を清めたときに生れた神などができあがり、最後に左の眼をあらうときにアマテラスが、右の眼をあらうときにツクヨミが、鼻を洗うときにスサノオが生れるのである。

清祓行為はこのばあい、いくつかの意味をもっていることがわかる。まず第一に、スサノオの追放譚とおなじように、清祓行為の対象である〈醜悪な穢れ〉が、時間的な概念としては〈他界〉（黄泉の国）に、空間的な概念としては〈農耕社会〉（出雲の国）にむすびつけられていることである。そしてこの両義性は清祓行為そのものが〈共同幻想〉の〈法〉的な規範としての性格をもっていることを物語っている。なぜなら清祓行為が、宗教としての意味と、共同規範として現実にむかう要素の二重性を獲得しているからだ。

もちろん清祓行為が〈法〉的な意味をもつためには、それ自身に〈制裁〉的な要素がなければならない。

清祓行為はつぎのいくつかの要素からできていることがわかる。
(1)〈醜悪な穢れ〉に感染（接触）したものを身体から脱ぎすてる。
(2)水浴などで身体から〈醜悪な穢れ〉そのものを洗い落とす。
(3)〈醜悪な穢れ〉の禍いを祓う。
(4)身体を水に滌いで清める。とくに眼と鼻を洗う。
そして『古事記』の神話では、こういった要素のすべてからそれぞれ〈神〉が生れることになっている。このばあい清祓行為のなかに〈法〉的な規範の要素をもとめるとすれば、〈醜悪な穢れ〉に感染したもの、または〈醜悪な穢れ〉そのものを身体から除去するという(1)および(2)の部分に〈刑罰〉的な意味が存在している。いいかえれば物件を科料として提出させられるかわりに、ここでは〈醜悪な穢れ〉という幻想を科料として、剝ぎとられるとかんがえることができる。また清祓行為を〈宗教〉的な規範としてかんがえれば、(3)の〈祓い〉の行為に主な宗教的な意味がふくまれている。

ところでイザナギは『古事記』神話のなかで最初の種族的な〈父〉神とされている。なぜ神話のなかでイザナギはじぶんの〈性〉的な対象である〈母〉神イザナミを黄泉の国へ追ってゆき、逃げかえってから清祓行為をおこなうのだろうか？　そしてどうして黄泉の国と高天が原との接続点を出雲の国の伊賦夜坂に擬定しているのだろうか？

この問題はたとえば折口信夫のような国文学者をなやました。そして折口は『古事記』の記述をよみこんでゆくとわが種族では、母系的な社会の以前に父系的な社会があったことを想定できるとかんがえたのである。しかし問題はそういうところにないようにみえる。イザナギの清祓行為の理由をなしている〈醜悪な穢れ〉はこのばあい二様に理解されるほかない。

ひとつは、イザナギがイザナミを追って〈他界〉（黄泉の国）へ出入したことは〈死〉の穢れを身につけたものだから、それは清祓行為に価することである。もっとうがってゆけば〈死姦〉の穢れである。

もうひとつは、イザナギが出雲の国と接触したことが穢れであり、清祓行為に価するというかんがえである。

そしてこのふたつは時間的な〈他界〉と空間的な〈他界〉の二重性として接合されている。もしも最初の〈父〉神がおこなう清祓が、人間のあらゆる対他的な関係にたいするプリミティヴな清祓であるとすれば、この挿話が表現しているのは、未開人が〈法〉と〈宗教〉の根源は〈醜悪な穢れ〉そのものだとかんがえたことである。いいかえれば、あらゆる対他的な関係がはじまるとすぐに、人間は〈醜悪な穢れ〉を〈法〉または〈宗教〉として疎外する。そしてこれはただ清祓によって解消されるだけだとかんがえられていた。この〈醜悪な穢れ〉の意味が、生活のくりかえしにともなう文字通りの身体の汚れという意味で河洗い海洗いによる清浄化に転化したとき、一方で身洗的な清祓行為が〈宗教〉としての意味をもつようになったとかんがえられる。

人間のあらゆる共同性が、家族の〈性〉的な共同性から社会の共同性まですべて〈醜悪な穢れ〉だとかんがえられたとしたら、未開の種族にとって、それは〈自然〉から離れたという畏怖に発祥している。人間は〈自然〉の部分であるのに対他的な関係にはいりこんでしか生存が保てない。これを識ったとき、かれらはまず〈醜悪な穢れ〉をプリミティヴな〈共同幻想〉として天上にあずけた。かれらはそれを生活の具体的な場面からきりはなし、さいしょの〈法〉的な共同規範としてかれらの幻想を束縛させた。そうすることでいわば逆に〈自由〉な現実の行為の保証をえようとしたのである。

こういった清祓行為はどんな経路をたどって現世的なものを断ちきるのだろうか？

この問題は〈神社縁起〉にかかわる挿話からうかがうことができる。こういう挿話は『古事記』のなかにふたつはめこまれている。ひとつは崇神朝の項の三輪山説話でありひとつは垂仁朝の出雲説話である。

この天皇（崇神）の世に疫病がおおくおこり、人民が死に絶えようとした。そこで天皇は心痛して、神託を得ようとして寝た夜に、大物主の神が夢にあらわれていうには、「これはわたしの意によるものだ。それだからオオタタネコという人物をしてわたしを祭らしめれば、神のたたりがおこらず、国も平安になるだろう」と申した。

ここに天皇（垂仁）は心痛して、床について寝ると夢にあらわれたものがいうには、「わたしの神殿を天皇の住居とおなじように建立すれば、子はかならず言葉が喋言れるようになるだろう」とこういうので太卜の占いによって「どこの神の意でしょうか」と探ってみると、ここでたたっているのは出雲の神の意であった。

ここでは清祓行為の対象になった〈醜悪な穢れ〉は、人民のあいだの疫病の流行や、天皇の子の失語のような現世的な異変としてあらわれ、それへの清祓行為は神社の建立という現実的な行為に転化されている。わたしたちは天上的な清祓行為が、宗教的な側面で現世的な〈神社〉の建立に移ってゆく経路をおもいえがくことができる。この経路は〈共同幻想〉が神権優位から現世的な政治権力の優位へ転化してゆく経路に対応している。この経路で清祓行為のもつ〈法〉的な側面は〈共同幻想〉の権力そのものに解消してゆくのであった。

もっと時代がくだってゆくと、ほんらい清祓行為で消滅されるはずの〈罪〉が〈法〉的な刑罰になってあらわれてくる。こういう例を『古事記』にみつけだすことができる。

そのひとつは「木梨の軽の太子」の挿話である。天皇允恭が死んだあと「木梨の軽の太子」は帝位を継ぐことになっていた。だがまだ即位式をあげないうちに、同母妹である「軽の大郎女」と兄妹相姦をおかした。この罪はもともと〈国つ罪〉のカテゴリーにはいる自然の禁制に属している。だからほんとうは清祓行為の対象なのだが、すでに大和朝廷の〈法〉的な構成にくみこまれているため「軽の太子」は〈伊奈の湯〉に流刑される。「軽の大郎女」は恋しさにたえかねあとを追い心中死する。ここではほんとうは清祓の対象になるはずのものが、権力構成とわかちがたくむすびついている。

また〈天つ罪〉のカテゴリーに属するものも、すでに権力を侵犯する犯罪にくだされる刑罰の意味に転化される。

『古事記』の顕宗天皇の項に、天皇が難にあって逃げたとき、その食糧を盗んだ猪飼の老人が探しだされ、飛鳥河の河原で斬られ、その一族が膝の筋を切断されるという挿話がある。すでにここでは農耕社会の共同性の侵犯が問題ではなく、〈法〉は権力にとって、権力にたいする盗みの処罰として確定されている。

エンゲルスとおなじように、だがエンゲルスとはちがった視点からデューリングを馬鹿にしたニーチェは、共同体の権力と〈法〉(刑法)の関係について興味ある考えをのべている。

共同体の権力と自己意識が増大するに応じて、刑法もまたその厳しさを和らげる。共同体の権力が弱まり、その危機が深まるにつれて、刑法はまたもや厳酷な形式をとるようになる。〈債権者〉はつねに富裕になるにつれて寛仁となった。結局は、債権者がどれほど苦しむことなしに被害に耐えうるかということが、彼の富の尺度とさえなる。加害者を罰しないでおく、――かかるもっとも高貴な贅沢を、喜んで自らにゆるすことができるような社会の権力意識というものも、ありえないことであろう。「この寄生虫どものことなど一体おれに何の関係があるというのだ? 勝手に食わして太らしておくがいい。それだけの力はまだたっぷりおれにはあるんだ!」と社会は言うであろう。……「すべてが弁償されうる、すべてが弁償されねばならぬ」ということから始まった正義は、支払無能力者らを大目に見て放任することをもって終わる。――いうならばこの正義は、地上のあらゆる善き事物と同じく、自己自身を止揚することをもって終わるのだ。――この正義の自己止揚、これがどんな美称で呼ばれているかは、人の知るところである――つまりその名は、恩赦。いうまでもなく、これはつねに最強者の特権であり、いっそう剴切な言いかたをすれば、彼の法の彼岸である。(『道徳の系譜』、信太正三訳)

ニーチェのいうように共同体の権力の増大とともに、〈法〉(刑法)はその厳しさを和らげるだろうか?　そしてその逆もまた真であろうか?

わたしたちはただ、公権力の〈法〉的な肥大を、現実の社会的な諸関係が複雑化し、高度化したためにおこった不可避の肥大としてみるだけではない。最初の共同体の最初の〈法〉的な表現である〈醜悪な穢れ〉が肥大するにつれて〈共同幻想〉が、そのもとでの〈個人幻想〉にたいして逆立してゆく契機が肥大してゆくかたちとしてもみるのである。ニーチェのいう「支払無能力者」に公権力が「寛仁」にみえるとすれば、公権力もまた一定の社会的な機能を福祉として行わざるをえないからではない。あまり対極に位置したものは見掛け上無縁にみえるという理由によっている。〈福祉〉には〈物質的生活〉が対応するが〈共同幻想〉としての〈法〉に対応するのは、いぜんとしてその下にいる人間の〈幻想〉のさまざまな形態である。

起源論

ここ数年のあいだに古代史家たちがわが〈国家〉の起源にふれた論議が、わたしたち素人の耳にもとどくようになった。素人はその論議からあたらしい知識をえられるようになった。だがそれと同時になにを〈国家〉とよぶのか、そして〈国家〉の起源とはなにを意味するのか、深刻な疑惑もふりまかれたのである。えられた知識はよろこんでうけとれるが、深刻な疑惑はいちおう返済しておかなくてはならない。これらの史家たちの論議は、〈国家〉とはなにかの把握について、まったく未明の段階にしかないことをおしえている。

はじめに共同体はどんな段階にたっしたとき〈国家〉とよばれるかを、起源にそくしてはっきりさせておかなければならない。はじめに〈国家〉とよびうるプリミティヴな形態は、村落社会の〈共同幻想〉がどんな意味でも、血縁的な共同性から独立にあらわれたものをさしている。この条件がみたされたら村落社会の〈共同幻想〉ははじめて、家族あるいは親族体系の共同性から分離してあらわれる。そのとき〈共同幻想〉は家族形態と親族体系の地平を離脱して、それ自体で独自な水準を確定するようになる。

この最初の〈国家〉が出現するのは、どんな種族や民族をとってきても、かんがえられるかぎり遠い史前にさかのぼっている。この時期を確定できる資料はどんなばあいものこされていない。考古資料や、古墳や、金石文が保存されているのは、たかだか二、三千年をでることはない。しかも時代がさかのぼるほど、おもに生活資料を中心にしかのこされない。〈国家〉のプリミティヴな形態については直接の証拠はあまり存在しない。

だが生活資料たとえば、土器や装飾品や武器や狩猟、漁撈具などしかのこされなくても、その時代に〈国家〉が存在しなかった根拠にはならない。なぜなら〈国家〉の本質は〈共同幻想〉であり、どんな物的な構成体でもないからである。論理的にかんがえられるかぎりでは、同母の〈兄弟〉と〈姉妹〉のあいだの婚姻が、最初に禁制になった村落社会では〈国家〉は存在する可能性をもったということができる。もちろんそういう禁制が存在しなくてもプリミティヴな〈国家〉が存在するのを地域的に想定してさしつかえないが、このばあい論理が語れるのはただ一般性についてだけである。

よくしられているように、わが国の〈国家〉の存在について、さいしょに記載しているのは『魏志倭人伝』である。魏志によるとわが列島はもと百余国にわかれており、そのうち大陸と外交的に交渉をもったために、はっきりわかっていたものは三十国くらいになっている。そしてこの三十国についてはその国名をあげているところから、大陸と交渉しやすい地理条件にあったことが知られる。

魏志の記載する百余国が、大陸と交渉のあった三十国とおなじ段階にあったと仮定すれば、これらの〈国家〉は〈国家〉の起源から発して、時代のきわめて新しいものとかんがえるほかはない。その理由は、この三十国のうち大陸沿岸にちかい〈国家〉について、魏志はそれぞれ統治する官名を記載しており、それによるとこれらの〈国家〉は、すでにさくそうする官制をもっていたと推測できるからである。

対馬国　大官　卑狗《ヒク》
　　　　副　卑奴母離《ヒヌモリ》
一支国　官　卑狗《ヒク》
　　　　副　卑奴母離《ヒヌモリ》
末盧国
伊都国　大官　爾支《ニキ》
　　　　副　泄謨觚《セモコ》

柄渠觚《ヒクコ》

奴国 官 兕馬觚《シマコ》
副 卑奴母離《ヒヌモリ》

不弥国 官 多模《タマ》
副 卑奴母離《ヒヌモリ》

投馬国 官 弥弥《ミミ》
副 弥弥那利《ミミナリ》

邪馬台国 官 伊支馬《イキマ》
次 弥馬升《ミマツ》
次 弥馬獲支《ミマエキ》
次 奴佳鞮《ヌカト》

魏志にはこのうち伊都国に代々〈国王〉がおり、邪馬台国に属していると記載されている。邪馬台国はそのころ女王が支配していた。

またここに挙げられた官名は、総称的な意味をもっていて、人名あるいは地域名とあまりよく分離することができないとかんがえられる。たとえば「卑狗」はたぶん『古事記』などの〈毘古〉、〈日子〉などと同義の表音であり、「卑奴母離」は〈夷守《ヒナモリ》〉

と同義の表音ともかんがえられる。あるいは逆に、このような魏志の記載にのっとって、たとえばカムヤマトイハレヒコノミコト（神倭伊波礼毘古命）という神武の和名がつくりあげられたというべきかもしれない。おなじように、伊都国の大官「爾支」は、アメニキシクニニキシアマツヒタカヒコホノニニギノミコト（天邇岐志国邇岐志天津日高日子番能邇邇芸命）の〈ニキ〉と無矛盾とみられる。また、「多模」は、たとえばヌナクラフトタマシキノミコト（沼名倉太玉敷命）（敏達天皇）の〈タマ〉などと無矛盾である。また「弥弥」は、マサカツアカツカツハヤヒアメノオシホミミノミコト（正勝吾勝勝速日天忍穂耳命）の〈ミミ〉と無矛盾である。また、「伊支馬」はイクメイリヒコイサチノミコト（伊玖米入日子伊沙知命）という垂仁天皇の和名と無矛盾である。おなじように「弥馬升」はミマツヒコカエシネノミコト（御真津日子訶悪志泥命）という孝昭天皇の和名と無矛盾であり、おなじく「弥馬獲支」はたとえばミマキイリヒコイニエノミコト（御真木入日子印恵命）という崇神天皇の和名と無矛盾である。

ここで無矛盾であるというのはこれらの初期天皇が、じっさいにその〈国家〉群の官にあったとか、逆にその魏志の官名から名前をでっちあげられた架空の天皇だとかいうように単純化できないことを意味する。ただ現在でもたとえば〈鍛冶〉とか〈鹿地〉とかいう姓の人物がいるとすれば、鍛冶屋を職業とするとか、鍛冶という土地柄を姓としたとか速断できなくても〈鍛冶〉とか〈鹿地〉とかいう姓をえらんだからには、鍛冶屋にかくべつな意識的あるいは無意識的な執着をもっていたか、現実上なにかの関係があるはずだというのとおなじ意味をもっている。そしてこういうことがありうるのは、たとえば『古事記』の神代のなかでハヤスサノオノミコト（速須佐之男命）がコノハナノチルヒメ（木花知流比売）と婚してうんだ子、フハノモヂクヌスヌノカミ（布波能母遅久奴須奴神）の「クヌスヌ」が魏志に記された倭の三十国のひとつ〈華奴蘇奴〉国の名称からきているといったこととおなじである。『隋書倭国伝』によれば、推古期には行政的に八十戸ごとにひとつの稲置《イナキ》があり、十稲置《イナキ》ごとにひとつの国造《クニノミヤツコ》をおき、国造は一百二十人あった。『古事記』の記すところでは、国造、和気《ワケ》、稲置、県主がわが列島の地域を統御する官名であった。隋書の記載では〈和気〉と〈県主〉の占める官制的な位置についてはすこしも明瞭ではない。しかし魏志の記載した〈官〉と〈副〉とはこれらの四つの官制となんらかの意味で関連があったとかんがえてもあやまらないだろう。そしてここで関連という意味は、この〈官〉と〈副〉は、邪馬台国から派遣あるいは任命されたものであるかもしれず、戸とか稲置とか国造とか県主とかいうものの初期形態は、土着的なあるいは自然発生的な村落の共同規範にもとづいて擁立されたのかもしれないことをふくんでいる。

　これらの官制はその初期に、アジア的な呪術宗教的に閉じられた王権のもとにあったとみられる。魏志にあらわれた倭の三十国では、すくなくとも邪馬台国に強大な支配権力があり、そのうち邪馬台よりも以北の大陸に近い諸国は、その行政的な従属下にあったとかんがえられる。

魏志によれば、邪馬台従属下の諸国の王権は、卑弥呼とよぶ女王の統御のもとにあった。そしてその支配構成は、卑弥呼にシャーマン的な神権があり、その兄弟（男弟）が政治的な権力を掌握するというプリミティヴな形態を保存していた。そしてこの支配形態は阿《ア》毎《マ》姓を名のる支配部族にとって、かなり以前から固有なものであったとみることができる。魏志は卑弥呼には「夫壻無し。」と記しているが、それはたんに「夫壻」に政治的な意味がなく〈兄弟〉にだけ政治的な意味があったというほどに解すべきである。魏志はつづいて「唯々男子一人有り、飲食を給し、辞を伝え居処に出入す」と記している。このひとりの男子はもちろん「夫壻」の意味をもっただろうことは容易に推察することができる。

応神くらいまでの初期天皇の和名をみると、典型的に〈ヒコ〉と〈ミミ〉と〈ワケ〉という三種の呼び名が中核になっていることがわかる。そして〈ヒコ〉には〈ネコヒコ〉と〈イリヒコ〉と〈タラシヒコ〉と、ただの〈ヒコ〉があり、〈ミミ〉を名のっているのは綏靖の〈カムヌナカハミミノミコト〉だけである。〈ワケ〉は応神の〈ホムタワケ〉あるいは〈オホトモワケ〉だけだが、応神以後にはよくあらわれている。〈ヒコ〉と〈ミミ〉はいずれも魏志の倭三十国の官名として記載され、〈ワケ〉も『古事記』に官名として記されている。そして景行のように〈ヒコ〉と〈ワケ〉を兼用してあるものもある。（オホタラシヒコオシロワケノミコト）

これらの擬定された初期天皇が、それぞれ邪馬台的な段階の〈国家〉の〈ヒコ〉、〈ミミ〉、〈ワケ〉などの官職を襲った豪族の出身であったとはいえないが、かれらの呼び名をこの三種からとっていることは、すくなくとも官制としての〈ヒコ〉や〈ミミ〉や〈ワケ〉が『古事記』の編者たちにとって、かれらの先祖たちにあたえうる最高の権力にひとしいものであったとかんがえることはできる。

『古事記』の応神記にオホヤマモリとオホサザキの挿話がある。応神がじぶんの子のオホヤマモリとオホサザキに「おまえたちは兄である子と弟である子といずれが可愛いいか」とたずねる。オホヤマモリは「兄である子が可愛いとおもう」とこたえる。つぎにオホサザキは、応神のそうたずねる心中を察して「兄である子はすでに成人して案ずることもないが、弟である子は、まだ成人していないので心もとなく可愛いいとおもう」とこたえる。応神は「オホサザキよ、おまえのいうことは、わたしの意にかなったこたえだ」といって〈オホヤマモリノミコトは山海の政治をせよ、オホサザキノミコトは国を治める政治を行え、ウヂノワキイラツコは天皇の位を継承せよ〉と命ずる個処がある。これは初期〈国家〉の支配構成をかんがえるうえで重要なことを暗示している。なぜならば、山部や海部の部民を行政的に掌握することと、中央で国家の行政にたずさわることとは、天皇の位を継承することとは、それぞれ別のことを意味したのをはっきり暗示しているとおもえるからである。とりわけ関心をそそるのは、国を治めることと天皇位を相続することが区別されている点である。この挿話によれば初期王権で王位を継承することは、かならずしも〈国家〉の政治権力をじかに掌握することとはちがっていた。そうだとすれば初期王権の本質は、呪術宗教的な絶対権の世襲に権威があったとしかかんがえられないのである。そして応神から王位の相続者に擬せられたウヂノワキイラツコは、その和名が暗示するように、官名としては〈ワケ〉がつかわれており、もちろん強大な統一王権の継承者という規模でかんがえられていない。ここでいわれている〈国〉はせいぜい魏志に記載された倭三十国の一国あるいは数国の規模しか物語ってはいないのである。

『古事記』のなかで、エンゲルスのいわゆる〈種母〉(Stamm-mutter)としての条件をあたえられているのは〈アマテラス〉だけである。しかし〈アマテラス〉と〈スサノオ〉の関係を〈姉妹〉と〈兄弟〉によって宗教的な権力と政治的な権力が分担されたプリミティヴな〈国家〉における統治形態のパターンを語るとみなすと、神后（オキナガタラシヒメ）をはじめとする女帝を、初期天皇群からみつけだすことができる。この統治形態が定着農耕がおこなわれてきた時期に宗教的な呪術的な権威の継承という面で、男帝に代わられたとすれば、天皇位を継承する意味はあきらかだとかんがえられる。たぶんそれは政治的権力の即自的な掌握ではなく、宗教的な権威の継承によって、政治的権力を神権により統御するのを意味していた。この天皇位の継承によるシャーマン的な権威の相続という側面は、さまざまな意味でわが国家権力の構成を重層化したとかんがえられる。

隋書の記載を信じれば、天皇位のもっているシャーマン的な呪術性が、ある変質をうけたのは、七世紀の初頭であった。

開皇二十年、倭王あり、姓は阿毎（アマ─註）、字は多利思比孤（タラシヒコ─註）、阿輩雞弥（オホキミ─註）と号す。使を遣わして闕に詣る。上、所司をして其の風俗を訪わしむ。使者言う、「倭王は天を以って兄と為し、日を以って弟と為す。天未だ明けざる時、出でて政を聴き跏趺して坐し、日出ずれば便ち理務を停め、云う我が弟に委ねんと」と。高祖曰く、「此れ大いに義理無し」と。是に於いて訓えて之を改めしむ。王の妻は雞弥（キミ─註）と号す。後宮に女六・七百人有り。太子を名づけて利歌弥夕弗利と為す。城郭無し。

ここで未明に政務を聴聞する〈兄〉と、日が出ると交代で政務を行う〈弟〉が、じっさいの〈兄弟〉であるかどうかは分明ではない。ただ〈姉妹〉と〈兄弟〉の関係が〈兄〉と〈弟〉の関係におきかえられ、いぜんとして〈倭王〉（天皇）の本質が呪術的であることが問題なのだ。隋書を信ずれば、この呪術的な関係は合理的でないとして、漢帝の勧告によって改められた。しかしいずれにせよ政治的な権力は〈弟〉によって掌握されていたのは確からしくおもわれる。

さらに倭王の妻は〈雞弥〉（キミ）と号したという記載は暗示的である。なぜならばわが南島において氏族集団の長である〈アジ〉にたいして〈アジ〉の血縁の女からえらばれた祭祀をつかさどる巫女の長を〈キミ〉とよんだように、倭王の妻の号した〈雞弥〉という呼び名は、いわば宗教的な意味を暗示しており、それは母権的な支配形態の崩壊したあとの、その遺制をとどめているとみられるからである。

この問題を〈法〉的な側面から検討してみよう。

魏志によれば邪馬台的な段階の倭国では、〈法〉を犯すと軽い者はその妻子を没収し、重いものは一族と親族を滅した。また租調をとりたてた。また国々には市場が立ち、そこで物品の交換がおこなわれ、邪馬台からの派遣官によって監督された。

くだって『隋書倭国伝』はやや後世におけるおそらく大和王権によって統一部族国家が出現したあとの〈法〉について記している。

それによれば、殺人、強盗および姦淫するものは死罪であり、盗みにたいしては盗品に応じて物品を弁償させ、財のないものはその身を没して使奴とした。そのほかの罪にたいしては軽重によって流罪あるいは杖刑にした。また罪状を追及しても自白しないものは、木をもって膝を圧し、あるいは強弓を張って弦でその頸すじを鋸した。あるいは小石を沸いた湯の中において、訴訟の双方にこの小石を拾わせ、手が爛れるほうを不正あるものとした。または蛇をかめのなかにおいて、手でつかませ、不正なものは嚙まれるとした。

隋書の記載は推古期に関連しており、聖徳による憲法が制定されたころの記載であり、すでに安定したかなり強大な部族国家権力の成立をうかがわせる。これにくらべれば魏志の記載の段階では、それほど法的な整序性はないが、すでに安定した政治体制の成立なしにはとうていかんがえられない統御がおこなわれている。このいずれのばあいも、わたしたちが〈国家〉のプリミティヴな構成とみなすものからくらべれば、はるかに新しく高度な段階にあるといえる。どんな意味でも、これらの記載から〈国家〉の起源を論ずることはできないものである。

わたしたちがここで関心をもつのは起源的な〈国家〉における〈共同幻想〉の構成であるが、じっさいには魏志に記された倭の三十国でさえ列島のどこにあったかを断定する手段は存在していない。ただ風俗や習慣についての断片的な記載から、海辺に面した九州地方の〈国家〉をさしているだろうと推定できるだけである。

魏志によれば、倭の漁夫たちは、水にもぐって魚や貝をとり、顔や躰にいれずみして魚や水鳥にたいする擬装とした。このいれずみはのちには装飾の意味をもつようになった。諸国によっていれずみの個処や大小がちがい、身分によってもちがっていた。わたしたちの知見では、漁夫たちは近代になっても顔をのぞけば全身にいれずみしていたものが珍しくなかったから、このような記載からただちにその〈国家〉の所在した地域を推定することはできない。ただ、いれずみの個処や大小のちがいや文様によって、身分や地域が異なるという記載についていえば、このような俗習がはっきりと知られているのは、わが南島についてである。

小原一夫の論文「南島の入墨（針突）に就て」は、わが南島では島ごとに女たちのいれずみの文様と個処がちがっており、その観念は「夫欲しさも一ときい　刀自欲しさも一ときい　彩入墨欲しさは命かぎり」という歌にあるように、宗教的ともいえる永続観念にもとづいているとのべている。そして、奄美大島で魚の型をしたいれずみをした老婆たちに、なぜ魚の型をいれずみしたかときくと「魚がよく取れるように」と一人がこたえ、他のものはわからぬとこたえたとのべている。また、沖永良部島で左手の模様を「アマム」とよび「ヤドカリ」をシンボライズした動物紋で、島の女たちは質問にこたえて、先祖は「アマム」から生れてきたものであるから、その子孫であるじぶんたちも「アマム」の模様をいれずみしたのだと記している。

小原一夫によれば、南方のいれずみの観念も〈婚姻〉に関係した永続観念と〈海〉に関係した南方からきたらしい信仰的な観念とが複合しているらしいとされている。魏志に記された漁夫たちのいれずみと、身分や地域によって異なるいれずみとは、まったくちがった意味をもつものの複合らしくおもわれる。ただ魏志の記した漁夫のいれずみは観念の層としては、南島の女性たちになされたいれずみの観念よりも新しいだろうと推測することができよう。なぜならば、魏志に記されている漁夫たちのいれずみは、宗教的な意味をすでにうしなっており、ただ装飾性や生活のために必要な擬装の意味しかもっていないからである。

倭のひとびとは大人（首長）に敬意をあらわすには、手をうってひざまずき、路で下戸が大人とあうと、草むらにかくれるようにし、なにかしゃべるときは、うずくまったり、膝をついたり両手を地面についてお辞儀をする風習をもっていた。〈家族〉について記載しているのをみると、魏志には「父母兄弟、臥息処を異にす。」とあり、また「其の会同・坐起には、父子男女別無し。」としている。すなわち寝所や休息所は別であるが、会合や起居のときはおなじところに集まるものとされている。これを同一の家屋に住むものを指しているとすれば、寝所は別の部屋をもっていたし、食事その他一家族があつまるときにはひとつの部屋に集まっていたとかんがえることができる。しかしこういった記載は恣意的なもので、すべての〈家族〉形態に共通するものとみなすことはできない。

婚姻については魏志は「国の大人は皆四・五婦、下戸も或は二・三婦。婦人淫せず、妒忌せず、盗竊せず、諍訟少なし。」と記している。後代の隋書では「婚嫁には同姓を取らず、男女相悦ぶ者は即ち婚を為す。婦、夫の家に入るや、必ず先ず火を跨ぎ、乃ち夫と相見ゆ。婦人淫妬せず。」と記している。

ここで〈大人〉が稲置程度の村落の長をさすのか、〈国〉の大官をさすのかあきらかでないし、〈下戸〉がどういう身分や階層をさすのかあきらかでない。だが高級の官人が多婦と関係していたことは『古事記』の記載からみても納得される。〈下戸〉の二、三婦というのには疑義があるとかんがえられる。大家族であるためそうみえることもありうるし、また〈下戸〉の下層に没収されて奴婢となったり、世襲的にそうだった存在もかんがえられるから、これらは一様に夫婦とみなされることはありうる。

ところで「婦、夫の家に入るや、必ず先ず火を跨ぎ、乃ち夫と相見ゆ。」という記載はその意味がとりにくい。たとえばわが南島でも〈婚姻〉にまつわる〈水礼〉や〈火の神〉の俗習はあるが、この記載は招婿婚の段階ではなく、それ以後（あるいは以前）の父系的な婚姻形態であるか、あるいは部族を異にした集団の風習であるようにもうけとられる。

奴婢層の存在は魏志その他から推定できる。

たとえば魏志は行来、渡海などには〈持衰〉と名づけた乞食のような風体のものを一人つけ、行海がうまくゆけばよし、不吉なことや暴害にあえば〈持衰〉の呪力がなかったものとして、これを殺害する風習があったと記している。また〈生口〉を献上したというような記載がみえているが、これらはいずれも生殺の権を上層身分のものにゆだねた奴婢層の存在を示すに充分である。

わたしたちはここで『古事記』の神代および初期天皇群についての記載と『魏志倭人伝』の記載とがいかに関係づけられ、いかに接続できるのかという問題に当面する。

魏志の記載につけば、わたしたちは邪馬台国家群をモデルにして、つぎのような〈共同幻想〉の構造を想定することができる。

いくつかの既知の国家群があって、そのなかに中心的な国家があり、そこでは宗教的な権力と権威と強制力とを具現した女王がいて、この女王の〈兄弟〉が政治的な実権を掌握している。その王権のもとに官制があり主要な大官と、それを補佐する官人がある。この上層官僚は〈ヒコ〉とか〈ミミ〉とか〈ワケ〉とかよばれて国政を担当している。下層の官としては各戸を掌握する〈イナキ〉があり、〈イナキ〉の上位は国政にむすびつくか〈アガタ〉にむすびついている。

中心的な国家は連合している国家群に、おそらくは補佐的な副大官を派遣して各国家群の大官あるいは国王にたいし補佐と監視をかねている。

初期の段階ではどんな官によって掌握されていたか不明だが、刑事と民事に司法官がいて、殺人、盗み、農耕についての争い、婚姻にまつわる破戒などに訴訟が決裁されている。

各村落は海辺では漁獲と農耕に従事する戸人がおり、河川に沿った平野や上流の盆地では農耕がおもに営まれ、山間では鳥獣の捕獲、農耕用具の製造などに従事する移動部族がいる。村落の戸人にとっておそらく〈イナキ〉あるいは〈イナキ〉に結びついたものが首長である。そしてその由来は確立できないが、村落の戸人たちの下層には奴婢群がいる。おそらくは村落間の争いにおける戦敗や犯罪行為などによって戸人を没収された。同族または先住あるいは後住の種族である。

大陸にたいしては、これと折衝する官を適所に派遣してこれにあたらせている。そして初期にこのような国家連合は、大陸から照明されたかぎりでは三十国だが、わが列島の全体にわたっては百余国であった。

このように想定される国家群は、べつに古代史の学者がいうように、古代専制国家でもなければ、原始的民主制の共同体でもない。そもそも古代や原始について専制と民主制しか形態をかんがえられないモルガン――エンゲルス的な類型づけは意味をなさない。

わたしのかんがえでは、魏志の邪馬台国家群はかなり高度な新しい〈国家〉の段階にあるとみるべきで、すこしもその権力の構成《ゲシュタルト》は〈原始〉的ではない。それにもかかわらずその〈共同幻想〉の構成《ゲシュタルト》は、上層部でつよく氏族的（あるいは前氏族的）な遺制を保存している。そしてその保存の仕方は、邪馬台についてみればとても呪術的で、政治権力にたいしてまったくかかわらなかったとさえいえる。世襲的な王位の継承はおそらくは神権的あるいはシャーマン的な呪力の継承という意味が強大であった。かれら自身によっても政治権力の掌握とは別個のものとかんがえられていた公算がおおきい。そして邪馬台が女王権を保持したという記録は、この世襲的な呪術的王位の継承に関するかぎりは氏族的（前氏族的）な〈兄弟〉と〈姉妹〉が神権と政権を分担する構成を保存していたとみられる。

この世襲的な宗教的王権に関するかぎり、魏志の邪馬台的な〈国家〉は起源的な〈家族〉および〈国家〉本質からつぎのような段階をへて転化したと想定できそうにみえる。

㈠〈家族〉（戸）における〈兄弟〉↕〈姉妹〉婚の禁制。〈父母〉↕〈息娘〉婚の罪制。

㈡漁撈権と農耕権の占有と土地の私有の発生。

㈢村落における血縁共同制の崩壊。〈戸〉の成立。〈奴婢〉層と〈大人（首長）〉層の成立。

(四)部族的な共同体の成立。いいかえれば〈クニ〉の成立。

これらの前邪馬台的な段階の期間は、おそらくは邪馬台から現代にいたる期間よりもはるかに多くの年数を想定しなければならないだろう。

ところで邪馬台的な段階の〈国家〉は、世襲的な王権以外の政治的な構成については、かなり高度に発達したものとかんがえるべきで、そこには行政、司法、外交、軍事にわたる諸分権が確定されていた。

たとえば魏志の記載では、邪馬台的な国家の段階で、殺人、強盗などについて〈家族〉や宗族の資格を没収するという刑罰が確立されていた。こういう刑罰はすでに強力な政治的構成なしには不可能だと見做すことができよう。

このように魏志の記載から想定される邪馬台的な段階の〈国家〉は『古事記』に記載されている神代や初期天皇期とどう関係づけられ、どう接触するだろうか?

これを解くための手がかりは、すくなくとも三つかんがえられる。第一は邪馬台的な段階の〈国家〉でも遺制として保存されている呪術宗教的な王権の世襲形態をかんがえることである。第二はプリミティヴな刑罰法にはじまる〈法〉的な概念の層の新旧を追及することである。第三は初期天皇群に想定される王権の及ぶ規模を推定することである。

魏志の記載では、邪馬台の宗教的な王権は、卑弥呼という巫女の手に掌握されている。そしてその〈弟王〉が政治的な権力を行使している。この権力形態は、規模の大小を問わなければ、氏族的（前氏族的）な共同体から最初の部族的な共同体（始源国家）に移行した段階、あるいはこういう移行とは別個の理由で部族的な〈国家〉が何らかの理由で発生した当初の段階まで遡ることができよう。『古事記』の神代篇は、〈アマテラス〉と〈スサノオ〉の関係になぞらえてこの形態を大切に保存している。〈アマテラス〉は〈アマ〉氏の始祖の女性に擬定されており〈スサノオ〉は土着の水稲耕作部族の最大の始祖に擬定されている。そしてこの二人は〈姉〉と〈弟〉の関係にあると作為されている。この作為は『古事記』の編者たちの勢力が、魏志の邪馬台国家をモデルにして創りあげたか、そのような伝承が流布されていたのを拾いあげたものかは確定することはできない。ただこういった〈共同幻想〉の構成《ゲシュタルト》は、氏族的（前氏族的）な共同体から最初の部族的な共同体（いいかえれば最初の〈国家〉）が成立したときまでさかのぼることができる。この意味では『古事記』の神代篇の本質的なパターンは、魏志の邪馬台的な段階の〈国家〉よりはるか以前の太古までさかのぼれる時間性をもっている。『古事記』の〈アマテラス〉と〈スサノオ〉が実在の誰をモデルにして創られたか、まったく架空にただ神話的な構成の本質をえがくために創作せられたか、あるいは古伝承によったかはここでは問題にならない。『古事記』の神話的な時間がプリミティヴな〈国家〉まで遡行する時間性をしめしていることが重要なのだ。そしてこのプリミティヴな〈国家〉の成立は魏志に記された邪馬台連合などから遥か以前に想定できるものである。ただ魏志の邪馬台的な段階の〈国家〉は、ほかの点では新しいとみることができるが、すくなくとも呪術宗教的な王権の構造についてだけは、このプリミティヴな〈国家〉の遺制をのこして実在していたとみることができる。呪術宗教的な威力の継承という意味では、邪馬台的な段階の国家でも、さいしょの氏族制の崩壊の時期までさかのぼってかんがえられるような時間性をもっている。ここには天皇制の本質について大切な示唆がかくされている。

さきにものべたように魏志には邪馬台的な段階の〈国家〉では〈法〉を犯すものは軽いものではその妻子を没し、重い者はその門戸および宗族を滅したことが記されている。また隋書には推古期（おそらく統一部族国家）の〈法〉について、殺人、強盗、姦淫するものは死罪、せっ盗は盗物に応じて弁償させ、財の無いものは身を没して奴婢におとしたとされ、その余は軽重によって流罪あるいは杖罪としたことが記されている。またごうもんや訴訟の判定についても記している。

こういった記載は邪馬台的な段階の国家でも、統一部族国家でも、〈法〉的な概念が呪術的な宗教的な段階をすでに離脱して、公権力による刑罰法の概念に転化していることを物語っている。いずれも〈共同幻想〉としてかなり高度な段階にあったとみることができる。

この段階の〈法〉概念に対応している『古事記』の記載は、顕宗が災危にあって逃亡したとき、その乾飯を盗んだ豚飼の老人を、のちにアスカ河原に斬ってその一族どもの膝の筋を切ったという記載がはじめてであるといってよい。しかし『古事記』はすでに〈アマテラス〉と〈スサノオ〉の挿話の段階で、のちに〈天つ罪〉の概念に分類される〈法〉的な概念のプリミティヴな形を記している。〈スサノオ〉は〈アマテラス〉の料田の〈畔離ち〉、〈溝埋み〉、神殿の〈屎戸〉、所有馬の〈逆剝ぎ〉などをやってのける。またそれよりくだって仲哀の急死にさいして〈生剝〉、〈逆剝〉、〈畔離ち〉、〈溝埋〉、〈屎戸〉、〈上通下通婚〉、〈馬婚〉、〈牛婚〉、〈鶏婚〉、〈犬婚〉など、のちに〈天つ罪〉と〈国つ罪〉の概念にふりわけられる〈罪〉を国中（この国は邪馬台的な段階の国である）からもとめて清祓を行ったことが記されている。

これらの〈罪〉概念は〈法〉的には原始的な農耕法と家族法の概念に対応しているが、その〈罪〉概念自体が、呪術宗教的な段階をあまり離脱してはいない。だから『古事記』のなかで神代と初期天皇群の記載に共通に登場したとしても、この〈罪〉概念に対応する〈法〉はプリミティヴな〈国家〉の共同幻想にまで遡行する時間性をもっている。

またこれらの〈罪〉概念のうち、農耕に関する〈罪〉（天つ罪）は、清祓の対象であっても、同時に〈強盗〉のような他人の所有田の現実的な侵犯であるかぎり、魏志に記載する刑罰の対象ともなりえたはずのものである。このことは、おなじ所有田の侵犯でも、それが世襲的な宗教的王権の内部でかんがえられるとき清祓行為の対象であり、政治的権力の強制力としてかんがえられるとき現実的な刑罰の対象だという二重性をもったとみなすことができる。これにたいして『古事記』仲哀期に記された家族法（国つ罪）的な概念は、どんな意味でも現実的な刑罰の対象とはならない。ただ親子相姦や獣姦として清祓行為の対象となりうるのみであった。これらはいずれも〈兄弟〉と〈姉妹〉とのあいだの同世代の近親相姦を禁制するよりも前段階に相当しており、その意味ではプリミティヴな〈国家〉の発生よりもさらに以前に遡行できるものだといえよう。

こうみてくると魏志や隋書に記された邪馬台的な段階や、初期大和朝廷の段階でつかまれている〈法〉概念は『古事記』の神代や初期天皇期に記された〈法〉概念にくらべて、はるかに発達した段階にあるとみなすことができる。

ここでわたしたちは、おなじ田地の侵犯が世襲的な宗教的王権の内部でかんがえられる〈法〉概念と、政治的な権力の核に想定される〈法〉概念とでは、それぞれ相違していることになるという問題にであう。宗教的な王権の内部では田地の侵犯に類する行為は〈清祓〉の対象であるが、政治的権力の次元ではじっさいの刑罰に価する行為である。この同じ〈罪〉が二重性となってあらわれるところに、おそらく邪馬台的なあるいは初期天皇群的な〈国家〉における〈共同幻想〉の構成の特異さがあらわれている。もちろんこれは、王権の継承が呪術宗教的なもので、現世的な政治権力の掌握とすぐにおなじことを意味していない初期権力の二重構造に根ざすものであった。

現在、古代史の研究家たちにとって〈国家〉の起源という意味は、わが列島における統一部族国家の成立という意味に理解されている。だがこのばあい問題になるのは、はじめに〈国家〉の本質とはなにかが問われていないか、あるいは現象的にしか問われていないことである。すくなくともわたしたちのかんがえる〈国家〉本質にとって、邪馬台的な段階にあった〈国家〉群でさえ、比較的新しい〈国家〉にすぎないとしかいえない。まして、〈国家〉の起源をわが列島における統一部族国家の成立としてかんがえる問題意識は、とうてい理論的に首肯しえないものである。

いまこころみに神武から応神まで『古事記』の編者たちの勢力が、じぶんたちの直接の先祖に擬定した初期天皇群の和称の姓名をあげてみる。

カムヤマトイハレヒコ	神武
カムヌナカハミミ	綏靖
シキツヒコタマテミ	安寧
オホヤマトヒコスキトモ	懿徳

ミマツヒコカエシネ　孝昭
オホヤマトタラシヒコ　孝安
オホヤマトネコヒコフトニ　孝霊
オホヤマトネコヒコクニクル　孝元
ワカヤマトネコヒコオホヒヒ　開化
ミマキイリヒコイニエ　崇神
イクメイリヒコイサチ　垂仁
オホタラシヒコオシロワケ　景行
ワカタラシヒコ　成務
タラシナカツヒコ　仲哀
ホムタワケ（オホトモワケ）　応神

これらの呼び名にはかならずしも定型があるわけではないが、たとえば『隋書倭国伝』に「開皇二十年（六〇〇年—註）、倭王あり、姓は阿毎、字は多利思比孤、阿輩雞弥と号す。」とあるように、もし〈アマタラシヒコ〉という和称があったとすれば〈アマ〉が姓であり〈タラシヒコ〉がアザ名であるとみなすことができる。たとえば神武のばあい〈カムヤマト〉が姓であり〈イハレヒコ〉が名である。そして〈カムヤマト〉などということでつけたような姓はありえないとすれば、それは後になって〈神〉という概念と〈倭《ヤマト》〉という統一国家の呼称をつなぎあわせることにより、神統であり同時に国主であることをしめそうとして名付けられたものと考えることができる。そして〈イハレヒコ〉の〈イハレ〉はおそらく地名であり、この地名は出身地を語るか支配地を語るかは不明だとしても、〈イハ〉という地名と関係があると擬定された人物にちがいない。こうかんがえてゆくと、初期天皇の和名は〈ヒコ〉、〈ミミ〉、〈タマ〉、〈ワケ〉などを字名の中心的な呼称として、その最も前（ときには後）に姓をつけ、直前（あるいは直後）は、おそらく地名を冠しているのが一般的だということができよう。もちろん例外をもとめることもできる。

これらの姓名の解釈の詳細は古代史の研究家にまかせるとしても、これらの初期天皇群につけられた〈ヒコ〉、〈ミミ〉、〈タマ〉、〈ワケ〉などが、いずれも邪馬台的な段階と規模の〈国家〉群での諸国家の大官の呼称だという事実は、ここでとりあげるに価する。このうち〈ワケ〉は応神以後にあらわれるとしても、それ以外は魏志に記載された官名に一致している。たとえば〈ヒコ〉は魏志によれば、対馬国、一支国、など邪馬台から遠隔の国家の大官の呼称であり、〈ミミ〉は投馬国、〈タマ〉は不弥国の大官の名とされている。もちろんこれらの初期天皇が魏志を粉本にして創作されたといいたいわけでもないし、どれかの国家の支配者として実在したといいたいのでもない。現在の段階ではこういうことを断定するのはどんな意味でも不可能である。ただわたしたちは、初期天皇の名称から、その世襲的な宗教的王権の規模として、たかだか邪馬台的な段階と規模の〈国家〉しか想定していなかったことをいいたいだけだ。『古事記』の編者たちの世襲勢力が、かれらの直接の先祖として擬定した〈アマ〉氏の勢力は、大陸の騎馬民族の渡来勢力であったかどうかはわからない。おそらく魏志の記載した漁撈と農業と狩猟と農耕用具などの製作をいとなんでいた部族に関係をもつものであった。それにもかかわらず太古における農耕法的な〈法〉概念は〈アマ〉氏の名を冠せられ(天つ罪)、もっと層が旧いとかんがえられる婚姻法的な〈法〉概念は、土着的な古勢力のものになぞらえられている(国つ罪)。この矛盾は太古のプリミティヴな〈国家〉の〈共同幻想〉の構成を理解するのに混乱と不明瞭さをあたえている。これは幾重にも重層化されて混血されたとみられるわが民族の起源の解明を困難にしている。

さもあれ『古事記』の編者たちは、かれらの先祖を描きだすのに、たかだか魏志に記された邪馬台的な段階の一国家あるいは数国家の支配王権の規模しか想定できなかった。この事実は初期天皇群のうち実在の可能性をもつ人物がきわめて乏しかったにしろ、そうでなかったにしろ、かれらの直接の先祖たちの勢力が邪馬台的な段階の国家の規模しか占めていなかったのを暗示しているとおもえる。

後　記

本書の前半の部分は、昭和41年11月号から42年4月号までの『文芸』に掲載されたものに加筆訂正をくわえたものである。本書の後半の部分は、そのあとあたらしく書きくわえられたものである。

わたしはここで拠るべき原典をはじめからおわりまで『遠野物語』と『古事記』の二つに限って論をすすめた。もちろん『遠野物語』のかわりにべつの民譚集のすべてであってもよかったし、『古事記』のかわりに『日本書紀』でもよかった。じじつすべてを参照したい誘惑にかられたこともある。また、当りうる資料はおおければおおいほど正確な理解にちかづくというかんがえ方がありうるのをしっている。しかし、わたしがえらんだ方法はこの逆であった。方法的な考察にとっては、もっとも典型的な資料をはじめにえらんで、どこまで多角的にそれだけをふかくほりさげうるかということのほうがはるかに重要だとおもわれたのである。そこで『遠野物語』は、原始的あるいは未開的な幻想の現代的な修正（その幻想が現代に伝承されていることからくる必然的な修正）の資料の一典型としてよみ、『古事記』は種族の最古の神話的な資料の典型とみなし、この二つだけに徹底して対象をせばめることにした。

ところで、『遠野物語』にも『古事記』にもそれぞれ編者たちの問題意識の自然なあらわれとしてそれぞれの〈方法〉がつらぬかれている。そしてこれらの〈方法〉は、わたしの問題意識とはちがっているため、記載された内容について重点のおきかたが当然ちがっている。そのため引用にさいしては、わたしの問題意識にそって要約や読解や勝手な引用がなされた。ただし改ざんされていることはない。

本書では、やっと原始的なあるいは未開的な共同の幻想の在りかたからはじまって、〈国家〉の起源の形態となった共同の幻想にまでたどりついたところで考察はおわっている。つまり歴史的な時間になおしていえば、やっと数千年の以前までやってきたわけである。もちろんわたしのとった〈方法〉は現代的なものであるから、たんに本書の項目が歴史的な序列として読まれることを願っているわけではない。わたしは終始、わたしにとって切実な課題がわたし以外の人々にとって切実でないはずがないし、わたしにとって現代的な課題が、わたし以外の人々にとって現代的でないはずがないという確信をいだいてきた。それがうまく本書を読まれる人々に伝わってくれたらと願うだけである。

本書をかきすすめる過程で河出書房の杉山正樹、金田太郎その他の諸氏に、また本書の成立について寺田博その他の諸氏に、資料の蒐集その他でおおくの援助をうけた。また、まったく未知の人から探しもとめている資料を貸し与えられたこともある。きつい仕事であったが、それにしてもこれらの諸氏の支援がなかったらとかんがえると慄然とする。とくに記して感謝したい。

〈解　題〉

爆風のゆくえ

1

吉本隆明氏の著作は、現在のところ『言語にとって美とはなにか』（昭和四十年刊）、『共同幻想論』（昭和四十三年刊）、『心的現象論序説』（昭和四十六年刊）の三種によって代表されるものと考えられる。

なかでも本巻に収められた『共同幻想論』は、法、政治、国家、宗教等共同観念の総体を解明する機軸の追求に伴い多岐にわたるひろがりと、重層的綜合的な関係を内包し、現在なお緊急かつ現代的な問題性をもつ著書である。

『共同幻想論』の初出誌については、雑誌『文芸』（河出書房新社発行）昭和四十一年十一月号に「禁制論」が掲載され、つづいて「憑人論」「巫覡論」「巫女論」「他界論」「祭儀論」の順に昭和四十二年四月号まで連載された前半の六篇が初出であり、後半部の「母制論」「対幻想論」「罪責論」「規範論」「起源論」の五篇については書下ろしのうえ、「序」「後記」を附して昭和四十三年十二月五日、河出書房新社から単行本として発行された。

のち、『吉本隆明全著作集』に収録されるにあたり、本文校訂、引用文の確認等の作業と、「全著作集のための序」「解題」が加えられて昭和四十七年九月三十日、全著作集第十一巻として勁草書房から発行された。

初版発行以来、本書が本来的に持つ魅力によって根づよく読まれてきたとはいえ、新しい読者群を想定したこれというアピールもないままに十数年を経たことを考えると、このたびの角川文庫収録の意義は大きいだろう。著者自身、その意図にこたえてほとんど毎ページに綿密な訂補を加え、「角川文庫版のための序」を執筆した。また、中上健次氏の「解説」を収録するとともに新たな「解題」を附して刊行されるものである。たとえば水の精は、その本質はそのままにあるとき蛇身となりあるときは花木として表象するが、今日、若い読者が意匠にも重きをおくであろうことを思いあわせると、吉本氏の多くの著作中、本書が、文庫版としての最初の出版企画であることを銘記しておく要があるかもしれない。

底本については、単行本となった順序からも、勁草書房版『吉本隆明全著作集11思想論II 共同幻想論』の最新版を底本としたが、角川文庫収録による読者層の拡大と、とくにはじめて吉本氏の著書を手にされる若い読者をも想定して、著者は読み易い文章を心掛け念入りな訂補を行なった。そのため「禁制論」本文の第一行から著者校訂が実施され、ほとんどページごとに朱が加えられて論旨の徹底性と文体の緊密性が考慮された。

本書の構成内容あるいは成立事情と、底本設定についての概略は以上のとおりである。

2

本書『共同幻想論』でなにが行われ、それが『言語にとって美とはなにか』や『心的現象論序説』、その他の著作とどうかかわり、批評家たちからどう受けとめられ、そしてそれは人々とどういう関係にあり、現代にどう主張し、なぜ、いま賦活が要望されるのだろうか。

戦後二、三の友人と詩を語り、また古典を読んできた吉本氏は、戦後の解放感はまったくなかったといっているように、しだいにプロレタリア文学理論、プロレタリア文学運動との違和感を強めながら、大衆意識の基層に視点を据え、「大衆の原像をたえずみずからのなかに繰り込むという知識人の思想的な課題」を担い、「わたしたちは、ただ大衆の原像においてだけ現実的な思想をもちうる」(「情況とはなにか」)という頑強に揺るがない拠点を梃子として、世界的な視野から、独自に自律的な表現理論の創造を進めてきた。

——吉本さんの場合、表現という問題から入っていきまして、最初のモチーフとしては文学なら文学というものを根拠づけるというモチーフがあったけれども、それから出発して、いまはもっと問題が広がってきているわけですね。言語思想ということばを使われる。つまりいままで言語思想というふうな角度から、文化から政治に至る広い領域を煮つめようとした人は、私の知る限りはまずないと思うんです。つまり吉本さんの独自の新しい視点の設定だというふうに思うんです。そこで今度は、単に文学あるいは芸術というふうな範囲から文化の問題、国家・権力とかいうふうなところまで、言語思想ということを出発にしながら、さらに広がっていかれたと思うんですけれども、その広がっていく必然性についてはいまちょっと出ているんですが、その過程をもう少し詳しく話をしていただいた方がいいと思うんです。

だんだんこういうことがわかってきたということがあると思うんです。それは、いままで、文学理論は文学理論だ、政治思想は政治思想だ、経済学は経済学だ、そういうように、自分の中で一つの違った分野は違った範疇の問題として見えてきた問題があるでしょう。特に表現の問題でいえば、政治的な表現もあり、思想的な表現もあり、芸術的な表現もあるというふうに、個々ばらばらに見えていた問題が、大体統一的に見えるようになったというようなことがあると思うんです。

その統一する視点はなにかといいますと、すべて基本的には幻想領域であるということだと思うんです。なぜそれでは上部構造というようにいわないのか。上部構造といってもいいんだけれども、上部構造ということばには既成のいろいろな概念が付着していますから、つまり手あかがついていますから、あまり使いたくないし、使わないんですけれども、全幻想領域だというふうにつかめると思うんです。その中で全幻想領域というものの構造はどういうふうにしたらとらえられるかということなんです。どういう軸をもってくれば、全幻想領域の構造を解明する鍵がつかめるか。

僕の考えでは、一つは共同幻想ということの問題がある。つまり共同幻想の構造という問題がある。それが国家とか法とかいうような問題になると思います。

もう一つは、僕がそういうことばを使っているわけですけれども、対幻想、つまりペアになっている幻想ですね、そういう軸が一つある。それはいままでの概念でいえば家族論の問題であり、セックスの問題、つまり男女の関係の問題である。そういうものは大体対幻想という軸を設定すれば構造ははっきりする。

もう一つは自己幻想、あるいは個体の幻想でもいいですけれども、自己幻想という軸を設定すればいい。芸術理論、文学理論、文学分野というものはみんなそういうところにいく。

つまりそういう軸の内部構造と、表現された構造と、三つの軸の相互関係がどうなっているか、そういうことを解明していけば、全幻想領域の問題というものは解きうるわけだ、つまり解明できるはずだというふうになると思うんです。そういうふうに統一的にといいますか、ずっと全体の関連が見えるようになって、その一つとして、たとえば、自分がいままでやってきた文学理論の問題というのは、自己幻想の内的構造と表現の問題だったなというふうに、あらためて見られるところがあるわけです。そして、たとえば世の人々が家族論とか男女のセックスの問題とか、そういうふうにいっていた問題というのは、これは対幻想の問題なんだというふうにあらためて把握できる。それから一般に、政治とか国家とか、法律とか、あるいは宗教でもいいんですけれども、そういうふうにいわれてきた問題というものは、これは共同幻想の問題なんだなというふうに包括的につかめるところができてきた。(『共同幻想論』「序」)

ここに著者による『共同幻想論』のモチーフの一端が述べられているが、神津陽氏は、よく知られた『共同幻想論』の序で、吉本は、表現論の追求から行きついた全幻想領域（土台に対する上部構造の言い換え）の構造を、共同幻想（宗教、法、国家）、対幻想（家族、性関係）、自己幻想（芸術、文学分野一般）の三つの軸で区切ってみせた。そして全幻想領域（上部構造）は経済的範疇（土台）に対して相対的に独立しており、その内部に逆転も進化もあり、論理的（歴史累積を画する）水準を有するとされる。更に、文学、政治、思想表現をめぐる混乱は、それらが幻想領域内の問題であることを確認した上で、個—対—共同性域のいずれに属する問題かを区分し、各々の内部での検討を深めることにより止揚への糸口へ導かれることとなる。

右では、個—対—共同幻想の区分は全幻想領域における構造概念の区分である。しかし、吉本は「知識人—その思想的課題」（六六年十月）の講演では、自己（自己—自己、自己—他者）関係、対関係（ペアの性関係）、共同的関係（共同幻想を介した関係）の区分に従い、関係概念（を成立せしめる幻想区分）として右を用いている。

更に、島尾敏雄との対談「平和の中の主戦場」（「波」七七年十月号）では「人間の戦場は三つあるというのが僕の考え方なんです。一つは社会的あるいは世界的というか、つまり人々の問題です。もう一つは、まさにこの作品（「死の棘」──引用者註）のテーマになっている、夫婦でも家族でもそうですが、人間のセックス、男女の問題。三つ目は他人との関係ではなくて、人間の内面の問題です」として、人間の戦場、つまり生きたり戦ったり敗れたりする場の区分として、いわば実体概念に対応させて個―対―共同性（幻想）を捉えているのである。個―対―共同性（幻想）の三区分が、まず幻想構造内部での明瞭な本質的、論理的区分であり、かつ主体が自己や、対や、共同性に対し、参加する際の（幻想的）関係区分でもあり、更に人間が生き死にする場の区分としても適用されるとはどういうことか。極言すれば、人間の生は必ず身体と共に観念を合わせ持っており、一人か、二人か、三人以上の場で、関係し、考えるのだから、吉本の個―対―共同性区分は、人間の観念生活の、受感、表現、評価のすべてに適用されることになる。そして人間は必ず観念を持っているのだから、更に究極には全人間生活（の観念）を規定づけることにもなってしまう。（神津陽『吉本隆明試論〈戦後〉思想の超克』所収）

として、『共同幻想論』の全対象となっているところを客観的批判的に要約された。この意見に対応する著者の構想としては、「本質として対象とするばあい」において成立する共同幻想の現在性を次のように述べている。

共同幻想も人間がこの世界でとりうる態度がつくりだした観念の形態である。〈種族の父〉（Stamm-vater）も〈種族の母〉（Stamm-mutter）も〈トーテム〉も、たんなる〈習俗〉や〈神話〉も、〈宗教〉や〈法〉や〈国家〉とおなじように共同幻想のある表われ方であるということができよう。人間はしばしばじぶんの存在を圧殺するために、圧殺されることをしりながら、どうすることもできない必然にうながされてさまざまな負担をつくりだすことができる存在である。共同幻想もまたこの種の負担のひとつである。だから人間にとって共同幻想は個体の幻想と逆立する構造をもっている。そして共同幻想のうち男性または女性としての人間がうみだす幻想をここではとくに対幻想とよぶことにした。いずれにしてもわたしはここで共同幻想がとりうるさまざまな態様と関連をあきらかにしたいとかんがえた。

とうぜんおこりうる誤解をとりのぞくために一言すると、共同幻想という概念がなりたつのは人間の観念がつくりだした世界をただ本質として対象とするばあいにおいてのみである。この世界に観念だけで幽霊のように独立して存在しているものなどなにもないなどといわないでほしい。またすべての人間の観念は物質の関係の別名にほかならないなどといってもらってはこまるのである。その種の反撥はすでにわたし自身によって充分に反撥されたのちにこの試みはなされている。だからこの試みは本質論としてなりたつのである。そして物質論者や観念論者が本質論をもたない物質論や観念論としてしか存在しない現在、このような本質論は試みるにあたいすると確信している。(『共同幻想論』「序」)

さて、こんど新たに執筆された「角川文庫版のための序」でも、

この本の主題は国家が成立する以前のことをとり扱っているから、もともとは民俗学とか文化人類学とかが対象にする領域になっている。だが民俗学とか人類学とかが普通扱っているような主題の扱い方をとろうとはおもわなかった。また別の視方からは国家以前の国家のことを対象にしているから、国家学説の問題なのだが、そういうとり扱い方もとらなかった。また編成された宗教や道徳以前の土俗的な宗教や倫理のことを扱っていても、宗教学や倫理学のように主題をとり扱おうともかんがえなかった。ただ個人の幻想とは異った次元に想定される共同の幻想のさまざまな形態としてだけ、対象をとりあげようとおもったのである。

と書いている。著者による個人幻想、対《つい》幻想、共同幻想という幻想領域の三機軸のうち、共同的観念の特異性の検討に依然として「固執」して追求の鋒先を休めない。

これは、さいきん行われた岸田秀氏との対談でも、共同幻想理論の明確な解説に腐心しているさまがうかがわれる。

吉本　ぼくはそういうふうには使ってないわけです、ほんと言っちゃうと。個々の、つまり岸田さんの言う私的な幻想が集合したり、つまり加算的にプラスしたら、あるいは掛算したらば、それは集団的な幻想で、共同幻想だという意味合いは、ぼくの共同幻想という概念からは排除されている。

岸田　ないわけですか。

吉本　なくはない、実体としてはと言いますか、具体的にはあるんですけども、共同幻想、対幻想、自己幻想というふうに、いわば本質的に抽出しちゃった場合には、個々の私的な幻想がたくさん集まって共同幻想になるという面の共同幻想は、全部取っちゃって、残るものを共同幻想と言ってる。

岸田　そうすると、ぼくの共同幻想の概念のほうが広いわけですね。

吉本　広いというよりね……。

岸田　ぼくの考えでは共同幻想というのは私的幻想を含んでいるわけですね。その部分を排除したのが吉本さんの共同幻想。

吉本　そうです。実体的には排除してないんですけどね。それを岸田さんの方法に即して説明しますと、岸田さんの方法でぼくと違うなと思うのはそこなんです。具体的に言ったらばぼくが共同幻想という場合にも、そのなかに私的幻想のプラスしたものがちゃんと入ってる、同じです。だけども、論理を展開していって、共同幻想と対幻想と個人幻想と、明瞭に分離して言う場合の共同幻想といった場合には、もう明らかに、私的幻想の集合したものが共同幻想であるという面は全部捨象してあります。捨象しても残るものを共同幻想といってます。（対話「共同幻想について」『現代思想』一九八一年九月号）

さらに、自身の体系的な理論からみられる『共同幻想論』の位置について説明を加え、確認しようとしている。

それから一般に、政治とか国家とか、法律とか、あるいは宗教でもいいんですけれども、そういうふうにいわれてきた問題というものは、これは共同幻想の問題なんだなというふうに包括的につかめるところができてきた。だから、それらは相互関係と内部構造とをはっきりさせていけばいいわけなんだ、そういうことが問題なんだ、今度は問題意識がそういうふうになってきます。そうすると、お前の考えは非常にヘーゲル的ではないかという批判があると思います。しかし僕には前提がある。そういう幻想領域を扱うときには、幻想領域を幻想領域の内部構造として扱う場合には、下部構造、経済的な諸範疇というものは大体しりぞけることができるんだ、そういう前提があるんです。しりぞけるということは、無視するということではないんです。ある程度までしりぞけることができる。しりぞけますと、ある一つの反映とか模写じゃなくて、ある構造を介して幻想の問題に関係してくるというところまでしりぞけることができるという前提があるんです。

はっきりさせるために逆にいいますと、経済的諸範疇を取り扱う場合には幻想領域は捨象することができるわけです。捨てることができる。自己幻想がどうなっているかとか、共同幻想はどうなっているかということは大体捨象することができるわけです。

ところが、幻想的範疇をその構造において取り扱う場合には、少なくとも反映とか模写じゃなくて、ある構造を介して関係があるというところまでは経済的範疇というものはしりぞけることができる。そこまではしりぞくという前提があるんですよ。だから僕にいわせれば決してヘーゲル主義ではないんですけれども、そういうように統一的にといいますか、つかむ機軸が自分で見えてきたということで、おそらく僕なんかのやっている仕事がそういう形である意味で広がっているし、広がりながら関連はつくというふうになってきた。そういうところだと思いますね。(『共同幻想論』「序」)

右に関連するところで、菅孝行氏は次のように言っている。

吉本はもちろん「どんな擬制をもみちびきいれずに幻想しうる共同性の最高の水準が、現在の世界情況にあっても、いぜんとして国家本質である」と謂わば帰納的に結論しているだけであり、幻想の共同性の最高水準と国家本質とを等号で結んでいるわけではない。従ってそれはヘーゲルの国家観とは、どのように近接しても別のものではある。(菅孝行「吉本隆明論」『現代思想家論』第三文明社刊所収)

また、近年において、ヘーゲルとの差異を説明している吉本氏自身の講演「幻想論の根柢」(昭和五十三年五月二十八日同志社大学文学哲学研究会「翌檜」主催)があるので、講演の末尾全文を再録する。

ヘーゲルのかんがえた意志論のすべての領域は、うまく層に分けて関連性がつけられるならば、奇妙な形で理念に倫理的にしかかかわってゆけないとか、逆に無理に、倫理、道徳、人格の問題を捨象するとかいうことをしなくてすむのではないか、そうすることでヘーゲルの意志論は生かせるのではないかとみなしてきました。つまり、個人の意識（ぼくは「幻想」という言葉を使っていますが）個人の幻想に属する層と、対なる幻想、つまり個人が他の一人の個人と関係づけられるときにでてくる意識の領域、これはいってみれば、家族とか男女の性の世界ですけれど、そういう観念の層と、それから、国家とか法律とか社会とかに属する共同の観念の世界、共同の意志の世界というように、層に分離してその関連性をつけられれば、たぶんわれわれは共同の目的、意志と、個人の意志とのはざまに引き裂かれて苦悶するという、阿呆らしいことはしなくてもすむのではないか、そういう意味での倫理的なことは、解除されるのではないかとかんがえていったのです。

つまり、ヘーゲルが意志論や精神現象学という形でだしてきた領域の問題、つまり、そのなかにおける個人の実践的な意識と、それが社会の総体のなかででてくるもの、あるいは歴史の動向を決定してゆくものとしてでてゆくもの、つまり、共同の意志、共同の指向性とのあいだのギャップとか実現のされ無さ、因果関係の無さ、あるいは偶然性としてしかないあらわれ方にどう決着を与えられるかという問題は、依然として課題であるようにおもわれます。(『言葉という思想』「幻想論の根柢」弓立社刊)

3

一九六〇年以後において、わたしの〈書く〉という世界を誘惑したのは、この世界には思想的に解決されていない課題が総体との関連で存在しており、その解決はわたしにとって可能である問題を提起しているようにみえたという契機であった。わたしの〈書く〉という世界は変容し、〈時間〉との格闘に類するものとなった。(「なぜ書くか」『吉本隆明全著作集4　文学論I』所収)

一九六〇年以降、政治、思想、文学理論を一挙に転倒しようと意図したすさまじい意志的持続が、ここに格闘ということばによって象徴される。さらに、こんど新たに書かれた角川文庫版『言語にとって美とはなにか』あとがきの原稿をみると、表現における自由ということ、言語というものに関連して次のような一節がある。

二十年まえも現在も、わたしたちの文学や芸術は、さまざまな迷蒙にとり囲まれている。そしてそれとおなじくらいのさまざまな信仰にとり囲まれている。文学や芸術はそれ自体が迷蒙や信仰と異質なそれと独立した領域であり、なによりも自由に入りそして自由に出ることができるものだ。そのあいだに捨てるもの、拾うもの、洗滌されるもの、積もるもの、などさまざまな体験が言語やイメージの領域を通りすぎる。この眼に視えない受容の体験のメカニズムを、ただ言語ということだけから始めて、解き明かそうと企てたのがこの本である。これはじっさいは無謀な企てににて、しばしば立ち竦んだが、それだけに終ったとき達成感もおおきかった。はじめてこの本を手にされる読者を想定して、この達成感まで伝えられたらと願う。

一九八一年十一月二十五日　　　　著者

この部分について、『言語にとって美とはなにか』本文によって解説的な補強の役目を担ってもらうこととするならば、

サルトルは『存在と無』（松浪信三郎訳）のなかで、価値について「さらに価値は、その存在において、『欠如を蒙むる全体』であり、個々の存在はそれへ向か

って自己を存在させる。価値は、一つの存在にとって、この存在がまったくの偶然性として『あるところのものである』かぎりにおいてではなく、この存在が自己自身の無化の根拠であるかぎりにおいて、出現する。その意味で、価値は、この存在が存在するかぎりにおいてではなく、この存在が自己を根拠づけるかぎりにおいて、この存在につきまとう。要するに、価値は『自由』につきまとう。」とかいているが、もしも、サルトルの哲学観を、真の意味でふんでおくとするならば、この価値概念はおおきな、示唆をあたえている。わたしが言語の価値を意識の自己表出からみられた言語の全体とかんがえてきたものは、サルトルの「欠如を蒙る全体」にあたっている。

各時代とともに連続的に転化する自己表出のなかから、おびただしく変化し、継続し、ゆれうごく現在的な社会と言語の指示性とのたたかいをみているとき、価値をみているのである。そして、言語にとっての美である文学が、マルクスのいうように「人間の本質力が対象的に展開された富」のひとつとして、かんがえられるものとすれば、言語の表現はわたしたちの本質力が現在的社会とたたかいながら創りあげている成果、または、たたかわれたあとに残されたものである。

(『言語にとって美とはなにか』「第Ⅱ章　言語の属性」)

と言っているのが想起されもするのである。十一月二十五日の日付をもつ『言語にとって美とはなにか』の「あとがき」と『共同幻想論』「序」のコピーを本日十二月三日角川書店が送ってくれたのでさっそく読んでいるが、いちめん回想と感慨を伴って書かれている「序」と「あとがき」に即しながらはじめての読者の参考までに言えば、十一月二十五日は、じつは吉本隆明氏の誕生日（一九二四年）であった。

『心的現象論序説』の意義については、森山公夫氏の総括をお借りしてここに提示しておきたい。

「一切の知的作業を、更に言えば知的解体作業を、より根元的に進めようとする限り、わたし達は常にこの心的領域の構造という問題にぶつかり、その点に関するなんらかの解答を得ない限り前へ進み得ない、ということを体験する。……「わたしはここで現象学とも悪しき唯物論ともちがった仕方で、〈観念論か唯物論か〉という二元的な問題のたて方を超えてみたい。そのために必要な原則は、ただ〈自然過程〉に属するものを、ことごとく〈自然過程〉に還元し、なんらかの意味で〈自然過程〉がとうてい結果的解釈としかかんがえられない心的現象のありうることをとりあげればよいようにおもわれる。」（『心的現象論序説』「I

心的世界の叙述」)

近代的二元論は、基本的には、物対意識の二元論であったと考えられる。唯物論も現象学も共に、二元論を超えたと称しながら、実は夫々、基本的に物ないし意識の立場に立つことにより、二元論のわく内にあったと云える。わたし達が、この両者に感ずるあるどうしようもない欠落は、ここに帰因すると云えよう。……ともあれ、吉本が一切の思想的重みをこめて文芸批評の独立性を確立しようとした時、言語の考察から心的現象の考察へとつき進まざるを得なかったように、今日一切の知的作業は、心理学等のより直接的なものから、自然科学のようなより遠隔な領域のものまでをも含めて、より根元的に進もうとする限り、一旦は心的領域の構造問題へと収斂せざるをえないのではないだろうか。とりわけ、この歴史の曲り角に立ち、一切の「知」がその有効性を問いただされている現代のこの地点にあって、この行為をなしにすますことは許されないとわたしは思える。(森山公夫「〈思想的自立〉と〈心的領域の定立〉」『吉本隆明を〈読む〉』所収)

吉本氏の考察が現代的な問題性をもち、重層化される要因としては、思想に関わってきた内容とともに、強固な志を高く掲げてどこまでも持続する態度の問題がある。

鮎川信夫氏は、吉本氏との対談でその点に関連してマルクス、フロイト、アメリカのハンナ・アレント等とならべて、ユダヤ的思想家の態度というふうに粘着的な独立性をとりあげて評している。

吉本　だから、若いときっていうのは、精神的な意味でもいろんな意味でもきつい。いまがきついから、だからもうちっといい加減齢くってきたら、なんかゆとりが……

鮎川　ゆとりなんて言葉を聞くのはちょっと珍しいね（笑）。

吉本　なんとなく眺望がきいてゆとりが出ることがどっかであるはずじゃないかっていうふうに思ってきましたけどね。どうも、いま考えているところでは、人間ていうのはそういうふうにできてねえんじゃないか、だんだんきつくなるっていうふうにしかできてねえんじゃないか。

鮎川　きみの場合はそうだよ（笑）。ほかの人は楽になるかもしれないけど、きみの場合はね、年々きつくなるんじゃないかね。

吉本　やることなすことみんなそういう感じで、もう参ったっていう感じはいつでもつきまとって、若いころはそう思っていなかったから、これは全くの誤算だったなっていう感じですね。

鮎川　いや、きみの場合はね、自分の言葉がすごく重荷になると思う、だんだんに。アラブの諺があるんだけど、言葉っていうのは、黙っているうちは自分が言葉の主人だ、だけどいったん口に出しちゃうと言葉のほうが自分の主人になるっていうのがある。きみの場合は出す言葉がかなりものすごいからね（笑）。だから、きみがいかに強靭な神経をもっていても、相当の重荷になってくるっていう気がする。で忘れないもの。ほかの人の場合は忘れてもらえるよ、かなり。またまずい場合は忘れてもらえるようにしか書いてないよな。だけど、きみはね、もうまずかろうがなんだろうが、人は憶えてるからね。ちょっとまあ、あんまり逃れようと思ってももう駄目だ、すでに手おくれだと思うけどね（笑）。

吉本　どうでしょうかね、その、だんだんきつくなるってことは普遍的なんじゃないですか。そうでもないでしょうかね。

鮎川　ユダヤ人はそうじゃないからね。周囲に恃むものがないから、結局、自らの思想によって立つ以外に立ちようがない。あとは金ですよ。だから金で立つ人間になるか思想で立つ人間になる以外にユダヤ人には生きる道がない。だけど、きみの場合はやっぱり、ひとつには、西欧思想のそういう系統の思想から影響を受けたってこともあるかもしれないし、それから、もともとサイエンティフィックな思考のトレーニングが、ふつうの文学者に比べたらあるってこともあるし、まあいろんな条件が重なって、ちょっと類がない思想体系ができたんじゃないか

と思うんだけどね。（『思想の根源から』「意志と自然」青土社刊）

4

ここでまず、全般的な吉本隆明研究史を見てみることとすれば、栗坪良樹氏の公平な概観があり、べつに、戦後三十年を経た「現代」に力点を置き、強い問題意識に裏付けられた助川徳是氏の論にも学ぶべきところが多い。また、栗坪氏の吉本案内と同様な趣旨の吉本批評史展望として、日高昭二氏の力作「吉本隆明論概説」（『吉本隆明・江藤淳』〈日本文学研究資料叢書　有精堂刊〉所収）がある。

研究史の展望　本格的な吉本論として、まず小林一喜『吉本隆明論』（田畑書店、昭43。増補改訂版、昭45）を挙げねばなるまい。本書は〈観念左翼〉としての吉本が〈常識家である大衆（庶民）との背反現象〉をいかにアウフヘーベンしたかという観点を主軸に、吉本と小林秀雄の自意識、神山茂夫の国家論、三浦つとむの言語論などとのからみ合いを総合的に論じて、吉本研究の礎石を築いた。次いで遠丸立『吉本隆明論』（仮面社、昭44）が、「マチウ書試論」を原点に「近親憎悪と階級憎悪」の観点を設定、白川正芳『吉本隆明論』（永井出版企画、昭46）が、さらにこの観点を深化させた。さらに、磯田光一が、三島由紀夫と吉本とを対極に位置づけて、その出自と文学主題の発生を観念的に模索した『吉本隆明論』（審美社、昭45）を著した。河野信子『吉本隆明論』（母岩社、昭48）は、「言語にとって美とはなにか」「共同幻想論」を熟読吟味、これを中心に吉本の批評主体に迫ろうとしている。中村文昭『吉本隆明』（イザラ書房、昭48）は、若い世代の吉本受容を、明確に位置づけた論考で、吉本と父親、吉本と宮沢賢治、吉本とマルクスの思想的確執を捉えて出色である。中村に象徴されるごとく、六〇年安保以後に学生生活を送った世代の吉本体験が、愛憎こもごも結実しつつある。菅孝行・岡庭昇の諸論（菅孝行『吉本隆明論』第三文明社、昭48）はこの典型に属す。〈冬の詩人とその詩〉という副題をもつ宮城賢の『吉本隆明』（国文社、昭48）は、詩人吉本を論じて重厚である。北川透『熱ある方位』（思潮社、昭51）に所収された〈吉本隆明〉論は、欠かせぬ文献である。また、例えば、『思想の流儀と原則』（勁草書房、昭51）などの〈吉本隆明対談集〉の類に、対話の相手として登場する人々の吉本観は、その都度見落せない。また、吉本の国家論・言語論・世代論に中心を置いて編集した『吉本隆明をどうとらえるか』（芳賀書店、昭45）には、北川透・片岡啓治・時枝誠記など八人の論文を集めてあり、一読を要する。（栗坪良樹）（『日本近代文学研究必携』学燈社刊）

五四年から五八年までに執筆した評論一六編を集めた『芸術的抵抗と挫折』

（未来社、五九・二）所収の「『民主主義文学』批判」（初出は武井昭夫との共著『文学者の戦争責任』淡路書房、五六）で戦後出発した民主主義文学の誤謬と頽廃を衝き、「マチウ書試論」では既成キリスト教思想を徹底的に批判するとともに、ある情況における〈関係の絶対性〉のなかで思想を自立させることの意味を追求した。さらに『抒情の論理』（未来社、五九・六）をへて、『異端と正系』（六〇・五）では、その三分の一が、「不許芸人入山門」（『読売新聞』五九・一・一二）のころに始まる対花田清輝論争にしめられ、文学的前衛を以て任ずる花田を、転向ファシストと規定し、花田の吉本に対する規定である大衆路線論者を切りかえし注目をあつめた。六〇年、六月行動委員会に参加し、共産主義者同盟下に「一兵卒」として安保闘争を闘った彼は『擬制の終焉』（現代思潮社、六二・六）において、進歩的文化主義の名で彩られた日共イデオローグに代表される擬制の終焉を告げ、自らの課題を「反動的思想の体験を否定的に媒介するという逆方向から」の「日本人論」「日本革命論」（「頽発への誘い」）と決めた。この方向は『模写と鏡』（春秋社、六四・一二）の「丸山真男論」（『一橋大学新聞』六二・一〜六三・二）などでの知識人論に継がれ、彼の前期の達成である『言語にとって美とはなにか』（第Ⅰ巻六五・五、第Ⅱ巻六五・一〇、勁草書房）によって古典的左翼思想を超克する足がかりをつかんだ。ここで、彼は時枝誠記の言語過程説、三浦つとむの日本語論に負いながら、それらを批判し、言語における〈指示表出〉と〈自己表出〉の二重の本質を指摘し、とくに「対象に対する意識の問題を文学において検討」しようという独創的な文学理論を開拓した。さらに『カール・マルクス』（試行出版社、六六・一二）をへて、『共同幻想論』（河出書房新社、六八・一二）では日本人論を展開し、日本人の原初的な心性としての〈禁制〉を論じ、家族の本質をなす〈対幻想〉が〈共同幻想〉としての国家に転化する過程を論じて彼の国家論を定立した。（助川徳是）（『現代作家辞典』東京堂出版刊）

松尾瞭氏は、『共同幻想論』の要の部分を次のように見ておられる。また、菅孝行氏『吉本隆明論』は、視野のひろい多面的な問題をはらみながら、正攻法の批判を展開しているのが注目される。松岡俊吉氏には、一冊全部を『共同幻想論』の考究に充てた『吉本隆明論「共同幻想論」ノート』がある。

共同幻想《きょうどうげんそう》

経済的諸範疇（下部構造）に対する幻想領域（上部構造）を幻想領域の内部構造として解明しようとするとき、吉本隆明は三つの軸を設定する。一つは文学や芸術において示される個的幻想であり、一つは家族や性の問題で示される対幻想であり、もう一つが政治・国家・法・宗教の問題として示される共同幻想である。吉本は、たとえば、この共同性を装った幻想の一態様としての日本国家、個々の人間の幻想性の総和としての日本国家についてその起源・構造等を原理的に考察することによって日本における大衆の問題、政治運動の問題を根源的に把握しなおそうとする。ところで、このように宗教・法・国家を幻想的な共同性として理解するしかたはマルクスの初期論文「ユダヤ人問題によせて」「ヘーゲル法哲学批判」に示されていると吉本はいう。（松尾瞭）（『文芸用語の基礎知識』至文堂刊）

さらに、初期『試行』の吉本氏の文学運動に関わり、かつ『吉本隆明論』の著書もある磯田光一氏の論旨にきいておきたい。

『共同幻想論』のはらんでいる起爆力は、おそらく次の二つの局面をもつのである。

その一つは、天皇制の神話そのものを相対化しつくしてしまうであろうということである。それは『情況』所収の「異族の論理」に見られるように、古代国家の流動性という観点から、日本のナショナリズムそのものをやがて相対化しつくしてしまうであろう。また、祭儀的なタブーから法規範の成立をあとづける試みは、やがてその延長上に、近代国家の法規範の特性をも対象化してしまうであろう。また、こういう内在的な対象化という経路を通ることなしには、天皇制国家への復讐はけっして達成されえないことも明らかである。

しかし『共同幻想論』は、それが普遍的な原理論であるという点で、もう一つの現実適応力をもつのである。なぜなら、言語的表現にあらわれるイデオロギーの位相は、その表現者の生活的位相と必ずしも一致しない。というより、その生活的位相はしばしば集団的なタブーを作るのである。タブー破り＝裏切者という形をとってあらわれる党派性の根拠もまた、実質的には幻想の共同性に由来する。

……………………

ここにいう「禁制」が既成政党の画一的な内部統制としてあらわれ、黙契が知識人の党派性を暗黙のうちに支えていることはいうまでもない。そしてそれを支える心性は、日本的共同体の、あるいは天皇制の残像のもたらしたところの、陰湿な風土につながっている。ここにおいて「党派」という共同幻想からの脱皮が「自立」と呼ばれ、その条件として、自然過程としての大衆離脱とは逆に、意識過程として〝大衆の原像を思想に繰りこむこと〟が要請されるのは当然であった。

この観点に関するかぎり、私はほとんど異存がないし、吉本のいう〃普遍ロマンチシズム〃の破却という位相においては、私もまた文学の領域で、そのことに努めてきたつもりである。そしてまた『共同幻想論』が、いまやブームと化している土着主義や復古主義とは、まったく異質の発想で書かれていることはいうまでもあるまい。(『吉本隆明論』「幻想としての人間(2)」審美社刊)

それでは、思想家吉本隆明氏はどのような位置に在るのであろうか。戦後思想史における吉本隆明の全体を論ずる前提として、神津陽氏は次のようなアプローチを試みたのであった。

情況への目配り、守備範囲の広さ、執拗な理論探究、全著作集三十巻(II期刊行予定を含む)に及ぶ筆力等のどの指標をとっても、戦後日本で最も多くの読者をもつ大批評家であるといってよい。

吉本隆明を大批評家といっても、彼は一時代前の小林秀雄の如く、単独で文芸批評界に君臨してきたわけではない。吉本は、「荒地」等の詩誌は別としても、「現代評論」「現代批評」、更に「試行」に至るまで、情況批評の持場を〃同人〃として確保せんとしてきたのであるが、幸か不幸か唯一人、残ってしまった。また、『本居宣長』へ至りつく文学評論の正統派たる小林秀雄と比す時、文学、政治、思想のジャンルを取り払って、時代と伴走する尖端的発言の傍ら、幻想論体系の構築をもなしてきたという点で際立っている。吉本隆明の諸表現が、文学青年に留まらず、いわゆる六〇年安保闘争から全共闘運動に至る行動者、政治青年たちをも吸引してきたということは看過すべきことではない。これら幾時代かの青年学生層が主読者層をなして批評家(というよりむしろ思想家)吉本隆明を支えてきたのであるし、吉本の側も文筆を介しての限定的な作業であれ、彼らの観念にテレパシーを送り、現状へ導く指針を示してきたのである。

…………

吉本隆明は、戦前を、戦争を、そして戦後を生きてきた。〈戦後〉は、誰にも伝わらぬと心の中で反芻してきた体の吉本の思想をネガからポジへ押し上げた。体験は失せ、だが表現は残り、私には吉本は死魚の腐臭に満ちた〈戦後〉という淵に、なす術もなく佇んでいるように見える。誰もが、時代を見失っている今、誰が吉本の変貌をあげつらうことができようか。私は、吉本個人の表現史を批評しようと思わぬ。〈戦後〉の拡散と死の逆説的指標として、止揚への作業に途をつけたいと考えているだけだ。(『吉本隆明試論 〈戦後〉思想の超克』流動出版刊)

吉本氏は自らの志向するところを、編集者との対話で次のように率直に述べていて、それは謙虚でもあり、印象的である。

吉本　僕は学問という領域の外にありましたから、いってみれば、非学問の場所から学問をみることになるとおもうのです。非学問の場所というのは、いろいろな意味あいがあるでしょうがいくつか挙げますと、ひとつは総合性というものをいつも頭においている場所だという気がします。僕らが非学問とかんがえている場所の特色は、いつも総合性ということが潜在的な課題としてあるということです。もうひとつは現実的なことで、いつでも大衆的な現象、現実の文化現象にたえず接触してそこから脅かされたり、波を受けたりしている場所だとおもいます。つまり、現在性というものの現象的な波を絶えずかぶっている場所です。そういう場所からの意見だというのを前提においてくれないと、僕などが学問について何か云うのはちゃんちゃらおかしいということになります。じぶんでもそうおもうくらいですから、他人からみたらなおさらそうだとおもうのです。そのうえで、ヨーロッパと日本とか、広く外国と日本ということがどうかんがえられるか

（「批評と学問」『現代思想』一九八〇年四月号）

が本来的であり、アカデミックな訓詁の学を専らとするのでなく、総合性と現在性の両面から検討を進めるところに自己の本領を構想している。

文学史的なあるいは思想史的な位置付けを試みようとすれば、吉本氏が創造活動の対象としたところは、比較すべき業蹟、拠るべき理論が皆無だという理由で、何と何との間に位置し、どこがマイナスであり、どこがプラスであるかは容易には論じてみようがない。柄谷行人、蓮實重彦両氏の対談「文学・言語・制度」(『現代思想』「特集現代芸術の思想」一九七七年五月号)で、蓮實氏は、吉本氏が「日本文学のなかでもっている必然性を、当時は誰も理解できないような形で出てきた」のであり、狂い咲きで出てくる、狂い咲きというか、ほとんどその必然性がないところへ、全存在的なアンガージュマンとして登場したというふうに語っている。

そうしてみれば、「角川文庫版あとがき」(『言語にとって美とはなにか』)でも、わたしはもっとすすんだ足場のうえに綜合された言語の芸術論を展開してみたい衝迫をおぼえるが、現在のわたしの力量では、まだこの本の内容を全面的に超えることができないでいる。もちろんわたし以外の人がそうしてくれてもいいのである。

と述べているが、思想、政治、文学、芸術についての根源的な検討を志す人にとっては、当面吉本氏を理論的に超えない限り、展望は開けず、前進も困難であると思われる。

読者の野心と、研鑽に期待されるゆえんである。

また、別に掲載するように俊秀の手に成る吉本研究の単行本と論稿は、驚くべき多数に及んでいるが、吉本氏を理論的に凌駕した著者はまだ見あたらない。意図したところを超える者の出現は、著者にとっても願望とおもわれるが、理論として本質的に超えた者はまだ残念ながら出ていないようである。

菅孝行氏によれば、

　吉本が二十代中期から三十代のはじめにかけて書きついできた詩の文体には、後に吉本が構築する論理の世界の構造の端緒が、ほとんどまるごとはらまれているのではないか、と思われる。つながってみえるものがどのようにゆきはぐれてゆき、切り離されてみえるものが、どこで交わるか、その切断面や接点に、吉本の詩のことばは異様にとぎすまされた感覚をみなぎらせている。

とされているが、幻想論の体系の胚胎もまた、すでに『初期ノート』に感じられるのである。

僕は一つの基底を持つ。基底にかへらう。そこではあらゆる学説、芸術の本質、諸分野が同じ光線によつて貫かれてゐる。そこでは一切は価値の決定のためではなく、原理の照明のために存在してゐる。

…………心理の諸映像を論理に写像すること。これが僕の現在の主題だ。思考を鍛化する操作だ。

…………僕は度々正義の味方になることを強制せられた。だが僕には常に一つの抑制があつて、正義といふやうな曖昧なものに与することを願はなかつた。それはひとつの知心とも言ふべきもので、僕が何を欲するかといふことを通じて、人間が如何なるものかを知らうとする心があつた。そして最も主要なるものは最もかくされてゐることを信じてゐた。…………

現実は膜を隔てて僕の精神に反映する。この膜は曲者だ。言はばそれは僕の精神と現実との間にある断層の象徴としてあるわけだが……。この断層は僕の生理に由因するかどうか。

僕には未だどうしても現実の構造がわかつてゐないらしい。(『初期ノート』)

このように幻想論体系をある意味で予告もし通底もする発想が、一九五〇年春までに小学生の使うような粗末なノート数冊に書かれていた事実がある。世界的水準と言われたりする独自の表現理論は一時的な思いつきの結果ではまったくないわけで、後掲の主著との関連はもちろんのこと、長期にわたる忍耐づよい積み重ねの成果であることが理解できる。理論の深化、研鑽の方法化を可能にする資質の問題も十分考えられるだろうが、資質の問題を特殊視することよりは、何よりも努力の積み重ねの具体的な姿をこそ注意すべきである。

さらに、『初期ノート』の長大なあとがきでもある一九七〇年五月に書かれた「過去についての自註」には、次のような注目すべき記述がある。

戦後、わたしは、どんな解放感もあたえられたことはない。聖書があり、資本論があり、文学青年の多聞にもれず、ランボオとかマラルメとかいう小林秀雄からうけた知識の範囲内での薄手な傾斜があり、仏典と日本古典の影響があった。戦争直後のこれらの彷徨の過程で、わたしのひそかな自己批判があったとすれば、じぶんは世界認識の方法についての学に、戦争中、とりついたことがなかったという点にあった。おれは世界史の視野を獲るような、どんな方法も学んでこなかったということであった。ひそかに経済学や哲学の雑読をはじめたのはそれからであり、わたしは、スミスからマルクスにいたる古典経済学の主著は、戦後、数年のうちに当っている。いま、それらのうち知識としては、何も残っていないといって過言ではない。このような考え方、このような認識方法が、世の中にはあったのか、という驚きを除いては。これは、すべて自己自身に向けられたときの驚きであり、自己批判であって、すくなくともわたしは戦争期の自己について、他に向って自己卑下や弁解をすべき負い目を何も持っていない。

思想、文学運動の前進をめざす総合雑誌『試行』は、東京都文京区の吉本隆明氏宅に置かれる試行社が編集発行所となっていて、現在五十七号まで発行された。吉本氏の問題意識を考える場合、運動体としての『試行』を無視できないが、幸い駒尺喜美氏の解説文があるので引用することを許されたい。

「試行」しこう　思想、文芸雑誌。昭和三六・九〜。編集責任者吉本隆明。「試行」同人会発行。隔月刊とのタテマエだが、これまでのところでは、だいたい一年に多くて四回、少なくて二回、平均三回発行というところである。創刊のための言葉は谷川雁、村上一郎、吉本の連名によって発表されたが、その後谷川は八号まで、村上は一〇号までで誌上から消えた。昭和三九年六月第一一号からは吉本の単独編集となった。が、これは吉本の個人雑誌ではなく、また固定した同人制による雑誌でもない。主として直接講読、直接寄稿によって維持されている。その創刊号の言葉によると、「無名の思想を自立せしめることよりほかに、権力を否定する権力への道などありうるはずがない」との自覚と主張によって出発したものである。上の言葉にうかがえるように、「試行」発行の試みは、一つには権力を否定するための思想形成の運動として、二つにはジャーナリズムへの抵抗運動としてなされたものといえる。直接講読、直接寄稿とは、読者と執筆者の交流を濃密に保つため、さらにはその一体化を理想とするものであって、意識的にディス・コミュニケーションの方法をとっているのである。

既成左翼を痛烈に批判した吉本の主宰する雑誌だけに、商業マス・コミはもちろんのこと左翼官僚マス・コミへの批判、権威否定を強く打出している。「如何なる既成の文学・思想運動にも従属しない」（一一号所載『後記』）ことを主眼にしているだけに、独自の発想による論が多く、毎号筆をとっている吉本、三浦つとむをはじめ内村剛介ら強力な書き手の顔がみられる。依頼原稿いっさいなしであくまでも自発的寄稿、それも当人の本質的な問題意識に基づいたもののみを載せたいとしているだけに、長編力作がそろっている。吉本『言語にとって美とはなにか』『心的現象論』、桶谷秀昭『保田与重郎論』、磯田光一『比較転向論序説』、梶木剛『芥川龍之介の位相をめぐって』など意欲的なものが多い。(駒尺喜美)
(日本近代文学館編『日本近代文学大事典 第五巻』講談社刊)

ここに述べられている意見は、雑誌『試行』の性格について定説と見なされる。『試行』のほとんど各号に掲載される吉本氏の「情況への発言」は、自他を風化させない方法として、歯に衣着せぬ厳しさをもって情勢論を展開し、他者への仮借ない反批判や自身の思想的核心を率直に表明しているが、「情況への発言」はまた表現手段を異にする「共同幻想論」の一環であると言える。

読者を魅惑的な世界へひきこむあの鮮烈な文体——三島由紀夫が絶讃したもの——についていえば、独得の迫力と、ふと痛烈な諧謔とを伴って聳立する生新溌溂たる文章の源泉、来歴は謎につつまれたままである。

5

この項目は資料篇となるが、「われわれの思考形態の全分野にわたって考察を拡げ」ていると埴谷雄高氏が後述の対談で発言されているように、関与する領域は極めて多面的であるから、著者の実像を把握することは困難であるとしても、本来はただ吉本思想をどう読むかという読者の読みとりにのみかかわる問題である。

このたびは、著者の全体像に触れることとされた本書の解題であるから、読者の便宜のため、吉本隆明を単一に論じて一書を成したもの、吉本特集号の雑誌および吉本氏の主著と目されるものを資料として次に掲げる。

単行本

小林一喜 吉本隆明論 昭43・11・14 田畑書店 278頁
小林一喜 吉本隆明論増補改訂版 45・6・10 田畑書店 326頁
遠丸立 吉本隆明論 44・3・20 仮面社 366頁
遠丸立 増補吉本隆明論 47・7・1 思潮社 453頁
北川透・片岡啓治他 吉本隆明をどうとらえるか 45・11・20 芳賀書店 278頁

白川正芳　吉本隆明論　46・1・30　永井出版企画　244頁
磯田光一　吉本隆明論　46・10・16　審美社　262頁
河野信子　吉本隆明論　日本思想家文庫1　48・3・20　母岩社　264頁
中村文昭　吉本隆明　48・4・30　イザラ書房　358頁
菅孝行　吉本隆明論　48・9・10　第三文明社　252頁
宮城賢　吉本隆明◆冬の詩人とその詩　48・11・15　国文社　252頁
松岡俊吉　吉本隆明論「共同幻想論」ノート　52・5・20　弓立社　269頁
上村武男　吉本隆明手稿　53・3・25　弓立社　142頁
久保隆　吉本隆明ノート　54・7・15　JCA出版　141頁
神津陽　吉本隆明試論〈戦後〉思想の超克　55・9・25　流動出版株式会社　254頁
日本文学研究資料刊行会　吉本隆明・江藤淳　日本文学研究資料叢書　55・11・10
　有精堂出版株式会社　322頁
埴谷雄高・樺山紘一他　吉本隆明を〈読む〉　55・11・25　現代企画室　285頁
川端要壽　堕ちよ！　さらば―吉本隆明と私―　56・6・1　檸檬社　284頁
吉田裕　吉本隆明とブランショ　56・8・28　弓立社　270頁

＊

村瀬学にちえおくれや自閉症児の心性を追求した『初期心的現象の世界――理解

のおくれの本質を考える』(56・6・10　大和書房　320頁)という労作があり、「解説」を吉本隆明が書いている。この書の存在もここに付け加えておきたい。

雑誌特集号

詩組織　特集・批評の批評／吉本隆明批判　昭和35・9・10　第二巻第二号・第五号　ぶうめらんぐの会

現代詩手帖　特集2／吉本隆明の詩と現実　37・5・1　第五巻第五号　思潮社

三田文学　特集・吉本隆明　43・8・1　第五十五巻第八号　三田文学会

現代詩手帖　小特集＝吉本隆明　44・3・1　第十二巻第三号　思潮社

解釈と鑑賞　戦後世代の文学―安部公房・大江健三郎・吉本隆明―　44・9・1　第三十四巻第十号　至文堂

構造　特集　吉本隆明論　45・12・1　第九巻第十二号　経済構造社

国文学　特集　吉本隆明―文学と思想　46・7・20　第十六巻第九号　学燈社

ピエロタ　特集＝吉本隆明の文学と思想の論理　46・12・1　第十三号　母岩社

流動　特集　吉本隆明をどう粉砕するか　47・3・1　第四巻第三号　株式会社流動

現代詩手帖　8月臨時増刊　吉本隆明　47・8・5　第十五巻第九号　思潮社
解釈と鑑賞　特集・吉本隆明と江藤淳　48・10・1　第三十八巻第十三号　至文堂
週刊読書人　特集・吉本隆明へのアプローチ　48・10・22　第一〇〇〇号　株式会社読書人
ユリイカ　特別企画　吉本隆明の心理を分析する　49・4・1　第六巻第四号　青土社
現代思想　特集＝吉本隆明・その思想的主題と核心　49・10・1　第二巻第九号　青土社
現代の眼　特集〈自立〉とは何であったか　49・11・1　第十五巻第十一号　現代評論社
国文学　特集　吉本隆明と大岡信　50・9・20　第二十巻第十一号　学燈社
流動　特集　体験としての吉本隆明　53・3・1　第十巻第三号　流動出版株式会社
表象　吉本隆明氏に聞く――小林秀雄をめぐって――　53・10・10　第六号　表象編集委員会
解釈と鑑賞　第二特集　吉本隆明の現在　54・7・1　第四十四巻第八号　至文堂
現代詩手帖　特集・吉本隆明の「解読」　55・3・1　第二十三巻第三号　思潮社

全作家　特別企画　吉本隆明の文学とその軌跡　55・5・1　第五号　櫂書房
国文学　特集　吉本隆明―世界認識の現在　56・3・20　第二十六巻第四号　学燈社
現代詩手帖　特集　鮎川信夫と吉本隆明　56・7・1　第二十四巻第七号　思潮社

主　著

吉本隆明詩集　昭和33・1　ユリイカ　38・1　思潮社
高村光太郎増補決定版　45・8　春秋社
擬制の終焉　37・6　現代思潮社
初期ノート増補版　45・8　試行出版部
模写と鏡増補版　43・11　春秋社
言語にとって美とはなにか　第Ⅰ巻　40・5　第Ⅱ巻　40・10　勁草書房
自立の思想的拠点　41・10　徳間書店
カール・マルクス　41・12　試行出版部
共同幻想論　43・12　河出書房新社
源実朝　46・8　筑摩書房

心的現象論序説 46・9 北洋社
詩的乾坤 49・9 国文社
書物の解体学 50・4 中央公論社
吉本隆明新詩集第二版 56・11 試行出版部
増補最後の親鸞 56・7 春秋社
初期歌謡論 52・6 河出書房新社
戦後詩史論 53・9 大和書房
悲劇の解読 54・12 筑摩書房
世界認識の方法 55・6 中央公論社
言葉という思想 56・1 弓立社
吉本隆明全著作集全15巻 43・10〜50・12 勁草書房
吉本隆明全著作集（続）全15巻（うち3巻刊行）53・4〜53・12 勁草書房

さきに挙げた単行本著者や、この解題で引用させていただいた方々のほか、注目すべき吉本隆明論の執筆者に、
桶谷秀昭 高橋和巳 鶴見俊輔 大熊信行 橋川文三 清岡卓行 大江健三郎
梶木剛 奥野健男 月村敏行 谷川雁 村上一郎 北川透 篠田浩一郎 芹沢俊

介　島尾敏雄　出口裕弘　松本健一　三浦雅士　菅谷規矩雄

等の諸氏があり、批判的評家として、

岡庭昇　津村喬　花田清輝　武井昭夫　安永寿延　片岡啓治　小野田襄二　太田竜　竹中労　大久保忠利　田川建三　権田萬治　黒田寛一　平岡正明　亀井秀雄　宮本忠雄　山口昌男

等の諸氏がある。ほかに、数多い対談集が公刊されたがそこでの対談者の吉本評も逸することのできない資料である。

また、論文、時評等においてなされた批評家諸氏による関連批評のたぐいは、厖大な量であるからいま列挙するの煩に堪えない。

かさねて言うが、もしもこの文庫本を手にとって吉本隆明氏の著作をはじめて読む若い読者があるとすれば、わたしは、必ずあのすさまじい吉本氏の刻苦勉励を超えてくれることを期待する。雑念を去って己れが直面する問題の研究に執着されることを望む。そのための角川文庫版収録の趣旨であると念じたいし、「ねばりにねばる耐久力」と『心的現象論序説』の「はしがき」で自らを励まして言った吉本氏の努力を鏡として、氏を凌駕する努力を一度はしてみることも青春の日にこそ可能である。それはまた、知的な青春にとってさわやかな遊びではないか。全力的に打ち込んだ深化の持続によって、学問、芸術の未到の沃野へ進まれることを期待する。
次代は、まったく若い人に委ねられた世界である。

6

世界思想というような位置から検討を進められた吉本氏の三部作、とくに『共同幻想論』について、角川文庫版としてのしめくくりを行い、賦活すべきことがあれば、現代への賦活を考える段階へたどりついたようだ。このような領域に関連する前提的視座として、先ず著者がみずからの構想力展開の態度をどう要約しようとしているかを見てみよう。

本質的にいいますと、僕はあなたのおっしゃる、さまざまの潮流があり、さまざまの思想があり、さまざまの対立があり、矛盾があり、それに伴ういろいろな課題が現にあるというような、そういうことはあまり問題にしていないわけです。僕は『言語にとって美とはなにか』というようなものを準備し、そしてつくり、というようなときから、なにか目に見えない思想的あるいは文学、芸術的対立といいますか、アンチテーゼみたいなものとして僕が見てきているものは、もっと違うというか、日本のことじゃないんですよ、いわば世界思想の領域でそういうことを考えていると思うんです。だから、そういう意味だったらば、いま日本の現状はこうなっている、こうなっているというようなことは、あまり僕には問題にならないというふうに思うんですよ。

それだけれども、そうばかりいっていられないという面があるのは、つまりそんなことをいっていても、やはり人間は働き、金をとり、それで生きているということがうそでないように、そうでなければ生きていないように、やはりそういう次元では問題になるじゃないか、せざるをえないじゃないか、そういうことはあると思うんです。だから、そういう次元ではさまざまな、つまりロシヤ・マルクス主義をあたかも普遍性であるかのごときことをいっているのに対しては、それはだめなんじゃないかというようなアンチテーゼも出しますし、もうそんなことは再現されるわけがないよ、戦争が終わると同時に過ぎ去ったものだよというふうに思えるものに対してまたアンチテーゼを出したい気持もありますしね。そういうさまざまな反応というのはそういう意味では起こりえますけれども、なにか本来的には問題はそんなことじゃないんだというんでしょうか、世界思想というような分野で問題がどうなのか、そういうことが問題なんだ、そういう意識が僕にとっては非常に本来的ですね。ただ、食べて生きているのが疑えないように、そういうものがあるというのは疑えない。だからそれに対してどうだこうだというあれもあるというような、批判もあれば意見もあるというような、そういうことは確かにあるのですけれども、そういうことが別に生産的だというふうに思っているわけでもないんです。（『共同幻想論』「序」）

「吉本隆明作品論」欄の『共同幻想論』の項で、長谷川龍生氏は次のように言う。

「祭儀論」から、いよいよ本論は「古事記」に焦点を合わされていくが、やはり、ここでは、独自の天皇制論が展開されているようにおもう。つまり、祭儀が支配的な規範力に転化する秘密を、契機論として提出している。この共同規範としての性格分析はまことに鋭い。

そして最後に「規範論」「起源論」に於いて、日本国家形成の裏がわに役立っている共同幻想の構成力について、具体的な論理を展開している。ここでは国家の起源という意味についても、〈国家〉本質が執拗に追究されている。吉本隆明の〈共同幻想論〉を起点として掘りおこされている諸問題は、遡行力の弱い歴史観のイメージでは到底把握されることはないであろう。

それと同時に、現代に於ける個の幻想論の存在が交錯してくるところに重大な鍵があるようである。（『国文学』昭和五十年九月号）

吉本氏とミッシェル・フーコー氏の対談「世界認識の方法――マルクス主義をどう始末するか」は、蓮實重彥氏の通訳により東京虎ノ門福田家で行われたが、対談録の終わりの部分でフーコー氏は次のように発言している。

どうか、吉本さんの書物が、フランス語なり、あるいは英語なりに紹介されますよう、そのことを強く希望いたしますし、あるいはそうでなければ、また東京でなり、あるいはパリでなり、あるいは手紙というような形で、この同じような主題を扱っておられる吉本さんと、いろいろな意見を交換できたならば、うれしいと思います。こうしたお話をうかがえることは、私ども西欧人にとって、大そう貴重な体験であり、かつまた必要不可欠なことでもあるからです。

特に、現代の政治的な体験といったような問題を、お互いに語り合ってみたりするということは、それで私の延命が可能になるというにとどまらず、これからいろいろなものを考えていく場合に、非常に貴重な示唆になるのではないかと思います。(通訳　蓮實重彥)(一九七八年四月二十五日　虎ノ門福田家にて)(『海』一九七八年七月号)

柄谷氏は、つねに犀利な方法意識によって批評活動をつづけられているが、フーコーに関連して次のような意見を提出されたことがある。

しかし、問題はその先にある。先日来日したミッシェル・フーコーにとって、暴力的なものはまさにそのような「理性」である。しかし、彼のいうことを理解することはできても、それを肌で感ずることは困難であろう。フーコーと吉本隆明の対談「世界認識の方法」(海)は、このような行きちがいを理論的なレベルで示している。吉本氏にとって、法あるいは国家は、〝共同幻想〟の一部である。それは、フロイトにおいて、意識が心的なものの一部であるのに似ている。ところが、フーコーにとって、法とは理性であり、あるいは言語である。国家を批判するためには、西洋的なロゴスそのものの内在的な批判に向かわねばならないのである。

日本人にとって、法はいつも表層的な「サル芝居」でしかない。たとえば、ウォーターゲート事件の「違法」に対してアメリカ人が本気で憤慨するように、ロッキード事件に憤慨している日本人がいるとは思えない。どんなに騒いでも、すぐに忘れてしまうだろう。どうせ権力者は悪いことをやっているにきまっているのだからというわけだ。つまり、日本の権力を支えている論理は、「理性」ではなく、それが表層でしかないような〝共同幻想〟なのであり、言語化されない論理なのである。それを明確にすることが、吉本氏の課題であった。

吉本隆明とフーコーの対談のなかに、私はいわば哲学的に語られた「東京裁判」があるような気がする。そこでは、吉本隆明の「日本」批判とフーコーの「西洋」批判がかみあわないままにとどまっている。だが、そこからわれわれはさまざまな問題を考えることができるはずである。（柄谷行人『反文学論』「法について」冬樹社刊）

青木茂雄氏は、柄谷氏の所論と交響するがごとくに当面の課題を次のように提示する。

『共同幻想論』は発表された当時大きな反響を呼んだ。当時、支配的思想であったマルクス主義に対する事実、大きな反措定であったからである。当時のマルクス主義のレベルでは、仮りに経済決定論はとらなかったとしても、観念領域の問題は、上部構造から下部構造への反作用とか、上部構造の相対的独立性とか、主体的決断とか言うのが精一杯だった。ところが、吉本は『共同幻想論』の中で、上部構造という言葉のかわりに「幻想領域」という言葉を使い、しかも、「幻想領域」を扱うときには経済学的なカテゴリーは捨象し得ると大胆に主張したのだった。これは観念論への後戻りではないのかという受けとり方が多かったのも当然だった。

あれから一〇年以上たつが、未だにこの吉本の考えに根底的な批判を加えた人間は一人もいない。そして、この「対幻想」——「共同幻想」の問題は未だに私たちの眼前に、解かれるべき課題として横たわっている。しかも、この『共同幻想論』は「共同幻想」の展開としてはきわめて不十分であり、その後の吉本もこの領域に関しては、問題の指摘を二、三おこなったにすぎない。いや、その課題は後に続く私たちに課せられているといってよいであろう。

残された課題は何かということを最後に確認しておきたい。

第一に、「国家」を本質的に明らかにすることである。言い換えるならば、諸個人の国家的な結合の水準、諸個人が国家を形成する契機を明らかにすることである。諸個人の結合の水準の問題としては「共同幻想」は有効な概念である。私たちが「国家」を「国会議事堂」とか「軍隊」とか「官僚」とか「国土」とかに実体化させて考えるという誤りに陥らなければ、国家とは人間の観念が共同的に産出したものにほかならないことは自明である。国家論が私たちにとっての課題であるのは、資本主義国だけではなく、社会主義国もまた、民族国家の行動様式を未だ止揚していないからであり、古典マルクス主義にとっても主要課題であった「国家の死滅」が現実には全くの死語と化しているのは誰の目にも明らかであるからだ。私たちには、また別種の作業が課せられていると言ってよいだろう。第二に、「制度」とか「社会」とか「階級」とかの既存の社会理論のカテゴリーを明らかにすること。それらの言葉があたかもそれに「ことだま」が宿るかのように流通してきたのがこれまでの社会理論をめぐる状況ではなかったのか。それらのカテゴリーは「共同幻想」の視点からまた新たな光をあてられるべきであると私は思う。（青木茂雄「対幻想と共同幻想」『別冊宝島18 現代思想のキーワード』）

人間の全幻想領域にわたる前人未踏の理論創造を、総括することが要求されれば、埴谷雄高氏、石尾芳久氏の評言のように要約されるだろう。

戦後文学の意味と可能性をテーマとする奥野健男氏との対談で、埴谷雄高氏は次のように語っている。

埴谷　それで、吉本隆明に僕達は感心するんですね。吉本君は、通常の原理論の水準を超えた仕事をやっている。こういう仕事が日本に現われたということに僕達はびっくりした。しかも、吉本隆明はわれわれの思考形態の全分野にわたって考察を拡げに拡げていて、こんなことは、ほんとに底力のうんとある人でなければできない。

……もちろん、あの頃からすぐれていたけれども、日本の水準ですぐれていると思っていたわけですね。ところが、どうも世界的水準になってきた。

……時間がかかれば、吾国の思考法のかなりの部分まで（海外においても―引用者註）知られると思うけれど、吉本隆明がこんなに絶えず大きくなりつづけるとは思わなかったな。まねることはうまいけれども、思索の独創性は吾国になかなかないと思っていたから。一口に継承、批判、超える、と言っても、なかなかできないんだけど、吉本君は確かに超えた。（対談「〈戦後文学〉の精神と身体」『週刊読書人』昭和五十六年一月五日号）

石尾氏は、

支配の精神的契機が物質的契機とともに極めて重要な問題であることを認める点において、マックス・ウェーバーの支配の正当性――「正当性の信仰」と吉本隆明氏の「共同幻想」とは、深く交叉するところがあると考えられる。

として、『共同幻想論』に対する厳密な論証を試みた「支配の正当性と共同幻想」で、次のような結論に達している。

本書が国家思想の起源の究明という全く未開拓の分野に関する先駆的な研究であることは、縷説を要しない。民衆の情念を浮彫にした美しい叙事詩でもある。しかも、ウェーバーの提起した理論との間に右述したような相違が存することは、明白であり、それが何を意味するかを検討することは、今後の国制史、思想史の探求における重要な課題であることを確信している。（石尾芳久「支配の正当性と共同幻想」『吉本隆明を〈読む〉』現代企画室刊所収）

ここに、石尾芳久氏の論稿の所在を紹介する機会を得、また、吉本隆明氏の御健在をお祈りして解題の結びとしたい。

川上春雄

〈解　説〉

性としての国家

吉本隆明の詩句がほんの一節心の中を横切る時がある。これは私が気の利いた科白ずきのせいでもまた文学カブレの時代を持ったからでもない。丁度、何か大事な物の核心をズバリと突かれた、それで以降、後がないという状況になった時、不意に心の中を横断するという形である。

ぼくが真実を口にするとほとんど全世界を凍らせるだろうという妄想によって　ぼくは廃人であるそうだ（廃人の歌）

吉本隆明のこの詩句に出会った時も、さらに集中的に詩作を読んだ時も圧倒的な共感と共に何よりもこれだけは本当の事だと保証できるという認識だった。吉本氏は鮎川信夫や中桐雅夫と同じ「荒地」の詩人の一人だが、現代詩の情況を抜きにして何よりもその詩を読む者の顔を鮮明に浮かび上がらせる。この詩句の場合もそうである。まず人がこんなふうに歌う事が不思議だ、まるでこれは俺の姿じゃないか、という感

う妄想によって　ぼくは廃人であるそうだ》
　Aを照射し強引に突き放してしまうB、という用語法は、詩人の発語の熱狂と急激に白み沈思してしまう姿を浮きあがらせ、それが年若い頃の読者を浮き上がらせる。Bにおける、《という妄想によって》は話者は誰なのだろうか、という問がわく。が《ぼく》ではなく、《ぼく》が《誰か》に《という妄想によつて　廃人であるそうだ》と断定されたのを目にしたという往復する構造になっている趣きがあるが、この詩句は吉本氏の思考の骨格をも表わしていると映る。

　人間はもともと社会的人間なのではない。孤立した、自由に食べそして考えて生活している〈個人〉でありたかったにもかかわらず、不可避的に〈社会〉の共同性をつくりだしてしまったのである。そして、いったんつくりだされてしまった〈社会〉の共同性は、それをつくりだしたそれぞれの〈個人〉にとって、大なり小なり桎梏や矛盾や虚偽として作用するものだということができる。
　それゆえ〈社会〉の共同性のなかでは、〈個人〉の心的な世界は〈逆立〉した人間というカテゴリーだけ存在するということができる。そして、この〈逆立〉したという意味は、単に心的な世界を実在するかのように行使し、身体はただ抽象的な身体一般であるかのように行使するというばかりではなく、人間存在としても桎梏や矛盾や虚偽としてしか〈社会〉の共同性に参加することはできないということを意味している。〈社会〉の共同性のなかでは、〈個人〉は自分の労力を、心情を、あるいは知識を、財貨を、権威を、その他さまざまなものを行使することができる。しかし、彼（彼女）が人間としての人間性の根源的な総体を発現することはできないのだということは先験的である。この先験性が消滅するためには、社会の共同性（現在ではさまざまな形態をとった国家とか法とかに最もラジカルにあらわれている）そのものが消滅するほかないということもまた先験的である。（個人・家族・社会）

さらにこの吉本氏の骨格は次のようにも出現する。

意識は意識的存在以外の何ものでもないというマルクスの措定は存在は意識がなければ意識的存在であり得ないという逆措定を含む。

吉本氏の批評を支える核心に一見主知的な、人間主義的な熱意が、《ぼくが真実を口にすると　ほとんど全世界を凍らせるだろう》というAを対照化するBを用意するという手の動きとしてひそむのが分かる。その主知も人間も《逆立》しているのである。詩句のとおり《という妄想によって　ぼくは廃人であるそうだ》である。

吉本氏の著作はそれが出版される度に強い喚起力を持って読者を魅きつけるのは単に吉本氏が戦後日本の思想的文学的営為を代表する思想家のみならず優れて現代的に詩人であり、それが『言語にとって美とはなにか』『源実朝論』『初期歌謡論』という言語について、あるいは自己表出をめぐって書く動機になっているのであるが、ここに『共同幻想論』を導入することによって、実のところ小説家（詩人）が自覚して考える事はことごとく考えられているのだということをまず言っておく。しかも徹底してである。吉本氏が『言語にとって美とはなにか』で計ろうとした事は自己表出（人間主義的な）論の中心的展開であるが、先の引用で見たように、それは《逆立》としてあらわれ、小林秀雄風の自己表出ではなく別の《廃人》の自己表出が、姿を現わしてくる。《廃人》とはここで比喩的に言えば、文学は既に死滅していると追認した文学者と言えるだろうか。

正直一九六八年に現われそれから十三年後一九八一年暮の今に改めて読み直してみて、文学は、この『共同幻想論』一冊で息の根をとめられていたのだと気づくのである。では何故、いままで文学者は小説を書きつづけこれからも書こうとするのか、『共同幻想論』を読みながらそう思い、なにはともあれなにものかの過剰さ、あらゆるところ至るところに遍在しことごとくを組織し包摂する物語の過剰さに眼を瞑って身をまかすしかないと思うのである。『共同幻想論』が、文学の息の根をとめたと思うのは、共同幻想、対幻想、自己幻想の三つを大胆に提出した事にそもそも始まるが、物語とは、まず共同幻想、対幻想に存在する遠近法から遁走し、人間の手から遁走し、かきならして何よりも物語が延命策として輪舞する。

この『共同幻想論』は禁制論から起源論に亘る十一章に分かれているが、原初的な共同幻想から国家の起源に至る共同幻想まで論じたこれは、まず禁制論から展開されるのである。

対幻想についてこう書く。

　フロイトは人間の〈性〉的な劇をまったく個人の心的なあるいは生理的な世界のものとみなした。このかんがえには疑問がある。ごくひかえめに見積っても、この〈性〉的な劇を〈制度〉のような共同世界にまでむすびつけようとするときには疑問がある。そこで人間の〈性〉的な劇の世界は、個人と他の個人とが出遇う世界に属するもので、たんに個体に固有な世界ではないとかんがえるべきである。

『共同幻想論』がまず張りつめた叙事的美しさによって描き込まれた一巻の書物である前に、読者の眼に開示するのはマルクスとフロイトに対する解釈と措定（及び反措定）という形に映るのである。氏の対幻想とはフロイトの性的な劇を《個人の心的なあるいは生理的な世界》に結びつけた事からずらす操作から生れ出た画期だと語る事が出来る。《個人の心的、生理的な世界》は《廃人》の眼には《怖れの対象そのものが同時につよい執着や願望の対象でもあるという側面は、心の奥のほうにしまいこまれることを見つけだしていった》と映るのである。

《個人の心的なあるいは生理的な世界》とは取りもなおさず他者からの抑圧にあり、その他者の質が問い直されここで〈対なる幻想〉として現われると措定するのである。さらにその恐れの本質を原始社会の禁制《タブー》に適用し、恐れが拡大されたもの、言わば物語化されたものとして共同性を獲得し、村落共同体の他律的生理として禁制《タブー》として生長してゆく過程をとらえるのである。禁制《タブー》は他律的であり、さらに自律的なものとして対幻想の禁欲を同時に孕む事になる。レヴィ＝ストロースならこう言うところである。《仮に禁止の根源が自然の中にあるにしても、しかし我々にそれが了解できるのは、ただもっぱらその限界によって、すなわち社会的規則としてでしかない》。レヴィ＝ストロースは禁止（禁制《タブー》）とは自然から文化への移行に従って達成されるものとしている。ここに性の禁制が存立した。ただ吉本氏は性＝婚姻とは取らず、それ故婚姻がどうしても孕んでしまう（性の）交換に言及するのを避けるが、とりあえず禁制は存立し、それ故に、共同幻想、対幻想の二つはあやうい緊張した関係として広がっていくのである。

『遠野物語』から引用して次のように書く。

遠野のある長者の娘が、雲がくれして数年もたった後、おなじ村の猟師が山の奥で、その娘にあった。おどろいて、どうしてこんな処にいるのかと問うと、或る者にさらわれていまはその妻になっている。子供もたくさん生んだけれど、夫が食べてしまってじぶん一人である。じぶんはここで一生涯を送るけれど、ひとにはいわないでくれ、おまえも危いからはやく帰った方がいいといった。

（『遠野物語』）

『遠野物語』の山人譚がわたしたちにリアリティをあたえるのは、民俗学的な興味を刺戟されるからではなく、心的な体験にひっかかってくるものがあるからである。この心的な体験のリアリティという観点から、山人譚の〈恐怖の共同性〉を抽出してみれば（禁制論）

として、(1)〈入眠幻覚〉の恐怖、(2)〈出離〉の心的な体験、という二つを取り出す。《女はじぶんを禁制をやぶったよそものとしてかんがえ、ふたたび村に戻れないのだというたてまえで、いつも距離をおいて村の猟師に対する》と、『遠野物語』を読む吉本氏にはここに《廃人》の眼があるとしか言いようがない。というのも、私は、吉本氏も生きるアジア的共同体の特徴を述べたマルクスの言葉を思い出すからである。《(種族及び共同体の)所有は多くの場合、小さな共同体内部の工業と農業の結合によってつくり出され、そしてこの小さな共同体は全く自給自足的になり、また生産と剰余生産の一切の諸条件をそれ自身の中に持っている》というアジア的な共同体があり、女は禁止によって確立した性(婚姻)の制度、つまり文化からの逸脱と同時に生産と剰余生産からの逸脱もおかしてしまっているのである。さらに引用すれば、《タイラーの『原始文化』やフレーザーの『金枝篇』をまつまでもなく、未明の時代や場所の住民にとって、共同の禁制でむすばれた共同体の外の土地や異族は、なにかわからない未知の恐怖がつきまとう異空間であった。心の体験としてみれば、ほとんど他界にひとしいものであった。それが『遠野物語』の山人のように巨人に象徴されても、小人や有尾人に象徴されても、住民の世界感覚に村落の共同性からへだてられた他郷は、異空間にひとしかったであろう。それでも心の禁制をやぶって出奔するものも、そういう事情も、現実にあったということを、この種の山人譚は暗示しているようにおもわれる》（禁制論）とアジア的共同体から他のアジア的共同体への出奔をとき、想像をめぐらせる時、巨人・小人・有尾人という語彙そのものが作り出す物語化、幻想化の働きと共に吉本氏の著述が張りのある叙事詩を含み、遠野が根源的な始源として現出してくるのを目にする思いがわく。もちろん、ここに顕われた根源的始源とは、事実存在したかどうか分からぬ始源でもなければ現実の幕藩体制下の一東北農村遠野でもなく、つまり根源的始源としての物語としての遠野である。事実認識に立てば遠野とは《タイラーの『原始文化』やフレーザーの『金枝篇』をまつまでもなく、未明の時代や場所》でもなくアジアの幾層もの歴史と文化が積み重なり農耕的アジア的に変容した農村である。ただ重要なのはタイラーやフレーザーがかいま見させる原始社会の禁制と遠野という農村的共同体における村落の禁制の差異ではなく、辛うじてのぞけるものをのぞくという吉本氏の《廃人》の眼の活躍である。それこそが〈物語〉であるという衝動が私にある。

> 生活資料たとえば、土器や装飾品や武器や狩猟、漁撈具などしかのこされなくても、その時代に〈国家〉が存在しなかった根拠にはならない。なぜなら〈国家〉の本質は〈共同幻想〉であり、どんな物的な構成体でもないからである。論理的にかんがえられるかぎりでは、同母の〈兄弟〉と〈姉妹〉のあいだの婚姻が、

最初に禁制になった村落社会では〈国家〉は存在する可能性をもったということができる。（起源論）

ここでも間違えてはいけないのは《廃人》の眼の動きである。兄妹間の婚姻が最初に禁制になったことすなわち国家の誕生ではなく、《A国家は存在する》《B可能性をもったということができる》という事である。確かにそうである。国家は共同幻想でありいかなる物的構成体でもないが、では、いつ国家になるのか。兄弟と姉妹の婚姻の禁止とはつまり交換の確定であり、〈外婚制の顕現化であり〉相互制の原理の確定であるが、部族や村落はいつ〈国家〉になるのか？

吉本氏は、Aを照射するB、という《廃人》の眼の骨格を利用しながら、じりじりと〈国家〉を追いつめていく。

人間が動物とおなじような〈性〉的な自然行為を〈対なる幻想〉として心的に疎外し、自立させてはじめて、動物とはちがった共同性（家族）を獲得したのである。人間にとって〈性〉の問題が幻想の領域に滲入したとき、男・女のあいだの〈性〉的な自然行為とたとえ矛盾しても、また桎梏や制約になっても、不可避的に男女の〈対なる幻想〉が現実にとれるすべての態様があらわれるようになった。

さらにこうもある。

一対の男・女のあいだに性交が禁止されるためには、個々の男・女に禁止の意識が存在しなければならない。そしてこの禁止の意識は〈対なる幻想〉の存在を前提としている。〈対なる幻想〉は性的なものであっても、性交的なものとかぎらないことは、人間の性交が動物的なものであっても、同時に観念的（愛とか憎悪とか）でありうるのとおなじであり、おなじ程度においてである。（母制論）

ここで重要なのは人間にとって〈性〉の問題が幻想の領域に参与したとき（対幻想として疎外した時）共同性が獲得され、それがさらに禁制を浮かび上がらせ強固にする共同幻想に至るという点である。対幻想が共同幻想（国家幻想）に至る道は一歩の距離だということである。

吉本氏は性的タブーそのものに近親相姦的結びつきへの可能性がある事を前提としている。共同体のワク内における性的禁止は農村村落的なアジア的な読解に偏向しながら時代的な影響の下に発生している禁制の向こうにあるものをさぐろうとする。ただ《対なる幻想は〈性〉的なものであっても、性交的なものとかぎらない》という措定は両刃の剣のようである。というのは性的なものとすることによってまたもや主知的な人間主義的な形に論考が傾斜し始める気がするが、《一対の男・女のあいだに性交が禁止されるためには、個々の男・女に禁止の意識が存在しなければならない》というのを、意識は存在によって決定されるという大前提を前にして読みこむと、制度として浮かび上がってくる国家の起源が見える。

しかし、狐が女に化けるこの話は、たんに〈狐化け〉の民譚のありふれた一例ではない。炭焼きの男たちはここで、じぶんの〈性〉的な対象だとおもっている女が、じつは共同幻想の象徴である〈狐〉にかわるという場面にであって驚くのである。ひとりの男は女が〈狐〉の化身であることを信じ、ひとりの男はあくまでも女であるとかんがえる。じっさいには女は対幻想の象徴であるとともに共同幻想の象徴でもあるが、同時に両方であることはできない。だからひとりの男のほうがかならず間違っていることになる。わたしのかんがえではこの民譚のなかには〈いづな使い〉がさらに高度になってゆくための機序が象徴されている。この民譚では〈狐〉が〈女〉に化けていて、殺されたあとでもとの〈狐〉のすがたにかえることが語られている。いわば〈狐〉と〈女〉との霊力的な相互転換が象徴的にのべられているのだ。これは、村落の共同幻想の象徴のなかに、はじめて〈女〉が登場し、共同幻想の構造と位相に、あらたな要素がくわわるのを意味しているとおもえる。日本民俗学はこういう問題に、きわめて通俗的な見解を流布している。（巫覡論）

この部分の吉本氏の指摘から充分私は物語作者を挑発する声を聴き取る。文学はやはり死滅しているのである。民俗学ではなく物語でここでは他界＝異界から来訪した異類（別種共同体及び異者）と共同体員との構造が眼につくが、彼方と此処の性差で浮き上がるのは、農村的なアジア的な性の疎外機構をもった共同体のその特殊性である。

ある種の〈日本的〉な作家や思想家は、よく西欧には一神教的な伝統があるが、日本には多神教的なあるいは、汎神教的な伝統しかないなどと安っぽいことを流布している。もちろん、でたらめをいいふらしているだけである。一神教的か多神教的か汎神教的かというのは、フロイトやヤスパースなどがよくつかう概念でいえば〈文化圏〉のある段階と位相を象徴していても、それ自体はべつに宗教的風土の特質をあらわしてはいない。〈神〉がフォイエルバッハのいうように至上物におしあげられた自己意識の別名であっても、マルクスのいうように物質の倒像であっても、このばあいにはどうでもよい。ただ自己幻想かまたは共同幻想の象徴にしかすぎないということだけが重要なのだ。そして人間は文化の時代的状況のなかで、いいかえれば歴史的現存性を前提として、自己幻想と共同幻想とに参加してゆくのである。（同右）

吉本氏はここでは彼方と此処の神を横断しているのである。神とは共同幻想や自己幻想の産物であって、そこと此処の実質的な差異は存在しないという前提に立ち、《一神教的か多神教的か汎神教的か》は《〈文化圏〉のある段階と位相を象徴してい》るという横断につながる。ここでも文学の死滅の光景を目撃しないだろうか。もちろんここで使われる《一神教的な伝統》《多神教的な伝統》という物の言い方は《安っぽ》く《でたらめ》ではある。伝統などというものに何ほどの意味もないし或る種の作家や思想家がそのような伝統に自己の世界が根ざしていると大まじめに考えて物を発しているなら愚劣きわまりないが、ただ一神教・多神教の差異が共同幻想、自己幻想の横断によって解読されるかというと吉本氏の指示だけが明確に浮かび上がりマルクスが言ったアジア社会論はどう処理するのか、と思い、共同幻想、自己幻想というタームの中に、生産力の諸形態がずらされ性からときおこした様々な幻想論（観念論）だったことに気づかされて読者は突き放されるような気がするだろうが、吉本氏は、ここでは、レヴィ＝ストロースのようにこう言っているのである。《これらすべての形態のあいだには、程度の差、本性の差、一般性の差があるが、種差はない。それらの形態の共通の基底を理解するには、世界のあれこれの特別の地域、あるいは文明史上あれこれの時代へ、というよりむしろ、人間精神の一定の基本構造へ向かわねばならないのである》。ここでも自己幻想、共同幻想に貼りつき動きを掬いとる物語なるものがあふれ、さらに共同幻想、自己幻想が物語の起承転結のように振舞いながらとりあえず名づけるなら構造を取り出し、その一神教や多神教の伝統世界の構造すらも〈共同幻想〉〈自己幻想〉として再構築する。明治以来この方文学が呻吟したのが、一神教・多神教間の差異ならここでも吉本氏はただ文学の死滅をこそ言っていると映るのである。

ここでは吉本氏は横断する思想、たとえばフーコーに似ていると言える。

例えば福島県石川郡沢田村では「わか」というのがおるが、盲女がこれになる。大神宮、稲荷などを祀り、歌をうたって神仏を勇める。村人は今もこれを信仰して、病気その他の困難を生じた場合に、家に招き、口寄をして貰う。それには一座の中央に、石臼の穴に柳の枝を立て、また青竹の弓を紙につけて握り、空の飯櫃の上にひかえて、かやの棒でその弦を「ボロンボロン」とはたく。そして「ハヤモドレ、ハヤモドレ」といい、日本国中の神々の名を呼び上げ、あるいは死者の名を呼ぶ。そのうちにこれらが乗りうつって「わか」の体は振動し、人々の向いにおりて託宣をなす。

この「わか」になるには、若い時分に師匠について「神つけ」を習得する。五六年修業させ、その間は毎朝水垢離をとり、粥一食で苦業し、八百万の神の名を覚える。

わたしの推量では、ここで記述された「わか」とよばれる巫女の神憑りの方法は〈性〉的な行為の象徴であり、「わか」の措定する対幻想の対象は「八百万の神」に象徴される共同幻想である。

おなじように「わか」の「神つけ」の技術は、粥一食の飢餓状態で心的な〈異常〉状態を統覚する修練にある。そして一方では師匠からの伝習によって呪詞を暗誦するのである。

この「わか」に象徴される日本の口寄せ巫女がシャーマン一般とちがうのは、巫女がもっている能力が、共同幻想をじぶんの〈性〉的な対幻想の対象にできる能力なのに、シャーマンの能力は自己幻想を共同幻想と同化させる力だということだ。巫女はしばしば修業中にも〈性〉的な恍惚を感じられるだろうが、シャーマンでは心的に禁圧された苦痛がしばしば重要な意味をもつだろう。なぜなら本来的には超えがたい自己幻想と共同幻想との逆立した構造をとびこえる能力を意味するからである。（巫女論）

吉本氏が先に引用した《狐》とここで説く口寄せ巫女とシャーマンの差異を併せ読むならば、鋭く女の異類性を浮かびあがらせているととれる。女狐が対幻想↔共同幻想であるならシャーマンとは性の自己完結性を前にした自己幻想↔共同幻想と変転しうる事をあらわし、世界各地に見られるシャーマンが時に女性の振りをしているという仮構された対幻想を生きている事も了解出来るのである。

現在ではほとんど否定しつくされているが、エンゲルスは、モルガンの『古代社会』の見解を理論的に整序しながら『家族、私有財産及び国家の起源』のなかで、原始的な乱交（集団婚）の時期を想定している。エンゲルスの根拠は、あらゆるばあい、たとえば言語や国家の考察でも露呈されるように、人間が猿みたいな高等動物から進化したものだという考えに根ざしている。つまり動物生としての人間をその考察の起源においている。たとえばモルモットを親子兄弟姉妹にわたって同居させれば、雌親は子供の子を生むことができる。おなじように意識性を切除された人間の〈家族〉を同居させれば、母親は子供の子を生むことがあり得るだろう。しかしわたしたちは、意識性を切除された人間を、ただ動物としての〈人間〉と呼ぶだけで人間としての〈人間〉とは呼ばないのだ。人間は猿から進化したわけでないし、人間生の本質は動物生から進化したものではない。いいうべくんば、猿みたいなもっとも高等な動物と比較してさえ、人間は異質の系列として存在している。またそのことで人間とよばれる本質をもっている。

エンゲルスの家族論は、その国家論とおなじように、おおくの通俗的な唯物論者にひどく低俗な手つきで模倣された。

たとえば、ライツェンシュタインは『未開社会の女たち』のなかで、おなじ見解をエンゲルスよりももっと通俗化したうえで敷衍している。

したがって、男も女も同じ方法で生業に寄与することができ、民群の共同生活を変える原因は何一つなかった。われわれは、相互扶助の必要の中に、最古の社会的団体、民群の根本をも求めることができるのである。それは小さいものであったかも知れないし、その大きさも採集地の収穫の多少に左右されたかも知れない。民群の男女は、互いに自由に交わっていた。そして、かれらが他の民群のものにたいしてその採集地域を守ったように、その民群の男たちはこの民群に所属する女たちをも守った。それは族内婚（Endogamie）の状態であった。子供たちは、その民群のどの男の生ませた子供というわけでもなく、むしろその民群全体のものであった。その子供の父親というものは、性交と妊娠との関係がもうわかっていた時代においても、誰かわからなかったし、疑えば幾らも疑えたからである。こういう関係に入るにも、別に儀式のようなことも行われず、その点は動物と同じであった。交合は、緊張消散欲（射精欲）の作用のもとに行われた。そして、交合本来の目的が意識されることなど、もちろん、必要としなかった。（清水朝雄訳）

こういった考えは、かなりな比重でわが国の民族学者や民俗学者に踏襲されている。わたしには、いかにももっともらしく思いついた虚偽としかおもえない。民族学者や民俗学者が、現存している未開種族の観察からこういう説を裏付け得たかどうかは問題にはならないのだ。〈性〉的な行為の本質が、外側からの観察やみせかけの実証性で解けるものだとかんがえるのはもともと馬鹿気ている。こういう見解の滑稽さを知るには、ただかれ自身の〈性〉的な行為をじぶんで心的にあるいは生理的に、観察するだけで充分なはずだ。（対幻想論）

エンゲルスの『家族、私有財産及び国家の起源』は思想と言うよりも長い間、文化人類学や民俗学初期の頃の人を魅了する文学であったと言える。吉本氏は国家（共同幻想）に至る対幻想を論じる事によってそれらを退け、つまり文学を退けた。

一九六八年、丁度六〇年代末、この『共同幻想論』は街頭での一群の人々による暴力の噴出と共に共同幻想としての国家を露出させ、来たるべき事態を予告し、何にも増して国家とは性なのだと、国家は白昼に突発する幻想化された性なのだと予言した。性が対幻想として読まれ共同幻想に転移していくという見ようによっては十全にアジア的（農耕的）なこの書物の出現は歴史的に言えばほどなく起る三島由紀夫の割腹自決と共に六〇年代から七〇年代初めにかけて最も大きな事件である。この事件を読み解くにはまったく新しい時間が要る事を読者は肝に銘じられたい。（政治的事象や社会的事象に発言したくはないが七〇年代に起ったすべての事象、全共闘から連合赤軍事件まで割腹とこの書物が創出する地平を超えるものはなく、ただ新たな事があるというのなら、それは風俗の新奇さのみであると認識している）

『共同幻想論』は画期的な書物である。さらに同時に、思想が文学を死滅させ解体させたはじめであった。私は多大な影響をこの書物を中心とする吉本隆明の著作に受けた事を確認し、共同幻想から現われ出た物語が輪舞するのをただ追うばかりである。

世の中にこのような魅力をたたえた書物はそうざらにない事をつけ加えておく。

中上健次

本書は、一九八二年に小社より刊行した『改訂新版　共同幻想論』の文字組を大きくした新装版です。

本文中および引用文献中には、「ちんばをひく」「白子」「白痴」「発狂」「精神異常者」「狂人」「気違ひ」「分裂病」「すが目」「唖」「聾」「気狂い」といった、今日の人権意識に照らして不適切な語句・表現がありますが、当時の社会背景や著者が故人であることを考慮し、また扱っている題材の歴史的状況およびその状況における執筆者の記述内容を正しく理解するためにも、原本のままとしました。

改訂新版《かいていしんぱん》

共同幻想論《きょうどうげんそうろん》

吉本隆明《よしもとたかあき》

昭和57年 1月31日　初版発行
令和2年 6月25日　改版初版発行
令和6年 11月25日　改版21版発行

発行者●山下直久

発行●株式会社KADOKAWA
〒102-8177　東京都千代田区富士見2-13-3
電話　0570-002-301（ナビダイヤル）

角川文庫 22186

印刷所●株式会社KADOKAWA
製本所●株式会社KADOKAWA

表紙画●和田三造

ISBN 978-4-04-400576-4　C0195

角川文庫発刊に際して

角川源義

第二次世界大戦の敗北は、軍事力の敗北であった以上に、私たちの若い文化力の敗退であった。私たちの文化が戦争に対して如何に無力であり、単なるあだ花に過ぎなかったかを、私たちは身を以て体験し痛感した。西洋近代文化の摂取にとって、明治以後八十年の歳月は決して短かすぎたとは言えない。にもかかわらず、近代文化の伝統を確立し、自由な批判と柔軟な良識に富む文化層として自らを形成することに私たちは失敗して来た。そしてこれは、各層への文化の普及滲透を任務とする出版人の責任でもあった。

一九四五年以来、私たちは再び振出しに戻り、第一歩から踏み出すことを余儀なくされた。これは大きな不幸ではあるが、反面、これまでの混沌・未熟・歪曲の中にあった我が国の文化に秩序と確たる基礎を齎らすためには絶好の機会でもある。角川書店は、このような祖国の文化的危機にあたり、微力をも顧みず再建の礎石たるべき抱負と決意とをもって出発したが、ここに創立以来の念願を果すべく角川文庫を発刊する。これまで刊行されたあらゆる全集叢書文庫類の長所と短所とを検討し、古今東西の不朽の典籍を、良心的編集のもとに、廉価に、そして書架にふさわしい美本として、多くのひとびとに提供しようとする。しかし私たちは徒らに百科全書的な知識のジレッタントを作ることを目的とせず、あくまで祖国の文化に秩序と再建への道を示し、この文庫を角川書店の栄ある事業として、今後永久に継続発展せしめ、学芸と教養との殿堂として大成せんことを期したい。多くの読書子の愛情ある忠言と支持とによって、この希望と抱負とを完遂せしめられんことを願う。

一九四九年五月三日

角川ソフィア文庫ベストセラー

定本 言語にとって美とはなにか（Ⅰ、Ⅱ）
吉本隆明

記紀・万葉集をはじめ、鷗外・漱石・折口信夫・サルトルなどの小説作品、詩歌、戯曲、俗謡など膨大な作品を引用して詳細に解説。表現された言語を「指示表出」と「自己表出」の関連でとらえる独創的な言語論。

改訂新版 心的現象論序説
吉本隆明

心がひきおこすさまざまな現象に、適切な理解線をみつけだし、なんとかして統一的に、心の動きをつかまえたい――。言語から共同幻想、そして心的世界へ。著者の根本的思想性と力量とを具体的に示す代表作。

木田元の最終講義
反哲学としての哲学
木田元

若き日に出会った『存在と時間』に魅せられ、ハイデガーを読みたい一心で大学へ進学。以後、五〇年にわたる哲学三昧の日々と、独創的ハイデガー読解誕生の経緯を、現代日本を代表する哲学者が語る最終講義。

論語と算盤
渋沢栄一

孔子の教えに従って、道徳に基づく商売をする――。日本実業界の父・渋沢栄一が、後進の企業家を育成するために経営哲学を語った談話集。金儲けと社会貢献の均衡を図る、品格ある経営人のためのバイブル。

渋沢百訓
論語・人生・経営
渋沢栄一

日本実業界の父が、論語の精神に基づくビジネスマンの処し方をまとめた談話集『青淵百話』から五七話を精選。『論語と算盤』よりわかりやすく、渋沢の才気と後進育成への熱意にあふれた、現代人必読の書。

角川ソフィア文庫ベストセラー

氷川清話
付勝海舟伝

勝海舟
編／勝部真長

現代政治の混迷は、西欧の政治理論の無定見な導入と信奉にあるのではないか――。先見の洞察力と生粋の江戸っ子気質をもつ海舟が、晩年、幕末維新の思い出や人物評を問われるままに語った談話録。略年譜付載。

ビギナーズ 日本の思想 宮本武蔵「五輪書」

宮本武蔵
編／魚住孝至

「地・水・火・風・空」5巻の兵法を再構成。フィクションが先行する剣客の本当の姿を、自筆の書状や関係した藩の資料とともにたどる。剣術から剣道への展開に触れ『五輪書』の意義と武蔵の実像に迫る決定版。

茶の湯名言集

田中仙堂

珠光・千利休・小堀遠州・松平定信・井伊直弼――。一流の茶人は一流の文化人であり、人間を深く見つめる目を持っていた。茶の達人たちが残した言葉から、人間関係の機微、人間観察、自己修養などを学ぶ。

ビギナーズ 日本の思想 新版 南洲翁遺訓

西郷隆盛
訳・解説／猪飼隆明

明治新政府への批判を込め、国家や為政者のあるべき姿と社会で活躍する心構えを説いた遺訓を、原文、現代語訳、くわしい解説で丁寧に読みとく。生き生きとした西郷の言葉と人生を読む！　略年譜・読書案内付き。

ビギナーズ 日本の思想 福沢諭吉「学問のすすめ」

福沢諭吉
佐藤きむ＝訳
解説／坂井達朗

国際社会にふさわしい人間となるために学問をしよう！　維新直後の明治の人々を励ます福沢のことばは現代にも生きている。現代語訳と解説で福沢の生き方と思想が身近な存在になる。略年表、読書案内付き。